개구리 정원의 살인

한국추리문학선 22

개구리 정원의 살인

이 연못의 진가는 무엇으로 발휘되는가

폭주한 욕망과 되돌릴 수 없는 삶

황정은 장편소설

책나무

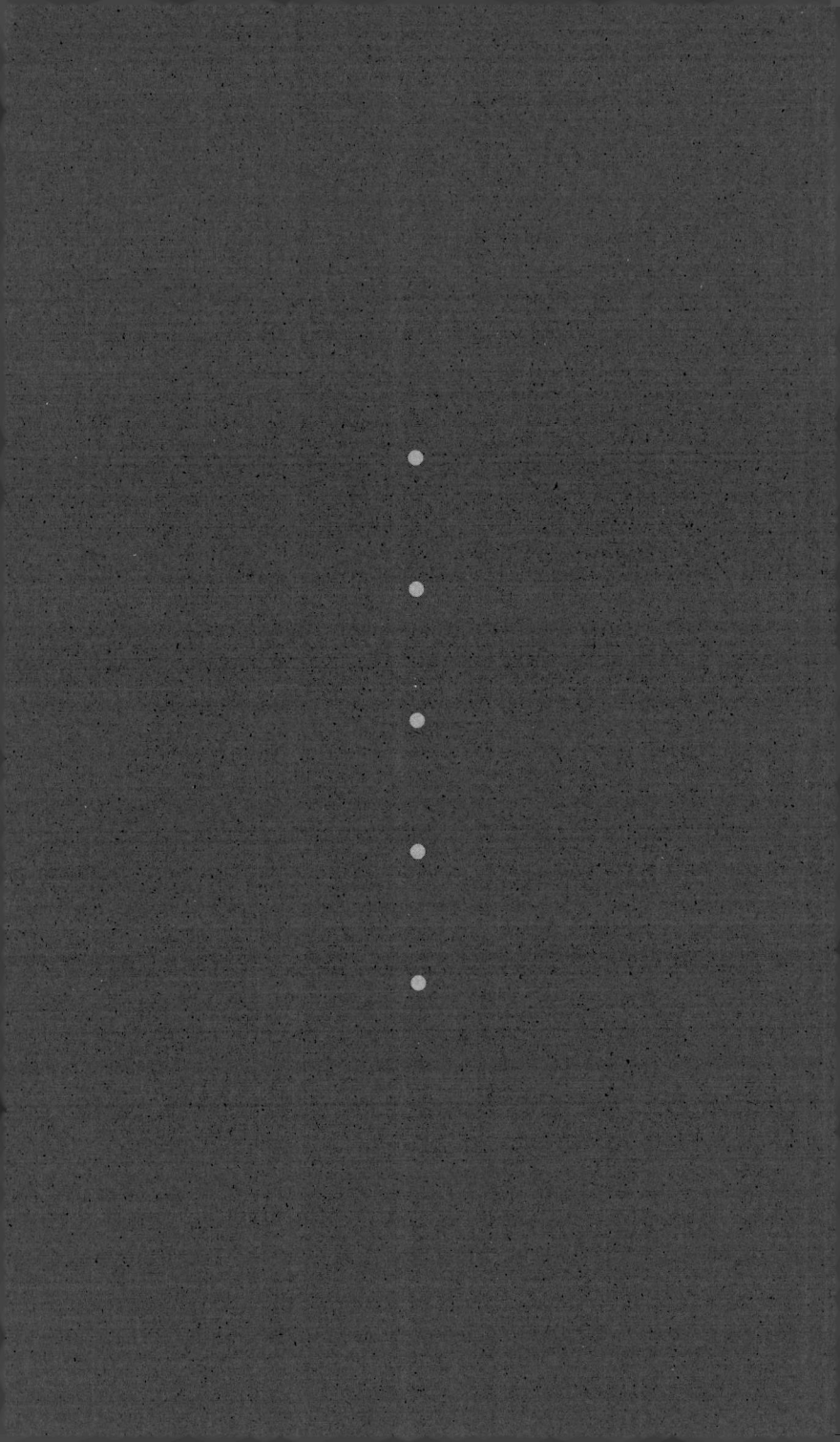

차례

01 개구리 전쟁 • 7

02 개구리 늪 • 57

03 개구리 살인 • 147

04 개구리 작전 • 257

05 개굴개굴 개구리들 • 295

06 개구리 해부 • 317

07 개구리 탐정 • 329

08 개구리의 진실 • 357

01 개구리 전쟁

[이정화]

●

 3월의 아침은 싱그럽다. 십 대의 풋풋함을 닮았다고 할까. 새벽 여명이 차츰 밝아지는가 싶더니 투명한 아침빛이 창가를 간질이며 새하얀 망사 커튼을 은은한 노란빛으로 물들였다. 이어 부드러운 봄 햇살이 부부의 침실을 따뜻하게 감싸 안았다.
 "아아, 아파."
 이정화는 밤새 귀를 틀어막았던 이어폰을 신경질적으로 잡아 뺐다. 귓구멍에서 통증이 느껴졌기 때문이다. 어젯밤도 귀에 이어폰을 끼운 채 잠이 들었었다. 이게 다 다소니 연못 때문이야, 그녀는 낮게 투덜거렸다. 연못의 물을 빼지만 않앉아도……. 다소니 연못만 떠올리면 그녀는 울화가 치밀어 올랐다.

5년 전 초여름의 어느 날, 교와 포레스트는 개구리 소리가 한창이었다. 처음 집을 보러 왔던 그날, 이정화는 주방에서 보이는 전경과 들려오는 개구리 소리에 마음을 빼앗겼다. 개골개골, 와글와글, 개구리 소리는 리듬처럼 퍼지며 그녀의 마음에 잔잔한 평화를 불어넣었다. 그녀는 왠지 가슴속 허기가 채워지는 느낌이 들었다.

휴, 버릇처럼 한숨이 새어 나왔다. 벌써 2년째 다소니 연못에 물을 넣지 않고 있었다. 2년 전 올챙이를 잡으러 갔던 초등학생이 미끄러져 크게 다친 사고 이후로 연못에는 더 이상 물을 채우지 않게 되었다. 개구리들의 합창이 사라진 수많은 날들, 이정화는 인공적인 소리에 기대며 허전한 마음을 달랬다. 그녀는 매일 밤 유튜브 영상을 켜 놓은 채 잠이 들었다. 자연의 정겨운 소리와 다르게 인공의 이어폰은 귀에 통증을 유발했다.

이어폰을 잡아 빼자 청량한 새소리가 귓속으로 쏟아져 들어왔다. 잠든 숲을 깨우는 작은 새들의 상큼한 지저귐이다. 누운 채로 새소리를 감상하던 그녀가 감았던 눈을 살포시 떴다. 새들의 맑은 음률로 잠에서 깨는 행복한 아침이다. 그녀의 소망은 매우 소박했다. 개구리 소리와 함께 잠들고, 새소리 속에서 눈뜨는 하루를 맞이하고 싶은 것이다.

 손을 뻗어 탁자 위를 더듬었다. 스마트폰은 금세 손에 잡혔다. 깨어난 지 꽤 된 것 같은데, 여전히 일곱 시 전이었다. 그녀는 아침잠이 없는 편으로 서른여덟, 젊은 나이인데도 오전 여섯 시면 저절로 눈이 떠졌다. 그녀의 기상 시간은 늘 여섯 시 언저리를 맴돌았다.

 남편은 옆에서 고른 숨소리를 내며 잠들어 있었다. 그녀와 달리 그는 아침잠이 많은 타입으로 잠자리에서 나오기가 죽기보다 싫다는 말을 입에 달고 살았다. 남편의 아침잠 욕심은 출근이라는 강압적 환경 탓이다. 처자식 먹여 살리느라 늦잠 한번 마음대로 못 자는 남편이다. 이정화는 그런 그가 안쓰러웠다. 그녀는 늘 남편에게 감사하는 마음을 갖고 있었다.

 남편이 깰세라 조심스럽게 침대에서 빠져나왔다. 부부 욕실에서 세안과 양치를 마친 그녀는 익숙한 일상 속의 평온을 느꼈다. 세면대 위 거울에 갓 씻은 여인의 말간 얼굴이 비쳤다. 깨끗한 피부와 오목조목한 이목구비, 눈에 띄는 미인은 아니지만 그런대로 봐줄 만하다. 살짝 올라간 입꼬리에서 그녀의 마음이 잔잔히 드러났다. 침실과 욕실 사이에 붙은 파우더 룸에서 몸단장을 끝냈다. 몸단장이라고 해 봐야 옷을 갈아입고 얼굴에 로션을 바른 뒤 긴 머리를 하나로 묶는 것뿐이다.

침실 중문을 열고 거실로 나왔다. 개인과 공유 영역을 조화롭게 배치한 공간 설계는 교와 포레스트의 장점 중 하나였다. 부부의 프라이버시 확보를 위해 침실과 거실 사이에 중문을 달아 두었다.

그녀는 거실과 주방 곳곳을 돌아다니며 창문을 활짝 열어젖혔다. 밤새 고였던 눅눅한 공기를 내보내고 신선한 바람을 들이고 싶었다. 겨울 끝자락 쌀쌀함이 느껴지는 찬바람이 살랑살랑 커튼을 흔들었다.

열린 창문으로 새소리가 날아들었다. 이름 모를 새들이 제각기 다른 소리로 저마다의 존재를 알린다. 숲의 아침을 깨우려는 새들의 움직임이다. 창가에 선 이정화는 작은 새들이 내는 청신한 합창에 한동안 귀를 기울였다. 청각 세포가 하나하나 깨어나는 느낌이다. 그녀의 얼굴에 흡족한 미소가 지어졌다. 그녀는 자연이 내는 소리라면 무엇이든 좋았다. 풀벌레 소리, 개구리 소리, 새들이 지저귀는 소리, 졸졸졸 흐르는 물소리, 폭우가 쏟아지는 소리, 천둥 치는 소리, 파도가 휘몰아치는 소리…….

이정화가 거주하는 교와 포레스트는 수도권에 위치한 고급 아파트 단지다. 전형적인 배산임수의 지세로 뒤로는 어치산, 앞으로는 다소니천이 흐른다. 교와 포레스트의 장점을 일일이 열거하자면 입이 아플 정도로 많다. 맑고 깨끗한 공기, 휴식과 평화를 선물하는 초록빛 숲의 전경……, 또한 어치산은 탁 트인 경관을 자랑하며 수많은 생명체의 보금자리이기도 하다.

 커피머신에 전원을 넣고 크루아상 한 개를 그릴에 데웠다. 그러고는 커피와 빵을 담은 쟁반을 주방 통창 앞 탁자 위로 옮겼다. 주방 창가는 그녀가 가장 좋아하는 공간이다. 안락의자에 느긋이 앉아 커피를 한 모금 마셨다. 진한 커피 향이 그녀의 오감을 깨운다. 감각이 살아나자 말로 다 표현할 수 없는 행복감이 가슴 깊이 번져 갔다.

 기억 저편의 초여름 지금으로부터 5년 전, 이정화 부부는 교와 포레스트에 둥지를 틀었다. 그녀는 어치산의 고즈넉한 풍광과 산 정상까지 이어진 완만한 등산로, 다소니 연못의 매력에 푹 빠져들었다. 이사 첫날 주방 창가에 안락의자와 탁자를 옮겨 두었다. 그러고는 날마다 호젓한 아침 식사를 즐겼다. 커피와 빵뿐인 간단한 식사지만 멋진 경치를 감상하는 행복한 시간이었다.

 해가 갈수록 짙어지는 어치산의 초록은 시선을 사로잡았고, 사계절마다 다른 색으로 물드는 아름다운 풍경은 선물처럼 그녀의 마음을 설레게 했다. 5년 전과 비교하면 어치산의 산세는 몰라볼 정도로 키가 커지고 울창해졌다. 한눈에 보이던 정상까지의 길이 어느새 나무들에 파묻혀 자취를 감추었다.

 갓 겨울잠에서 깨어난 어치산의 신선한 자태에 감탄사를 연발하던 그녀의 시선이 아래쪽으로 내려갔다. 맨바닥을 훤히 드러낸 다소니 연못이 눈에 가시처럼 박혔다. 그녀는 고통스러운 신음을 흘리며 황급히 고개를 돌렸다. 천상을 노닐던 행복감이 한순간에 나락으로 떨어졌다. 그녀는 이맛살을 찌푸렸다. 이래서야 교와 포레스트로 이사 온 보람이 없다. 주방 풍경이 아름다워 이 집을 고른 것인데…….

 어치산으로 올라가는 등산로 옆에는 다소니 공원이 조성돼 있었다. 쾌적하고 아름답게 설계된 다소니 연못은 다소니 공원의 자랑거리였다. 다소니 연못의 진가는 초여름에 발휘된다. 매년 4월, 시청 공원관리과에서 연못에 물을 채우기 때문이다. 초여름 한낮의 햇살 아래, 연못에서는 분수가 쉬지 않고 물을 뿜어 올리고, 등산로 옆 수로에서 들려오는 물소리는 산을 오르는 이들에게 잔잔한 평온을 건넨다.

 초여름 다소니 연못은 개구리들의 음악 무대로 변신한다. 긴 겨울잠에서 깨어난 개구리들이 연못으로 몰려들어 자신만의 리듬으로 목소리를 보태며 온종일 합창을 한다. 암컷을 향한 수컷 개구리의 구애는 꽤나 요란한 세레나데로, 개굴개굴 소리를 듣고 있자면 마음은 절로 편안해졌다.

 다소니 연못은 여름 내내 축제 분위기다. 개구리 합창단은 휴일도 없이 음악회를 개최하고, 주말이면 뜰채를 손에 든 초등학생들이 삼삼오오 연못으로 모여든다. 올챙이를 잡으러 나서는, 세상에서 가장 즐거운 탐험이다. 다소니 연못은 늘 정겨운 친구들로 북적였다. 귀여운 오리 가족부터 이름 모를 작은 새, 무당벌레, 달팽이, 잠자리 유충까지 생명을 가진 모든 것들이 다소니 연못으로 모여들었다.

수련과 연꽃은 물론 각종 수생식물들이 조화를 이루며 살아가는 다소니 연못 한쪽에는 주민들이 쉴 수 있는 벤치도 마련되어 있었다. 다소니 연못은 동식물에게는 풍요로운 서식지가, 주민들에게는 평온한 여가 공간이 되어 주었다. 주민들은 졸졸졸 시원한 물소리를 들으며 등산로를 올랐고, 산을 내려와서는 벤치에 앉아 땀을 식히고는 했다.

모두에게 소중한 휴식과 힐링의 공간이었는데……, 어느 날 갑자기 다소니 연못의 물이 사라져 버렸다. 이정화는 거북이 등처럼 갈라 터진 연못 바닥과 말라빠진 수초 더미를 굽어보았다. 그 참담한 광경에 눈물이 다 날 지경이었다. 그 많던 개구리들은 어디로 갔을까? 개굴개굴 정답게 울어 대던 개구리들은 하루아침에 삶의 터전을 잃어버렸다. 그녀는 몸속의 수분이란 수분은 모조리 빠져나가고 빈껍데기만 남은 느낌이 들었다. 언짢은 기분 탓에 커피 맛까지 쓰게 느껴졌다. 그녀는 마지막 한 모금의 커피를 목구멍 안으로 흘려 넣었다.

 다소니 연못에서 물을 빼게 된 계기는 2년 전으로 거슬러 올라간다. 그해, 올챙이를 잡으러 연못에 들어갔던 한 초등학생이 이끼에 발이 미끄러지면서 바위에 머리를 세게 부딪쳤다. 아이는 충격으로 정신을 잃었는데, 주변에 사람이 없어 발견이 늦어졌다. 부상은 꽤나 심각해 두피가 찢어지고 출혈량이 많았다. 또한 물속에서 의식을 잃는 바람에 목숨이 위태로울 뻔했다. 아이는 뒤늦게 병원으로 옮겨져 봉합 수술을 받았고, 천만다행으로 건강을 회복했다. 그런데 문제는 그다음이었다. 그 아이의 부모가 시청에 민원을 제기했는데, 다소니 연못 때문에 아들이 죽을 뻔했다는 것이다. 이런저런 우여곡절 끝에 연못에서 물을 빼는 것으로 사태는 일단락되었다.

 "안락의자 위치를 바꿔야겠어."

 그녀가 미간을 찌푸린 채 중얼거렸다. 더는 경치를 감상하며 아침을 맞고 싶지 않았다. 다소니 연못의 삭막한 풍경이 마음까지 쓸쓸하게 만들었다. 아예 창을 가려 버릴까? 그녀는 블라인드를 바닥까지 내려 탁 트인 시야마저 차단시켜 버렸다. 갈색의 블라인드로 유리 벽면을 막자 실내는 금세 어둑해지고, 아침인지 밤인지 분간할 수 없게 되었다. 어느새 집 안엔 음침한 분위기가 감돌았다.

애서 기분을 추스른 그녀는 앞치마를 두르고 남편과 아들의 아침 식사를 준비하기 시작했다. 먼저 클래식 채널에 맞춰 둔 라디오를 켰다. 평소에는 책을 낭독해 주는 유튜브 방송을 듣는데, 오늘은 마음이 심란해 소설 내용이 머릿속에 들어올 것 같지 않았다. 그녀는 달걀을 삶고 샐러드용 채소를 씻었다.

이정화 부부의 아들 유성이는 교와 초등학교 3학년생이다. 교와 초등학교는 교와 포레스트에 거주하는 학생들로만 채워진 특별한 학교였다. 빈부 격차가 나지 않는 고른 수준이란 점에서 사립학교 부럽지 않았다. 고급 아파트 단지답게 교와 초등학교 학부모들의 교육열은 하늘을 찔렀다. 학부모들의 관심이 얼마나 지대한지는 하교 시간이 돼 보면 알 수 있다. 학교 앞은 자녀들을 마중 나온 학부모들로 날마다 북새통을 이뤘다. 이면도로가 온통 학부모의 차들로 가득 찼다. 엎어지면 코 닿을 거리인데도 굳이 승용차로 마중을 나오는 것이다.

등교 때의 풍경도 별반 다르지 않았다. 자녀들을 데려다주려는 학부모의 차들로 학교 앞은 늘 몸살을 앓았다. 근처 카페들은 덩달아 호황을 누렸다. 엄마들이 브런치를 즐기며 정보를 교환할 장소가 필요했기 때문이다. 엄마들은 몇 시간씩 카페에 앉아 수다를 떨다가 집으로 돌아가곤 했다.

이정화는 극성스러운 학부모 부류가 아니었다. 그녀는 초등학생 아들이 마음껏 뛰어놀기를 바랐다. 그러한 엄마의 교육 방침 때문인지 유성이는 학교에서 돌아오기 무섭게 책가방을 던져두고 놀러 나가기 바빴다. 여름이 되면 놀 거리는 더욱 많아졌다. 2년 전만 해도 유성이는 날마다 뜰채를 둘러메고 다소니 연못으로 달려갔다. 그러고는 신발은 물론 양말까지 벗어 던진 채 물속에서 풍덩거리며 놀았다.

식사 준비를 마친 이정화는 남편을 깨우기 위해 부부 침실로 들어갔다. 남편은 이미 일어나 욕실에서 씻는 중이었다. 그녀는 아들 방으로 갔다. 늦잠꾸러기 유성이를 깨우려면 인내심이 필요하다. 아들은 3학년이지만 여전히 엄마의 손길을 필요로 했다. 행동이 굼뜬 아들이 답답해 이것저것 도와주다 보니 그리된 것이다. 자립심을 키우도록 교육했어야 했는데……, 그녀는 늘 반성하지만 마음처럼 쉽지 않았.

간신히 등교 준비를 마친 유성이를 데리고 식탁으로 가니 커피를 잔에 따르던 남편이 궁금한 듯 말을 걸었다.

"갑자기 주방 블라인드는 왜 내렸어? 집이 너무 어두운데."

남편은 유성이의 컵에 우유를 따라 주었다.

"나 더는 못 보겠어."

물어봐 주기를 기다린 사람처럼 그녀는 대뜸 하소연을 쏟아 냈다. 달걀 껍데기를 벗기던 남편이 손을 멈추지 않고 물었다.

"뭘 못 보겠다는 거야?"

이정화가 한껏 부푼 볼로 주방 창을 가리켰다.

"더는 다소니 연못을 못 보겠다고."

남편의 얼굴에 물음표 하나가 떠올랐다. 그녀는 그런 남편이 야속해 눈물이 쏙 빠질 지경이었다.

"말라빠진 다소니 연못 볼 때마다 내 마음이 타들어 가. 그 많던 개구리들은 어디로 갔을까?"

아내의 뚱딴지같은 연못 타령에 남편의 눈이 동그래졌다. 장민규는 토스트에 잼을 바르던 손길을 멈추고 아내의 기색부터 살폈다. 그는 아내의 말이라면 무엇이든 들어주는 착한 남편이다. 속마음을 전하려 했을 뿐인데, 괜스레 남편에게 투정을 부린 꼴이 되었다.

그녀는 반숙 계란을 아들의 접시에 놓아 주었다. 토스트와 계란, 샐러드에 과일뿐인 간단한 식사지만, 유성이는 진수성찬을 앞에 둔 사람처럼 행복한 표정을 짓고 있다. 유성이가 삶은 달걀을 한입 베어 물었다. 별다른 맛도 없는데, 세상 제일 맛있는 걸 먹은 듯한 얼굴이다. 소금 뿌린 반숙 한입에 신의 요리라도 맛본 걸까? 아들의 왕성한 식욕 때문에 그녀는 걱정이 많았다.

"자기야, 벌써 2년째라고."

"2년째?"

장민규는 뭐가 뭔지 모르겠다는 얼굴로 되물었다. 그녀는 짧게 한숨을 내쉬고 서운한 눈초리를 남편에게 던졌다.

"다소니 연못에 물을 넣지 않은 지가 벌써 2년째야. 불쌍한 개구리들은 어디 가서 살라고?"

"그래서 블라인드를 내린 거야? 난 주방이 어두워서 깜짝 놀랐잖아."

아내의 절박한 심정을 아는지 모르는지 남편은 가볍게 응수했다. 그녀는 내심 서운했지만 일부러 내색하지는 않았다. 결국 남편은 내 편이 돼 줄 것이다.

"엄마, 개구리 진짜 사랑하는구나."

유성이가 초롱초롱한 눈을 빛내며 대화에 끼어들었다.

"그럼. 엄마는 개구리 진짜 사랑해. 우리 유성이도 개구리 사랑하지?"

"그런데 엄마, 내가 엄마 주려고 개구리 잡아 왔을 땐 왜 도망갔어?"

질문하는 유성이의 표정이 알쏭달쏭했다. 그런 아들이 귀여워 통통한 볼을 꼭 깨물어 주고 싶었다.

"유성아, 엄마는 개구리랑 놀고 싶은 게 아니야. 개구리들이 편안하게 살 수 있는 환경을 만들어 주고 싶은 거지."

"난 엄마가 개구리 좋아하니까 힘들게 잡아 온 건데."

2년 전 유성이가 1학년일 때 개구리를 잡아 온 적이 있었다. 학교 수업을 마친 유성이가 친구들과 들뜬 얼굴로 놀러 나갔다. 나간 지 한 시간쯤 됐을까, 아들은 채집통을 가슴에 끌어안고 조심조심 현관으로 들어왔다.

"엄마, 내가 엄마 주려고 개구리 잡아 왔어."

유성이는 오동통한 볼이 빨갛게 상기된 채 채집통을 엄마에게 내밀며 의기양양하게 외쳤다. 어린 아들은 신이 난 것 같기도 하고 뿌듯해하는 것 같기도 했다. 채집통 안에는 물속에 몸이 반쯤 잠긴 참개구리 한 마리가 들어 있었다. 초록 바탕에 검정 점무늬가 있고, 등판에 악어처럼 울퉁불퉁한 돌기가 달린 6㎝가량의 개구리는 채집통 안에 얌전히 앉아 있었다. 개구리의 눈알이 또록또록했다.

"엄마, 내가 개구리 꺼내 줄까? 만져 볼래?"

유성이는 통통한 고사리손을 채집통에 갖다 대며 개구리를 꺼내려고 했다. 그녀가 기겁을 하며 소리쳤다.

"유성아, 개구리 꺼내지 마. 개구리가 놀라서 도망가면 어떡해? 엄마는 개구리 안 만져도 돼. 이렇게 보는 걸로 충분해."

"엄마, 개구리 도망 안 가. 아까 내가 손바닥에 놨는데도 도망가지 않고 얌전히 있었어."

그녀는 아들이 개구리를 꺼내 놓을 것만 같아 가슴이 조마조마했다.

"유성아, 개구리는 변온동물이라 사람이 만지면 화상을 입을 수도 있어. 그러니까 꺼내지 말고 채집통 안에 넣어 두자."

"그럼 엄마, 나 개구리랑 목욕해도 돼? 욕조에 물 받아서 개구리랑 놀고 싶어."

유성이는 한술 더 떠 개구리랑 목욕을 하겠다고 졸랐다. 그러고 보니 아들의 옷이 흠뻑 젖어 있었다. 개구리를 잡으려고 연못 속을 헤집고 다닌 모양이었다.

"유성아, 개구리랑 목욕하면 안 돼. 개구리가 다칠 수도 있거든. 유성이가 힘들게 잡아 온 개구리 죽으면 어떡해?"

그렇게 겨우 달래 놨더니 이번에는 유성이가 개구리를 키우고 싶다고 엄마를 졸랐다. 어항에 생육 환경을 조성해 개구리를 키우는 집들도 꽤나 있는 것 같지만, 내키지 않았다. 개구리의 먹이를 구하기 위해 유성이가 고군분투해야 할 것이다.

"유성아, 개구리는 살아 있는 먹이만 먹어. 우리가 먹이를 구해 준다 해도 자연과 똑같은 환경을 만들어 주기는 어려워."

이정화는 자연에서 살아가는 동물을 집으로 데려오는 일이 얼마나 신중해야 하는지를 아들에게 설명했으나 유성이가 얼마나 알아들었는지는 의문이다. 그녀는 아들에게 생명의 소중함을 일깨워 주고 싶었다. 간신히 유성이를 설득해 개구리를 연못에 놓아주고 오도록 시켰다. 아들에게 산 먹이를 잡아 오게 하고 개구리를 돌보게 할 수도 있지만, 1학년 아이에게는 큰 부담이 될 것이다.

개구리 소리를 들으며 너희들 잘 살고 있구나, 위안을 얻고 싶은 것이지 직접 키울 마음은 없었다. 사실 어릴 적부터 그녀는 동물을 잘 만지지 못했다. 강아지나 고양이를 쓰다듬기도 조심스러운데 하물며 개구리라니……. 초등학생 시절 곤충을 잡고 노는 친구들을 보면 멀찌감치 도망부터 쳤었다. 생명을 향한 과민한 염려가 빚어낸 일종의 심리적 도피였다.

"당신이 시청에 민원 전화 좀 걸어 줘."

그녀는 두 손을 모은 채 남편에게 머리를 숙였다.

"민원 전화?"

장민규의 얼굴에 또 하나의 물음표가 스쳤다. 민원과는 거리가 먼 아내가 느닷없이 엉뚱한 말을 꺼냈기 때문이다.

"다소니 연못에 물 좀 넣어 달라고 시청에 전화해 줘. 이렇게 삭막한 환경에서 더는 살 수 없어. 애들 정서에도 안 좋다고."

"안전사고 때문에 물을 뺀 거라며? 고작 전화 한 통으로 물을 넣겠어?"

장민규의 눈이 탐색하듯 가늘어졌다. 아내가 쓸데없는 것에 매달린다고 여긴 것이다.

"시설 정비 제대로 하고 아이들 교육 철저히 시키면 되지, 이왕에 조성한 연못을 왜 방치하느냐고, 당신이 시청에 민원 전화 좀 걸어 줘."

"내가?"

남편이 뱉은 짧은 말은 '목마른 사람이 우물을 파야 한다.'로 들렸다. 그녀는 도와 달라는 눈빛을 가득 담아 남편을 애처롭게 바라보았다.

"나는 용기가 안 나니까 그렇지. 당신이 시청에 전화 좀 걸어 줘."

"회사에서 민원 전화를 걸라고?"

근무 중에 민원 전화를 걸어 달라는 부탁은 그녀가 생각해도 옳지 않았다. 하지만 기댈 사람이 남편밖에 없는 걸 어떡하랴.

"시청 전화번호는 내가 알려 줄게. 제발 당신이 걸어 줘."

"그럼 엄마, 다소니 연못에서 다시 놀 수 있는 거야? 예전처럼 올챙이도 잡고?"

유성이가 눈을 반짝이며 물었다. 아들은 어느새 제 몫의 토스트를 다 먹고 아빠 것을 넘보고 있었다. 남편이 토스트 한

개를 아들의 접시에 놓아 주었다. 삶은 달걀도 넘겨주었다.

"당신이 자꾸 그러니까 애가 점점 살이 찌잖아."

그녀가 얼굴색을 바꿔 남편에게 쏘아붙였다. 아들이 비만 일보 직전인데 아빠라는 사람이 경각심이 없다. 남편은 잘 먹으면 무조건 좋은 거라면서 유성이의 편만 들었다.

"그럼 애가 먹고 싶다는데 안 줘? 어릴 때는 무조건 잘 먹어야 돼. 그래야 키가 쑥쑥 큰다고."

"하여간 아빠라는 사람이……, 한번 살찌면 빼기가 얼마나 어려운데."

그녀는 비만 조짐이 있는 아들 때문에 노심초사하고 있었다. 유성이는 밥을 먹고 돌아서면 배고프다고 성화를 부릴 만큼 먹성이 좋은 아이였다. 부부가 언쟁을 벌이는 동안 유성이는 식탁 위의 음식들을 모조리 먹어 치웠다. 아들의 손에서 포크를 빼앗고 억지로 등을 떠밀어 양치를 하러 보냈다.

"자기야, 시청에 전화 걸어 줄 거지?"

그녀가 남편을 향해 애절한 눈빛을 쏘았다.

"당신이 해 봐. 사무실에서 민원 전화 걸기가 좀 그렇잖아."

듣고 보니 맞는 말이었다. 괜히 동료들에게 이상한 사람으로 비칠 가능성도 있었다. 그녀는 남편을 더 채근하지 않았다. 그래, 일보 전진을 위한 이보 후퇴다. 남편과 아들을 배웅하고 난 이정화는 주방 창을 가렸던 블라인드를 걷어 올렸다. 손바닥으로 하늘을 가릴 수는 없는 법. 좀 더 능동적으로 해결책을 찾자. 그러기 위해 내가 할 수 있는 일을 하자.

3월에 접어들면서 어치산은 점차 푸르른 빛을 띠었고, 다양한 꽃들이 피어나 봄의 시작을 알렸다. 내가 이 집을 선택한 이유가 뭔데? 그깟 민원 전화 백 통이라도 걸지, 뭐. 그녀는 용기를 끌어 모았다.

평소 이정화는 자기주장을 내는 일에 서툴렀다. 남 앞에 나서기보다 군중 속에 묻혀 사는 삶이 편했다. 그러나 이번만은 다르다. 다소니 연못만은 절대 포기할 수 없다. 이사를 가지 않는 한 어떻게든 해결해야 할 문제였다. 요즘 공무원들은 민원을 잘 처리해 준다는 말을 들은 적이 있다. 내 뜻이 관철되려면 어떻게 해야 할까? 그녀는 머리를 싸매고 궁리했다.

무선 청소기를 충전 거치대에 조심스럽게 세웠다. 막 청소를 마친 참이다. 공무원 입장에서 아침 댓바람부터 민원 전화를 받으면 불쾌한 일이 될까 염려해 지금까지 통화를 미룬 것이다. 오전 열 시, 민원 전화를 걸기 딱 좋은 시간이다. 더 지체하다간 담당자가 외출을 나갈 수도 있다. 담당자와 직접 통화를 하는 것이 무엇보다 중요하다.

시청 전화번호는 미리 검색해 두었다. 공원관리과의 번호를 또박또박 눌렀다. 신호가 한 번 두 번 세 번 갈 때마다 심장 박동도 덩달아 빨라졌다. 겨우 민원 전화를 걸면서 가슴까지 콩닥거리다니……, 그녀는 스스로를 질타하며 보이지 않는 상대가 전화를 받기를 초조하게 기다렸다.

"네, 공원관리과입니다."

여자 공무원이 전화를 받았다.

"저……, 다소니 연못에 관해 드릴 말씀이 있는데요."

이정화는 다소 장황하게 민원 내용을 설명했다. 그녀는 조리 있게 의사를 전달하지 못하는 스스로의 둔한 말솜씨에 짜증이 났다. 여직원은 그 말을 참을성 있게 끝까지 듣고 나서야 담당자가 외출 중이라고 뒤늦게 대답했다.

'이런 젠장, 그럼 처음부터 부재중이라고 하든지.'

맥이 탁 풀려 버렸다. 담당자의 이름을 물어봐야 하나 고민하는 중에 여직원이 친절하게 덧붙였다. 그녀의 한마디가 이정화의 얼굴에 생기를 돌게 했다.

"담당자가 돌아오면 전화 드리도록 하겠습니다."

성의가 느껴지는 답변이었다. 이정화는 잘 부탁한다는 말을 거듭한 뒤 통화 종료 버튼을 눌렀다. 그녀는 스마트폰을 손에 쥔 채 긴 한숨부터 내쉬었다. 고작 민원 전화 한 통 걸면서 손에 땀이 날 정도로 긴장하다니……, 가정주부 생활을 오래 하다 보니 사회성이 떨어진 걸까?

이젠 담당자의 전화를 기다리는 일만 남았다. 만약 전화가 오지 않으면 내일 다시 걸면 된다. 담당자와 통화가 될 때까지 전화를 걸자. 그녀는 투지를 불태웠다. 그런데 담당자한텐 뭐라고 말하지? 시청에 전화해서 개구리 걱정된다고 말하면 이상하게 들릴까? 연못을 되살리고 싶다고 간청하면 나만 너무 심각하다고 여길까?

오매불망 기다리던 담당자의 전화가 걸려 온 것은 그녀가 마트에 갈 채비를 할 때였다.

"안녕하세요? 공원관리과 ○○○입니다. 아침에 전화 주셨죠?"

남자 공무원이 이름을 댔지만, 그녀는 알아듣지 못했다. 요즘 공무원들 참 친절하구나, 그녀는 새삼 감탄을 하며 전화를 걸어 준 상대에게 고마워했다.

"다소니 연못에 물을 채우는 문제로 전화 주셨다면서요?"

여직원이 내용까지 충실히 전달한 모양이다. 공무원들 일 한번 제대로 한다.

"다소니 연못에 물을 넣었으면 좋겠어요. 개구리들이 살 곳이 없잖아요."

"네?"

윽, 실수다. 이렇게 말하면 안 되는 거였는데. 그녀는 스스로를 꾸짖었다. 더 논리적이고 타당성 있는 이유를 대!

"연못에 물이 없으니까 아이들 정서에 좋지 않은 영향을 끼치는 것 같아요. 마음이 삭막해진다고나 할까요."

"그러니까 선생님 말씀은 다소니 연못에 물을 채우자는 거죠?"

"네, 바로 그거예요. 벌써 2년째 연못에 물을 넣지 않고 있잖아요. 그 많던 개구리들은 어디 가서 살라고요?"

으악, 또 개구리 이야기가 나와 버렸다. 머릿속이 온통 개구리 생각뿐이니 또 실수가……. 생태 환경과 주민 건강의 상관관계를 논리적으로 설명해야 하는데. 지금쯤 상대는 개구리에 집착하는 정신 나간 여자쯤으로 치부하겠지. 별걸 다 좋아하는 세상이라지만 개구리에 미치는 건 좀…….

"말씀 잘 알겠습니다. 그런데 안전사고 문제로 연못의 물을 뺀 건 아시죠? 윗분들과 상의해 보겠습니다. 혼자 결정할 사안이 아니라서요."

"꼭 좀 부탁드릴게요. 연못 바닥이 쩍쩍 갈라진 게 정말 보기 흉하거든요. 제 마음까지 바스러지는 것 같아요."

마음이 바스러지다니, 이런 감상적인 표현을 쓰면 안 되는 거였는데, 또 실수. 잘 부탁한다는 말을 몇 번이나 되풀이한 뒤 전화를 끊었다. 희망이 생겼다는 점에서 절반의 성공이다. 윗분들과 상의하겠다고? 윗분들의 마음을 움직이려면 어떻게 해야 할까? 생태 체험 공간이 필요하다고 말할까? 방치된 연못은 이미지 추락으로 이어져 아파트 가격이 떨어진다고 주장할까? 머릿속에서 두서없는 생각들이 뒤엉켰다.

민원 전화 한 통으로 내 뜻을 관철시킬 수는 없다. 그러나 여러 통이 걸려 온다면? 민원 전화가 쇄도하면 시청도 무시하지는 못할 터다. 시장은 선출직이므로 인기에 민감할 수밖에 없다. 민원 처리에 신경 쓰라고 공무원들에게 당부하지 않았을까. 내가 동원할 수 있는 인맥은 몇 명 정도일까? 피트니스센터에서 함께 운동하는 여자들과 학부모 모임이 그녀의 인간관계 전부였다. 그것도 인맥이라 할 수 있을까? 그러나 다음 순간 번개처럼 떠오른 아이디어에 그녀는 무릎을 탁 쳤다.

'내겐 남편이 있잖아.'

남편의 인맥은 나와 비교할 수 없이 넓다. 게다가 그는 내 말이라면 뭐든 들어주는 착한 사람이다. 남편의 지인은 곧 나의 지인. 그래, 그의 인맥을 총동원하자.

남편의 마음을 움직이려면 수고와 돈이 함께 엮여야 한다. 효과 면에서 풍요로운 식탁만 한 게 또 없다. 그녀는 동네 마트로 달려갔다. 그러고는 한우 등심을 통 크게 장바구니에 넣었다. 아스파라거스와 새우도 큼직한 걸로 골랐다. 양송이와 소시지, 구워 먹는 치즈까지……, 장바구니만 봐도 풍성한 식탁이 눈앞에 그려졌다. 몇 달 전 이정화는 바비큐 그릴을 구입했다. 그 뒤로 바비큐를 가끔 해 먹었는데, 한우 등심은 가족이 가장 좋아하는 메뉴다. 거기에 맥주와 와인을 곁들이면 비용이 들긴 해도 남편을 웃게 만드는 가장 확실한 비법이다.

즉석에서 구워 먹는 한우 등심은 천상의 맛을 선사한다. 호화로운 바비큐의 마무리는 건면으로 정했다. 비싼 한우로 배를 채우기엔 예산이 버텨주질 않는다. 결국 마무리 음식이 필요하다. 이정화는 아들의 비만 관리를 위해 칼로리 낮은 건면을 선택했다. 남편이 좋아하는 와인과 맥주도 넉넉히 구매했다. 활짝 웃는 그의 얼굴이 눈앞에 보이는 듯했다. 장바구니의 무게도 느끼지 못할 만큼 그녀는 기분이 들떴다. 왠지 일이 잘 풀릴 것 같은 예감이 들었다. 그래, 오늘 저녁은 바비큐 파티다. 개구리들을 살리기 위한 전략적 파티를 열자.

바비큐는 맛있기도 하지만, 준비가 단출하다는 장점이 있다. 계획은 단순했다. 식탁을 휘황찬란하게 차려 놓고, 남편 기분이 좋아질 때쯤, 은근히 부탁하는 것. 타이밍만 잘 맞으면 된다. 아마도……. 심성 착한 남편은 아내의 부탁을 거절하지 못할 것이다. 장민규는 아내와 아들밖에 모르는 가정적인 남자였다.

그녀가 식사 준비로 한창 부산할 때 유성이가 태권도 도장에서 돌아왔다. 아들은 엄마 얼굴을 보자마자 '배고파' 소리부터 했다.

"아빠 올 때까지 기다리다간 난 굶어 죽고 말 거야."

유성이가 배고프다고 하도 난리를 치는 통에 그녀는 정신이 하나도 없었다. 사과 하나를 깎아 주고 아들을 겨우 달랬다. 누굴 닮아서 저리도 먹성이 좋은 걸까? 유성이는 사과 한 개를 마파람에 게 눈 감추듯 먹어 치웠다. 그녀는 사과 심지를 손에 쥔 채 미련을 버리지 못하는 아들에게 새로 산 동화책을 펼쳐 보였다. 음식만큼 책도 좋아하는 아들은 금세 독서에 빠져들었다. 어느새 유성이는 식탐을 잊고 독서에 몰두했다. 이정화는 그런 아들이 귀여워 머리를 쓰다듬어 주었다.

풍요로운 식탁이 차려졌다. 퇴근한 남편의 눈이 동그래졌다. 꼭 용돈이라도 받은 사람 같았다.

"우와, 바비큐네. 오늘 무슨 날이야? 당신이 한우 등심까지 준비하고."

"당신, 힘들게 일했으니까 맥주 한잔하면서 피로 풀라는 거지. 유성이도 먹이고 싶고."

유성이는 그릴에 예열까지 하고 집게를 든 채 만반의 준비를 갖추고 있었다. 한우 등심을 바라보는 아들의 눈빛이 초롱초롱하다.

"엄마, 내가 고기 구워도 돼?"

기대감으로 인해 아들의 눈이 반짝거렸다. 맛있는 음식이 잔뜩 차려져 있으니 기분이 들뜬 것이다. 사람이란 참으로 단순해서 잘 차려진 식탁 앞에서 마음이 풀어지지 않는 사람은 없다. 바로 이 점을 노린 것이다. 이정화는 커다란 잔에 넘치도록 가득 맥주를 따라 남편에게 건넸다. 그러고는 자신의 잔에도 맥주를 채웠다. 세 사람의 잔이 쨍, 소리를 내며 부딪쳤다. 경쾌한 소리가 식욕을 돋웠다.

"엄마, 오늘 파티 맞지?"

유성이가 오렌지주스를 쭉 들이켜며 물었다. 그래 유성아, 오늘은 개구리들을 살리기 위한 파티란다. 그녀는 마음속으로 대답했다.

"유성아, 너 시험 백 점 맞았구나. 엄마가 기분이 좋다는 건 우리 아들이 시험을 잘 봤다는 뜻인데."

"아닌데."

유성이가 동그란 몸을 작게 움츠렸다. 최근 본 단원평가 성적이 좋지 않은 까닭이다. 그 천진함이 사랑스러워 아들을 보는 그녀의 눈빛이 부드러워졌다. 남편이 시원하게 맥주잔을 비웠다. 종일 일하고 돌아와 마시는 차가운 맥주 맛이란……, 남편의 기분을 알 것도 같았다. 그가 흡족한 소리를 내며 잔을 내려놓았다. 가족의 환대와 맛있는 밥상이라면 고단함도 금세 사라질 터였다. 그녀는 잘 구워진 등심을 먹기 좋게 잘라 남편과 아들의 접시에 놓아 주었다.

"알맞게 익었어. 어서 먹어 봐."

남편과 아들은 소금에 찍은 고기를 맛보더니 약속이나 한 듯 엄지손가락을 치켜들었다. 과연 감탄이 절로 나는 맛이었다. 그녀는 남편의 빈 잔에 맥주를 채워 주고, 불판 위에 아스파라거스와 양송이, 치즈, 마늘 등 차례로 식재료를 올렸다.
"나 오늘 시청에 전화 걸었어."
"음, 걸었구나."
　장민규는 집게로 고기를 뒤집으며 아내의 말에 가볍게 응수했다.
"담당자랑 통화했는데, 연못에 물을 넣어 달라고 간곡히 부탁했어. 그 사람 말이 윗분들과 상의하겠다고 하더라고."
　그의 눈썹이 살짝 꿈틀거렸다. 아내의 태도에서 뭔가를 감지한 것이다. 촉이 좋은 남자다.
"요즘 공무원들 정말 친절하던데. 전화 한 통도 허투루 받지 않더라고."
　그녀는 구운 고기를 연달아 남편의 접시에 올려 주었다. 유성이는 소시지에 정신이 팔려 케첩을 마구 뿌려 대고 있었다.
"민원 전화 한 통으로 내 뜻이 관철되진 않을 거야."
"그렇겠지."
　그가 힘차게 고기를 씹으며 대답했다.
"그래서 말인데, 자기가 회사 동료들한테 부탁해서 시청에 전화 한 통씩 걸어 주면 안 될까?"

"뭐? 회사 사람들한테 그런 부탁을 하라고?"

행복한 얼굴에서 어이없는 표정으로 급변한 장민규가 되물었다.

"전화 한 통 해 주는 게 뭐 어렵나? 당신이 감사 인사로 커피 한 잔씩 돌리면 되잖아. 커피값은 내가 줄게."

"당신, 그렇게까지 해야겠어?"

"자기야, 내가 왜 이 집을 선택했는지 잊었어? 어치산과 다소니 연못 때문이었다고. 그런데 지금은 말라빠진 연못 바닥만 내려다보고 살잖아."

"한우 등심을 산 이유가 있었구나."

장민규가 허탈한 투로 중얼거렸다. 이정화가 그를 향해 부드럽게 미소 지었다. 그녀의 선한 눈매가 환히 뜬 초승달처럼 휘어지고 볼에는 사랑스러운 보조개가 피어났다. 그가 순식간에 아내의 미소에 무릎을 꿇었다.

"자기야, 와인 마실래? 당신이 좋아할 만한 와인으로 사 왔는데."

그녀는 상냥하게 말하며 와인을 땄다. 아끼는 크리스털 잔까지 꺼내 놓은 걸 보면 오늘은 특별한 날이었다. 고급스러운 크리스털 잔 속에서 레드와인이 찰랑거렸다.

"다소니 연못이 그렇게 중요한가? 난 연못을 봐도 별 감흥이 없던데."

"나는 온종일 집에 있는 사람이야. 어치산과 다소니 연못을 감상하면서 하루를 시작한다고."

와인을 한 잔 두 잔 마실 때마다 자꾸 감상적이 되는 통에 눈물이 날 것만 같았다. 갑자기 개구리 우는 소리가 간절하게 듣고 싶어졌다.

장민규는 와인 맛이 마음에 드는지 병의 라벨을 들여다보고 있었다. 그에게 집은 휴식의 공간이다. 창밖의 풍경에 눈길을 줄 여유 따윈 없을 것이다. 남편은 연못을 사랑하는 아내의 마음을 이해하지 못한다.

"할 수 없군. 시청 전화번호 줘 봐."

마음 약한 그의 입에서 승낙의 말이 떨어졌다. 한우 바비큐가 제 몫을 단단히 한 셈이다. 그녀는 연못에 물을 넣어야 하는 이유를 타당성 있게 설명했다. 담당자가 납득할 만한 명확한 근거를 대야 한다. 공원은 나무 심고 벤치 몇 개 놓는 공간이 아니다. 주민들의 쉼터이고, 아이들에게는 살아 있는 자연 교실이다. 그런 의미에서 연못이 방치돼 있는 건 공원 조성의 본래 목적에 맞지 않는다고 역설해야 한다. 아내의 기세에 눌린 장민규는 동료들에게 부탁하겠노라 약속했다.

이정화는 시부모와 친정 부모, 함께 운동하는 여자들까지 전부 포섭하겠다는 장대한 계획을 세웠다. 그날 밤 그녀는 뿌듯한 심정으로 잠자리에 들었다. 실낱같지만 희망이 생겼기에 연못 바닥을 보는 일도 전만큼 괴롭지 않았다.

  사람들의 마음은 대개 비슷한 경로를 따라 움직인다. 교와 포레스트에는 이정화와 같은 생각을 가진 사람들이 다수 존재했다. 작년 여름 어치산 인근 휴지 공장에서 큰 화재가 발생했다. 불은 어치산으로 옮겨붙을 기세로 타올랐고, 금방이라도 아파트로 번질 것 같은 위기감을 주었다. 소방 당국은 대응 1단계(3~7개 소방서에서 31~50대의 장비를 동원하는 경보령)를 발령하고 진화 작업에 나섰지만, 불은 쉽사리 진압되지 않았다. 이날 화재에는 펌프차 등 장비 37대와 소방관 등 인력 89명이 동원되었다.

  "화재가 난 건 근처에 물이 없어서야. 다소니 연못 좀 보라고, 완전히 말라붙었잖아. 아유, 꼴 보기 싫어."

  "그래, 꼭 망조 든 동네 같잖아."

  산책로를 걷던 주민들은 거북이 등처럼 말라붙은 다소니 연못을 굽어보며 한마디씩 했다. 화재와 연못은 전혀 상관관계가 없는데도 사람들은 그렇게 연관 지어 생각했다. 그들은 한때 시원하게 쏟아지던 분수 쇼를 그리워했고, 등산로를 따라 흐르던 물소리의 추억에 가슴이 젖었다. 쩍쩍 갈라진 연못 바닥만 보고 사니 마음까지 각박해지는 것 같았다. 사람들은 하나둘 시청에 민원을 넣기 시작했다. 공원관리과는 날마다 비슷한 내용의 전화를 몇 통씩 받았다.

"다소니 연못에 물을 넣어 주세요. 동네가 낙후된 느낌도 들고 연못만 보면 왠지 기분이 우울해져요."

이정화는 단지 안 피트니스센터에서 운동을 했다. 체육시설은 교와 포레스트의 자랑거리 중 하나로, 호텔 못지않은 고급스러운 운동기구와 설비를 갖추고 있었다. 그녀는 오전 중에 집안일을 끝내고 피트니스센터로 갔다. 운동을 하고 사우나까지 마친 뒤 장을 봐서 집으로 돌아오는 것이 그녀의 일과였다.

주부들의 일과는 대체로 비슷해서 같은 시간대에 운동하는 여자들이 꽤 되었다. 그녀들은 곧 친해졌고 금세 언니, 동생 하며 어울려 다녔다. 같이 점심을 먹기도 하고, 카페테리아나 스카이라운지에서 브런치를 즐기기도 했다. 또한 사우나도 스스럼없이 가는 사이가 되었다.

"다들 시청에 민원 전화 좀 걸어 줘."

함께 운동을 하고 사우나까지 마친 여자들이 카페테리아에서 음료를 마시는 중이었다. 이정화는 간절한 말끝을 맺고 두 손을 모은 채 여자들을 향해 깊숙이 머리를 숙였다.

"하여간 얘, 엉뚱한 건 못 말린다니까. 고작 개구리 때문에 시청에 민원 전화까지 걸라고?"

그녀와 동갑인 38세 주부가 아이스아메리카노를 쭉 빨아들이며 말했다.

"부탁 좀 할게."

이정화가 한 번 더 머리를 조아리며 사정조로 말했다.

"겨우 커피 한 잔으로 끝내려고? 점심 정도는 사야 되는 거 아냐?"

말은 그렇게 해도 40세 주부는 쾌히 응낙했다. 남은 두 여자도 알았다면서 집에 가서 당장 전화를 걸겠다고 약속했다. 이것으로 네 명 확보다. 이정화는 펄쩍 뛸 만큼 기뻤다.

그때 카페테리아의 출입문이 열리고 70대로 보이는 여자가 휘적휘적 걸어왔다. 일흔을 넘긴 여자가 들어서자 이정화 일행은 재빨리 의자에서 일어나 허리를 굽혀 절을 했다. 마치 조폭 영화에서나 볼 법한 과장된 인사였다.

"양 여사님, 골프연습장 가시나 봐요."

"양 여사님, 오늘 패션 최고로 잘 어울리시는데요."

"양 여사님은 언제 봐도 멋지세요."

"양 여사님, 오늘 날씨 너무 좋죠? 나들이 가고 싶은 날이에요."

양 여사라고 불린 70대 여자는 일행의 인사를 당연하다는 듯 받았다. 그녀의 이름은 양혜숙으로 작고 단단한 몸에 알록달록한 운동복, 정성 들여 세팅한 까만 머리까지, 세심하게 꾸민 흔적이 역력했다. 일흔이 넘었는데도 여전히 풀메이

크업, 운동 목적보다 외모 자랑하러 온 느낌이었다. 또한 명품 사랑도 대단해서 사람들이 알아봐 주지 않으면 제 입으로 자랑을 늘어놓기 일쑤였다.

양혜숙은 단지에서 악명이 높기로 유명한 인물이었다. 간혹 인사를 안 하는 젊은 여자들이 있으면 가정교육 운운하며 대놓고 면박을 주었다. 시끄럽게 목소리를 높이고 시비를 거는 통에 먼저 인사하는 편이 심간이 편했다. 피트니스센터에서 보이는 행태는 더욱 도를 넘는 수준이었다. 운동기구에 소지품을 얹어 두고 다른 것을 이용하는 괴상한 자리 선점을 했다. 다른 사람이 그 운동기구를 사용할라치면 길길이 날뛰며 화를 낸다. 가끔 항의하는 사람들도 있지만, 막무가내로 소란을 피워 대개는 피하는 쪽을 택한다. 똥은 더러워서 피하는 것이지 무서워서 피하는 게 아니다. 여자들의 일사불란한 인사 뒤에는 그런 속뜻이 숨어 있었다.

"커피 사 가지고 골프연습장에 가려고. 내 루틴 알잖아."

양혜숙이 거만하게 대꾸하며 입꼬리를 살짝 끌어올렸다. 여자들의 환대에 기분이 좋아진 것이다. 제가 대단해서 대우를 받는다고 착각하는 모양이다. 양해숙이 주문대에서 커피를 받아 들고 출입문 쪽으로 걸어갔다. 이정화 일행이 그녀의 뒤통수에 대고 합창을 하듯 외쳤다.

"양 여사님, 행복한 오후 보내세요."

양혜숙의 땅딸막한 몸이 문밖으로 사라지자 여자들의 입에서 거센 불평이 쏟아져 나왔다.

"언제까지 이 짓거릴 해야 하는 거야. 저 할망구 비위 맞추는 거 지긋지긋하다니까."

"누가 아니래. 운동기구도 제일 좋은 걸로 맡아 놓고……, 하여간 저밖에 모르는 인간이야."

"아무튼 저 할망구, 민폐가 따로 없다니까."

"양 여사님한테도 민원 전화 걸어 달라고 부탁할까?"

이정화가 멍한 표정으로 중얼거렸다. 머릿속이 온통 다소니 연못 생각뿐인지 그녀의 눈은 초점이 맞지 않았다.

"얘 말하는 것 좀 봐. 저 할망구한테 부탁했다가 무슨 봉변을 당하려고. 저번에 내가 무심코 말 받아 줬다가 30분 넘게 자랑질 들었잖아. 아들, 손자, 며느리, 사돈의 팔촌까지 자랑하더라."

"저 할망구 명품 자랑은 또 어떻고. 돼지 목에 진주 목걸이지, 어울리지도 않는 명품 걸쳐 봐야 무슨 멋이 난다고."

여자들이 입을 비죽이며 성토를 이어 갔다.

"골프연습장에서도 볼만하다더라. 제일 좋은 자릴 맡아 두는 바람에 아예 할망구 지정석이 생겼대. 저 할망구 꼴 보기 싫어 이사 가겠다는 말이 나올 정도야."

"그래도 양 여사님 덕분에 우리 인사성은 밝아졌잖아."

이정화가 햇살이 스며드는 듯한 목소리로 해맑게 말했다.

"하여간 정화 얘는 마음이 너무 착하다니까. 너처럼 순해 빠져서 이 험한 세상 어떻게 살려고."

38세 주부가 이정화의 어깨를 손으로 토닥였다. 심성이 곱고 착한 이정화는 단지 내 여자들에게 인기가 많았다. 여리여리한 체격까지 더해져 보호 본능을 일으키는 존재였다. 양혜숙이 공공의 적이라면 그녀는 누구에게나 사랑받는 캐릭터였다. 실컷 수다를 떤 여자들이 주섬주섬 나갈 채비를 했다. 이정화가 간절한 목소리로 한 번 더 애원했다.

"다들 시청에 전화해 주는 거지?"

"오케이, 걱정 붙들어 매라고. 정화 부탁인데 당연히 들어줘야지."

여자들이 손가락으로 오케이 사인을 그렸다.

[김영은]

●

39세의 가정주부 김영은은 벌레라면 질색을 했다. 작년 여름 교와 포레스트에도 사랑벌레(붉은등우단털파리, 성충이 된 암수가 짝짓기 상태로 먹이를 먹거나 비행을 해서 사랑벌레 혹은 러

브버그라고 불린다)가 출몰했다. 사랑벌레라는 이름은 매스컴을 통해 접한 적이 있지만, 줄곧 남의 동네 일인 줄로만 알았다.

비가 한차례 퍼붓고 지나간 작년 초여름의 어느 날, 김영은은 방충망에 새까맣게 붙은 벌레 떼를 보고 비명을 질렀다. 또 어떤 날은 차창에 다닥다닥 떼로 붙어 있는 사랑벌레들을 목도하고 놀라 까무러칠 뻔했다. 초등학교 2학년 딸 미아는 놀이터에서 노는 것조차 꺼릴 만큼 사랑벌레를 무서워했다. 미아는 사랑벌레가 징그럽다면서 작은 어깨를 떨었다. 환경 전문가들은 사랑벌레의 출몰 원인으로 장마, 도심 열섬현상 등 기후 변화를 꼽는다는데, 습한 환경이 유충에서 성충으로 성장하기에 유리하다고 한다.

'다소니 연못에 물이 있었다면 사랑벌레가 더 극성을 부렸을지 몰라.'

김영은은 다소니 연못의 물을 빼서 천만다행이라고 생각했다. 사랑벌레뿐 아니라 모기 개체 수도 줄어들었을 거야, 그녀는 확신했다. 초여름이면 귀 따갑게 울어 대는 개구리 소리도 짜증스럽기 그지없었다. 어치산에서 뱀이 내려온다는 말을 들었을 때, 불안은 극에 달했다. 뱀이 개구리를 잡아먹으러 내려온다는 것이다. 뱀이 스멀스멀 기어 다니고, 개구리가 꽥꽥 울어 대고……, 이래서야 동물 농장이지 사람 사는 곳이 아니다. 우리 미아가 뱀에 물리기라도 하면……, 상상만으로도 소름이 쭉 끼쳤다. 쓸모도 없고 흉측하기만 한 개구리들, 싹 다 없어져 속이 후련했다.

언젠가 관리사무소에서 긴급 안내방송을 했던 적이 있었다. 오소리가 지하 주차장에 침입했으니 집 밖으로 나오지 말라는 내용이었다.

'자연과 인간이 공존하는 아파트라더니 이제 오소리까지 산책하러 내려오네.'

그녀는 이게 다 연못에 물을 넣자고 주장하는 어리석은 무리들 때문이라고 생각했다. 녹지 환경이 어쩌고 떠들어 대면서 위험인자만 끌어들인다. 오소리가 침입하는 판국에 멧돼지가 출몰하지 말란 법 없다. 주택 밀집 지역에서 멧돼지를 사살했다는 기사를 간혹 접하고는 한다. 야산에 서식하는 멧돼지가 주거지역으로 내려오는 경우가 왕왕 있다는 것이다. 아무리 친환경이 좋다지만 이건 아니지. 이래서는 고급 아파트 단지의 위엄이 서지 않는다.

푸르른 숲이 병풍처럼 둘러싼 교와 포레스트는 도심 속 숨겨진 안식처와도 같았다. 전원의 고요함을 누리면서도 대중교통과 생활 인프라가 잘 갖춰져 많은 이들로부터 찬사를 받았다. 또한 도심 접근성도 뛰어나 기업이나 관공서, 금융기관, 백화점 등이 지근거리에 포진해 있었다. 높은 일류대 진학률 역시 교와 포레스트의 차별화된 자랑거리였다. 교와 포레스트의 자자한 명성 뒤에는 그러한 이유들이 존재했다.

김영은은 단지에서 평수가 가장 넓은 90평에 살았다. 자산가인 친정아버지 덕분이었다. 성형외과 의사인 남편의 벌이 또한 좋았다. 돈에 부족함이 없는 그녀는 씀씀이가 컸고, 주변에 모여드는 사람들도 많았다. 주로 교와 초등학교 학부모회 엄마들과 어울렸는데, 그녀들은 김영은의 말이라면 무조건 따랐다.

김영은은 활동적인 성격으로 운동하기를 즐겼다. 교와 포레스트는 최첨단 운동시설과 쾌적한 사우나 등을 갖추고 있어 최고의 웰니스 라이프를 누릴 수 있었다. 그 편리함에 익숙해질수록 단순한 주거지를 넘어 작은 리조트처럼 느껴졌다. 김영은은 늘 무리를 몰고 다녔는데, 타고난 리더 기질로 통솔력 또한 뛰어났다. 금전의 위력을 누구보다 잘 아는 그녀는 따르는 무리들에게 아낌없이 돈을 썼다.

"아이, 짜증나."

김영은은 좌중을 향해 푸념을 늘어놓았다. 복요리 전문점에서 여자들 네 명이 점심 식사를 하던 중이었다. 테이블을 둘러싼 세 여자가 약속이나 한 듯 그녀에게 시선을 집중시켰다.

"아니, 왜?"

여자들이 한목소리로 부르짖었다. 그녀들은 언제라도 맞장구를 칠 준비가 되어 있었다. 물주가 심기 불편하다는데 비위 맞추는 건 당연지사, 세상에 공짜는 없는 법. 받은 만큼 돌려줘야 제대로 된 사람이라 할 수 있지 않은가.

"그 못된 할망구 말이야."

김영은은 양혜숙을 겨냥하며 말했다.

"그 할망구가 자기한테 시비 걸었어?"

수연 엄마가 분연히 떨치고 일어나 적을 무찌를 태세로 물었다.

"그게 아니고, 그 할망구가 지하 주차장 제일 좋은 자리에 장난감 자동차를 갖다 놨더라니까. 왜 꼬마들이 타는 장난감 자동차 말이야."

"아니 왜? 왜 그런 짓을 하지?"

"왜겠어? 좋은 자리 맡으려고 그런 거지. 내가 차를 대려는데 장난감 자동차가 떡하니 버티고 있더라니까."

"그 할망구 손주들도 다 컸는데 장난감 자동차는 어디서 났지?"

"어디서 버린 거 주워 왔나 보지."

은지 엄마의 물음에 김영은이 대수롭지 않게 대답했다.

"그래서 어떻게 했어?"

"어떻게 하긴, 장난감 자동차 한쪽으로 밀어 버리고 그 자리에 차를 댔지. 할망구가 전세 낸 것도 아니고, 정말 재수 없다니까."

"미아 엄마 대단하다. 그 할망구한테 대적할 생각을 하다니. 나 같으면 얼른 꼬리 내리고 다른 곳에 댔을 텐데."

민준 엄마가 감탄했다. 그녀의 눈은 경외의 빛으로 가득했다.

"미아 엄마는 그 할망구한테 인사도 안 하잖아. 나는 할망구랑 눈만 마주쳐도 자동으로 머리가 숙여지던데."

은지 엄마가 김영은을 추켜세웠다.

"자기들이 그렇게 물러 터졌으니까 할망구 기세가 등등한 거라고. 진짜 손에 뭐라도 쥐고 있었으면 큰일 날 뻔했어. 할망구 꽥꽥대는 소리 들으면 속에서 뭔가 확 끓어오른다니까."

"맞아 맞아. 귀신은 뭐 하고 있나 몰라. 그 할망구 안 잡아가고."

여자들은 일제히 양혜숙을 비난했다. 양혜숙과 부딪친 경험은 누구나 있었는데, 그녀는 공공의 적답게 대놓고 진상 짓을 해댔다. 골프 매너가 없는 것은 물론 선풍기의 방향을 제 쪽으로 돌려놓는다든지, 퍼팅 연습장에서 공들을 자기 쪽으로 몰아놓는다든지 하여 사람들의 눈살을 찌푸리게 만들었다. 또한 여기저기 참견하며 오지랖을 떨었고, 틈만 나면 자식들과 손주들 자랑을 늘어놓았다.

"그나저나 미아 엄마, 소식 들었어?"

양혜숙을 향한 성토가 일단락될 무렵, 수연 엄마가 대단한 소문이라도 물어 온 사람처럼 손뼉을 짝 치며 김영은에게 물었다.

"소식? 무슨 소식?"

김영은은 반주로 시킨 맥주를 쭉 들이켰다. 양혜숙을 맹비난하고 났더니 목이 탔던 것이다. 수연 엄마 역시 여기저기 들쑤시기 좋아하고 괜한 일에 발 벗고 나서는 여자다. 또한 누구보다 김영은의 비위를 잘 맞췄다.

"내가 미아 엄마 때문에 자세히 듣고 왔어. 자기, 연못에 물 넣는 거 반대하잖아."

"당연하지. 그런데 무슨 소리야?"

김영은은 맥주잔을 테이블에 내려놓았다.

"다소니 연못에 물을 채우려 한대. 며칠 전부터 공무원들이 연못에서 조사를 한다나 봐."

"무슨 조사?"

"그야 시설을 정비하려고 조사하는 거겠지. 2년이나 물을 넣지 않았으니 보수할 데가 좀 많겠어? 또 안전사고 나면 큰일이잖아."

"그거 믿을 만한 소식이야?"

"그렇다니까."

심상치 않은 기류를 감지했는지 남은 두 여자들도 뒤늦게 대화에 합류했다. 먹는 데만 집중할 때가 아니었다.

"말도 안 된다. 이제 와서 연못에 물을 왜 넣어?"

민준 엄마가 돌연 성을 냈다. 그녀는 젓가락으로 집었던 복튀김마저 접시에 내려놓았다.

"그러게. 그 많던 모기들 싹 다 없어져 좋아하고 있었는데, 새삼스럽게 물을 왜 넣는다는 거지? 공무원들도 할 일 참 되게 없다. 제 밥그릇이나 챙길 것이지, 일은 왜 만들어서 한대?"

은지 엄마는 매운탕 속 복어 살을 더 발라 먹고 싶었지만, 지금은 분위기 맞추는 게 우선이었다. 그녀는 애꿎은 공무원들을 질타하며 허공에 지청구를 해댔다. 사실 은지 엄마야 연못에 물을 넣든 말든 관심조차 없었다. 김영은이 왜 핏대를 세우는지 그녀는 전혀 이해가 되지 않았다.

"시청에 민원 전화가 쇄도한다던데."

"어떤 미친 인간들이 그런 몰상식한 짓을 하지?"

김영은이 분기탱천해 부르짖었다. 은지 엄마 역시 눈에 쌍심지를 켜고 장단을 맞췄다.

"인간들 참 몰상식하네. 밥 처먹고 할 짓들이 그렇게도 없나?"

은지 엄마는 말을 뱉어 놓고는 연못에 물을 채우는 행위가 그렇게 몰상식한 짓인지 속으로 자문해 보고 있었다.

"지금 이러고 있을 때가 아니야."

김영은이 결단을 내리듯 단호한 어조로 말했다. 은지 엄마는 식사는 물 건너갔다는 슬픈 예감이 들었다. 그녀는 테이블 위 남은 음식들을 구슬픈 눈으로 바라보았다.

"미아 엄마, 우리가 뭘 해야 할까?"

수연 엄마가 김영은의 오른팔 역할을 자처하고 나섰다. 무슨 일이든 맡겨만 달라는 용맹한 돌격대원의 자세다.

"그쪽에서 공세로 나온다면 우린 역공으로 나가야지. 학부모회 죄다 동원해서 민원 전화를 걸자. 공무원들 업무가 마비될 정도로."

"역시 자기는 머리가 좋아. 나는 왜 그런 생각이 안 나나 몰라."

수연 엄마가 은근슬쩍 젓가락을 집어 들며 아부성 멘트를 늘어놓았다. 식사를 재개해도 괜찮겠다고 판단한 모양이다. 그깟 밥과 술 좀 얻어먹는다고 저리 아부를 떠나? 민준 엄마는 속으로 혀를 끌끌 찼지만, 입으로는 전혀 다른 말들이 흘러나왔다.

"우리 학부모회 인맥 총동원하자. 우리한텐 아이들의 안전이라는 최고의 명분이 있잖아. 교와 초등학교 학부모회의 저력을 보여 주자고."

"그깟 민원 전화 백 통이라도 걸지, 뭐."

수연 엄마가 젓가락을 내던지며 여전사처럼 외쳤다. 김영은의 쏘는 듯한 시선이 그녀를 제외한 남은 두 여자의 얼굴을 훑고 지나갔다. 은지 엄마가 슬그머니 젓가락을 내려놓았다. 금강산도 식후경이라는데 밥 먹고 하면 어디가 덧나. 그녀는 하는 수 없이 스마트폰을 꺼내 들었다. 얼른 민원 전화를 걸고 남은 음식을 해치우려는 요량이었다.

"당장 민원 전화를 걸어야겠어."

은지 엄마가 시청 전화번호를 검색했다.

"은지 엄마, 지금 점심시간이야."

민준 엄마가 옆에서 일깨워 주었다. 통화 버튼을 누르려던 은지 엄마의 손가락이 허공에서 멈췄다.

"점심시간 끝나고 해야지. 담당자랑 통화 안 되면 꽝이잖아."

김영은의 핀잔 섞인 지적이 은지 엄마를 향해 날아갔다.

"내가 정신이 없네. 그나저나 미아 엄마, 비상 회의 소집할까?"

은지 엄마가 실수를 만회하려는 듯 황급히 덧붙였다. 2학년 3반 학부모회를 소집하겠다는 의미다.

"우리 반 학부모회가 몇 명이나 된다고? 운영위원회라면 또 몰라도."

한 반의 학생 수가 스무 명 안팎이니 그 정도론 성에 차지 않는다는 뜻이다. 김영은은 교와 초등학교 운영위원회 학부모위원이다. 재력이 짱짱한 탓에 그녀의 발언권은 셌다. 학생들의 안전사고 예방을 의안으로 상정해 비상 회의를 소집하려는 것이다. 학교 차원에서 입김이 들어가면 시청도 무시하진 못하리라.

"자기들은 우리 반 엄마들을 맡아. 피아노 학원이랑 미술학원, 태권도 도장에도 연락해 놓고. 난 운영위원회에 손을 써 볼게. 우리 아이들의 안전은 우리 엄마들이 지켜야지. 다소니 연못에서 사고 난 지 얼마나 됐다고 벌써 물을 넣는담. 하여간 우리나라 사람들, 안전 불감증이라니까."

김영은은 한참을 씩씩거리더니 자리를 박차고 일어났다. 그러고는 계산도 하지 않은 채 쌩하니 식당 밖으로 나가 버렸다. 망연자실해진 세 여자는 닭 쫓던 개 지붕 쳐다보는 격으로 서로의 얼굴만 바라보며 한동안 말도 잇지 못했다.

좀 아니꼽긴 해도 김영은의 비위를 맞추는 건 그녀가 돈을 잘 쓰기 때문이었다. 그녀는 재력도 빵빵하지만 화통한 성격으로 돈을 쓰는 데 쩨쩨함이 없었다. 또 기분파인 탓에 가끔씩 값비싼 선물을 안기기도 했다. 한마디로 김영은 옆에 붙어 있으면 실보다는 득이 압도적으로 많았다. 딱 하나 아쉬운 점이 있다면, 교와 포레스트 일이라면 무조건 앞장서는 바람에 오늘 같은 번거로운 경우도 생긴다는 것이다.

"미아 엄마 왜 저래? 자기가 다소니 연못이랑 무슨 상관이라고 저렇게 열을 내는 거지?"

"그러게 말이야. 자기 뜻대로 안 되니까 화가 난 게 아닐까?"

"그나저나 저렇게 나가 버리면 어떡해?"

여자들은 한마디씩 내뱉으며 일제히 불만을 터트렸다.

"일단 내가 계산할 테니까 계좌 이체해 줘."

수연 엄마가 무리의 2인자답게 시원한 답변을 내놓았다.

"이럴 줄 알았으면 요리 많이 시키지 않는 건데."

은지 엄마가 식어 버린 음식을 휘둘러보며 말했다. 그 눈에는 후회의 빛이 가득하다.

"어째 은지 엄마가 욕심부린다 했어. 복사시미에, 복매운탕, 복불고기, 복튀김까지, 맥주는 대체 몇 병을 시킨 거야?"

수연 엄마가 곱지 않은 시선으로 은지 엄마를 흘겨보았다. 그러나 그녀는 이내 표정을 풀고 덧붙였다.

"우리 이거 다 먹고 가자. 어차피 돈도 내야 하는데 남기면 아깝잖아."

두 여자가 동의하지 않을 이유가 없었다. 그녀들은 남은 맥주를 마시고 식어 버린 복매운탕을 데웠다. 한참을 집중해서 먹고 마시는데, 자리를 박차고 나갔던 김영은이 식당 안으로 쑥 들어왔다. 그녀는 여자들의 테이블로 시선을 주는가 싶더니 카운터로 곧장 걸어갔다.

"사장님, 여기 계산해 주세요."

김영은은 계산을 하지 않은 것을 깨닫고 발길을 되돌린 것이다. 순식간에 낯빛을 바꾼 여자들이 김영은을 향해 아첨을 떨었다.

"미아 엄마, 계산 때문에 다시 온 거야? 우리가 내려고 했는데."

수연 엄마가 발 빠르게 선수를 치고 나섰다.

"어디까지 갔다 온 거야?"

민준 엄마가 미안한 낯으로 거들었다.

"그러게, 힘들게 안 와도 됐는데."

은지 엄마도 어김없이 참전했다. 입을 가득 채운 음식 탓에 발음은 엉망이었지만, 그 정도면 꽤나 애쓴 편이다. 김영은이 여자들의 테이블로 또각또각 걸어왔다. 그녀는 선 채로 쏘아붙였다.

"자기들 너무 안이하게 생각하는 거 아니야? 여태 이러고 앉아 있으면 어떡해?"

김영은이 큰 눈을 부라리자 여자들이 황급히 변명거리를 찾았다.

01 개구리 전쟁

"어차피 전화로 해결할 문제잖아. 엄마들이 어디 있는 줄 알고 찾아다니겠어?"

수연 엄마가 너스레를 떨며 김영은을 달랬다. 그녀는 여자들에게 그만 일어나자는 눈짓을 보냈다. 은지 엄마가 젓가락으로 집었던 복튀김을 간장도 찍지 않고 날름 입안에 넣었다. 테이블 위에는 여전히 음식들이 많이 남아 있었다.

"미아 엄마, 운영위원회에 연락했어?"

수연 엄마가 핸드백을 어깨에 둘러메며 김영은에게 물었다. 10년 넘게 보험회사에서 근무한 경력이 있는 수연 엄마는 실무 능력이 뛰어난 사람이었다. 눈치를 보던 여자들도 슬며시 가방을 챙겨 일어났다.

"운영위원회에 연락했어. 비상 회의 소집하기로 결정 났으니까 자기들도 빨리 움직이라고. 아는 엄마들 최대한 동원하고."

"걱정 마. 머릿속에 계획 다 세워 놨어."

수연 엄마가 자신의 머리를 손가락으로 가리켰다. 마치 세상이 자기편인 양 자신감 넘치는 표정이다. 민준 엄마와 은지 엄마는 방아깨비가 방아를 찧는 것처럼 머리를 연신 위아래로 움직이며 김영은의 명령을 받들었다.

시청 공원관리과는 때아닌 민원 전화로 몸살을 앓았다. 김영은이 세를 과시한 탓이다. 교와 초등학교 학부모회 엄마들은 한목소리로 민원을 쏟아 냈다.

"교와 초등학교 학부모인데요. 다소니 연못에 물을 채우면 안 돼요. 2년 전 초등학생이 머리를 다쳤던 사고 벌써 잊었어요? 아이들이 다치기라도 하면 시청에서 책임질 거예욧?"

그녀들이 내는 음성은 꽤나 격양된 것이었다. 교와 초등학교의 교육열은 지역에서 소문이 자자할 정도로 극성스러웠다. 교와 초등학교를 졸업한 학생들은 교와 중학교로 진학하는데, K 국제고등학교에 입학하느냐 못 하느냐로 그들의 운명은 갈린다. 오죽하면 K 국제고등학교에 입학하는 것이 일류대 합격보다 어렵다는 말이 나돌 정도다. 일류대 진학률 100프로인 K 국제고등학교에 합격하면 학부모들은 그제야 한시름 놓게 된다.

그러한 학부모들의 요구 사항이다. 그들의 뜻을 거스르면 무슨 일이 벌어질지 모른다. 교육청이나 정부기관에 민원을 제기할 수도 있고, 차기 시장 선거에 영향을 미칠 확률 또한 높아진다. 시청은 그들의 민원을 심각하게 받아들일 수밖에 없었다.

개 구 리 정 원 의 살 인

02 개구리 늪

[윤석민]

●

마흔다섯 살의 자영업자 윤석민은 심기가 편치 않았다. 그는 교와 갈비 카운터에 앉아 아내에게 전화를 걸었다. 신호가 스무 번 넘게 울렸지만, 아내는 전화를 받지 않았다.

'이 여자가 또?'

윤석민의 미간에 내 천 자 주름이 깊게 파였다. 그가 운영하는 교와 갈비는 맛있다고 정평이 난 음식점이다. 근방의 단골들은 물론 먼 길을 마다 않고 달려와 주는 고마운 고객들도 많았다. 맛집으로 이름이 나 블로그나 기사, 유튜브 등 다양한 매체에 소개된 덕분이었다. 주방에서는 주방장과 찬모를 필두로 여러 직원들이 반찬 조리와 식재료 손질에 부산했다.

 교와 갈비는 테이블 수 30개가 넘는 상당한 규모의 식당이다. 사장 윤석민은 주방에서 직접 음식을 만들기도 하고, 신메뉴를 개발하기도 하는 등 식당 운영에 최선을 다했다. 솜씨 좋은 찬모를 영입해 차별화된 찬을 제공함은 물론 서비스 면에서도 소홀함이 없도록 직원 관리에 만전을 기했다. '잘 차린 한 상'이라는 콘셉트가 주효했고, 질 좋은 참숯만 고집한 것도 탁월한 선택이었다. 참숯 향이 은은하게 배어든 갈비는 과하지 않은 양념으로 건강한 맛이라는 찬사를 받았다.

 마흔다섯이 되도록 윤석민은 큰 고민이 없는 사람이었다. 교와 갈비의 매출은 적정한 수준을 유지했고, 오래 근무한 직원들은 손발이 척척 맞았다. 직원들에게 운영을 맡겨도 될 만큼 식당은 잘 돌아갔다.

 윤석민은 플립 폰을 거칠게 접어 바지 주머니에 넣었다. 얼굴 볼 때마다 그렇게 일렀거늘 아내는 남편의 말을 귓등으로도 듣지 않은 것이다. 섶을 지고 불로 뛰어드는 사람처럼 아내는 자기 자신을 태우는 어리석은 짓을 하고 있었다. 그는 골치가 지끈지끈 아파 왔다.

 재앙은 올해 초 배우 강우혁이 교와 포레스트로 이사를 오면서 시작되었다. B급인지 C급인지 명확히 알 수는 없지만, 강우혁이 일거리가 없는 배우임에는 틀림없었다. 그는 하루의 대부분을 아파트 부대시설에서 어슬렁거리거나 인근 식당에서 여자들과 노닥거리며 보냈다. 180㎝가 넘는 큰 키, 균형 잡힌 탄탄한 몸, 선이 또렷한 이목구비, 날렵한 턱 선은 과연 연예인이구나 싶을 만큼 보기 좋았다. 강우혁은 운동에 능했고 화술 또한 뛰어났다. 한마디로 그는 여자들의 마음을 귀신같이 캐치해 욕구를 충족시켜 주는 능력이 출중한 남자였다.

그의 수법은 실로 단순했다. 피트니스센터나 골프연습장에서 여자들의 자세를 교정해 주겠다며 접근한다. 잘생긴 배우가 상냥하게 말을 거는데 마다할 여자는 없다. 지금까지 그가 내민 손을 뿌리친 여자는 없었다. 강우혁이 입주한 후로 단지 안 체육시설은 연일 여자들로 북적였다. 이쯤에서 마무리가 됐다면 얼마나 좋았을까. 그러면 이렇게 골치가 지끈지끈 아플 일도 없었겠지. 남편 입장에서 배알이 꼬이기는 할망정 눈감아 줄 수 있는 단계에서 말이다.

강우혁은 질이 좋지 않은 남자였다. 그의 접근은 부드럽고 친절하지만, 그 속내는 검고 파렴치했다. 매끈한 얼굴로 먹잇감의 지갑을 열게 만드는 것이 그의 진짜 기술이었다. 운동을 빌미로 안면을 트면 식사를 하자고 청한다. 잘생기고 화술 좋은 남자가 유혹하는데 넘어가지 않을 여자가 있을까? 그 눈빛과 미소 뒤엔 늘 같은 파국이 기다리고 있었다. 문제는 윤석민의 아내 전상미도 강우혁에게 푹 빠졌다는 사실이 었다.

  시작은 3개월 전으로 거슬러 올라간다. 그날따라 윤석민은 유난히 고단한 상태로 귀가했다. 밤 11시가 넘었는데도 전상미는 자지 않고 거실 소파에 앉아 있었다. 기쁜 소식을 안고 남편을 기다린 사람처럼 들뜬 표정이었다. 그녀는 남편의 얼굴을 보자마자 흥분한 목소리로 외쳤다.
"내가 오늘 누굴 만났는지 알면 당신 까무러칠걸."
  단체 손님이 몰려와 정신없이 바빴던 데다 식당에서 싸움까지 벌어져 집기가 부서지고 경찰이 출동했던 혼란스러운 날이었다. 정신이 반쯤 나간 채로 귀가했던 윤석민은 아내의 말에 대답할 기운조차 없었다. 그는 기운 빠진 몸을 소파에 내던졌다. 소파에 몸을 묻자 입에서는 절로 신음이 새어 나왔다. 긴 하루가 끝났다는 안도감이 그제야 밀려왔다.
  피로에 지친 남편은 안중에도 없는지 전상미의 기분은 최고조로 좋았다. 얼굴엔 생기가 흘러넘쳤고 말이 하고 싶어 죽겠다는 표정이었다.
  '아내가 저렇게 예뻤었나?'
  화사하게 홍조 띤 아내는 평소보다 예뻐 보였다. 매사 심드렁하고 의욕 없는 사람인 줄 알았는데, 열 살은 젊어 보이는 아내가 윤석민의 눈앞에 앉아 있었다. 그녀가 상기된 낯으로 조잘거렸다. 그녀의 음성은 꿈을 꾸듯 몽환적이었다.

"내가 오늘 누굴 만났는지 궁금하지 않아?"

"친구들 만났어?"

15년 차 부부 사이에 새삼 궁금할 것도 없지만, 윤석민은 그렇게 물어보지 않을 수 없었다. 관심을 보이지 않으면 아내는 분명 이렇게 공격할 것이다.

'당신은 그게 문제야. 내가 뭘 좋아하는지 관심이나 가져 본 적 있어?'

윤석민은 아내와 다툼을 벌일 기력이 남아 있지 않았다. 물 먹은 휴지처럼 몸이 축 가라앉았다. 한시라도 빨리 침대 속으로 기어들고 싶은 마음뿐이었다.

"겨우 친구 만난 일로 내가 이렇게 호들갑을 떨겠어?"

본인이 호들갑을 떤다는 사실은 알고 있는 모양이다.

"당신, 강우혁 알지?"

"강우혁? 강우혁이 누군데?"

"에이, 말이 안 통하네. 강우혁도 몰라?"

그가 꼭 알아야 될 사람이기라도 하듯 전상미는 남편의 허벅지를 찰싹찰싹 때렸다. 가뜩이나 피곤한데 허벅지까지 쳐대니 그는 슬슬 짜증이 몰려왔다. 강우혁이 대체 뭐 하는 놈이야?

"'날마다 죽이는 남자'에 나왔던 배우잖아."

"주인공으로?"

"아니, 주인공 친구 역."

"그래서?"

윤석민은 아내가 무슨 말을 하려는 것인지 짐작도 가지 않았다.

"강우혁이 우리 아파트로 이사 왔어."

전상미의 눈이 설렘으로 반짝거렸다.

"연예인이 이사 온 게 그렇게 대단한 일인가?"

그러나 그녀는 남편의 말을 듣고 있지 않았다.

"내가 오늘 골프연습장에 갔는데 글쎄 강우혁이 거기 있더라니까. 강우혁이 나한테 인사를 다 하더라고. 연예인이라 예의가 바른 걸까? 그 사람, 나한테 미소까지 지어 줬어. 얼굴에서 빛이 막 나는 게……, 배우라 그런지 아우라가 남다르더라."

전상미는 두 손을 맞잡은 채 황홀경에 빠져들었다.

"강우혁 그 사람, 골프도 잘 치나 봐. 척 봐도 프로 스윙이었어."

윤석민도 간간이 골프를 치기는 하지만, 식당 일에 매어 연습장엔 통 가 볼 새가 없었다. 그날이 모든 불행의 서막이었을 줄은 당시에는 알지 못했다. 그가 아내의 변화를 눈치챈 것은 그녀가 강우혁이라는 수렁에 두 발을 깊숙이 집어넣은 후였다.

아내의 외출은 잦아졌고, 늦은 밤에도 귀가하지 않은 때가 많았다. 중1 딸 예린이가, 엄마가 강우혁 팬클럽에서 활동한다고 알려 주었다. 아파트에서 강우혁 팬클럽이 결성됐는데, 엄마가 거기에 참여한다는 것이다. 어린 딸은 엄마를 이해한다면서 통 큰 답변을 내놓았다.

'엄마를 지지해 주는 너그러운 딸이 있어 좋겠군.'

딸의 말이 왠지 무정하게 들려 윤석민은 속으로 투덜거렸다.

그는 아내와 담판을 지어야겠다고 결심했다. 그런데 대면을 해야 담판을 짓든 말든 할 텐데 도통 아내를 만날 수가 없었다. 아내의 귀가는 늦었고, 아침에는 늘 늦잠에 빠져 있었다. 덕분에 예린이가 아침밥도 먹지 못하고 등교하는 날이 많아졌다. 보다 못한 윤석민이 아침마다 예린이에게 토스트와 우유를 차려 주었다.

연예인에 대한 호기심으로 하루 이틀 그러다 말겠지, 그는 아내의 심리를 이해하려 애쓰며 일탈을 눈감아 주었으나 더는 방치할 수 없다고 판단했다. 윤석민은 위기의식에 사로잡혔다. 낮에 전화를 걸면 아내는 남편의 기분을 살피듯 고분고분 응대한다. 가급적 외출을 삼가겠다, 나가도 빨리 들어오겠다, 라며 철석같이 약속을 한다. 그러고는 지키지 않는 것이다. 아내는 일단 외출하면 전화건 문자건 일체 응답하지 않았다. 집 밖으로 나가는 순간 가족은 없는 사람처럼 행동하는 것이다.

그는 궁리 끝에 자지 않고 아내를 기다려 보자고 마음먹었다. 그런데 그게 말처럼 쉽지 않아 베개에 머리를 대자마자 잠들기 일쑤였다.

그날도 윤석민은 허벅지를 꼬집어 가며 잠들었다 깨기를 반복하면서 침대에 누워 있었다. 방문 너머로 아내의 기척이 은근히 느껴졌다. 전상미는 도둑고양이처럼 조용히 침실로 숨어들었다. 욕실에서 한동안 부스럭대는 소리가 이어지더니 이내 아무 일 없었다는 듯 이불 속으로 기어들었다.

"당신, 어디 갔다 이제 오는 거야?"

그는 스마트폰으로 시간을 확인했다. 시간은 어느새 자정을 넘어가고 있었다.

"팬클럽 모임이 있어서."

전상미의 변명은 짧았다. 남편이 말을 걸어 놀란 듯했지만 미안해하는 기색은 추호도 없었다.

"무슨 모임을 오밤중까지 해? 당신, 예린이 밥은 챙기고 다니는 거야?"

그는 최대한 감정을 억누르며 말했다.

"또 예린이 타령이야? 중학생이면 혼자서 밥 정도는 먹을 수 있는 나이라고. 그만 좀 과보호해. 그리고 예린이한테 밥 사 먹으라고 돈 줬거든. 예린이가 친구들이랑 맛있는 거 사 먹으면 기분 풀린다고 더 좋아해."

딸을 언급한 것이 방아쇠가 됐는지 전상미가 속사포처럼 쏘아 댔다.

"그럼 애가 날마다 밖에서 밥을 사 먹는다는 거야?"

"밖에서 사 먹는 게 더 맛있다고 하잖아. 그리고 나는 뭐 예린이 밥 차려 주는 사람이야?"

그녀는 파리를 쫓는 것처럼 남편의 얼굴에 대고 손을 휘휘 내저었다. 귀찮은 기색이 완연하다.

"나 피곤해. 내일 이야기하자고."

오밤중까지 노닥거리느라 피곤도 하겠지. 그는 부아가 치밀어 올랐지만 꾹꾹 눌러 참았다.

"그럼 내일 맑은 정신으로 얘기하게 나가지 말고 집에 있을래?"

"알았어."

그러고는 아내는 야멸차게 돌아눕더니 이내 코를 골며 잠이 들어 버렸다. 방귀 뀐 놈이 성낸다고 적반하장이 따로 없다. 그는 부글부글 끓어오르는 울화를 밤새 삭여야만 했다.

이튿날 그는 평소보다 일찍 퇴근했다. 아내가 저녁을 해 놨다고 전화를 걸어왔기 때문이다. 아내의 전화를 받은 윤석민은 눈 녹듯 스르르 기분이 풀렸다.

'그럼 그렇지, 별일 아닐 거야. 아내 입장에서 집에만 있기 무료하기도 했겠지. 배우가 이사 왔다니까 호기심으로 몇 번 몰려다닌 것뿐이야.'

그는 스스로를 안심시키려 애썼다. 식탁 위에는 전골냄비가 차려져 있었다. 전골냄비는 식탁에서 끓이면서 먹는 스타일로 아내의 단골 메뉴였다. 옆에는 맥주잔도 놓여 있었다.

"당신, 피곤할 텐데 한잔해."

전상미가 남편의 잔에 캔 맥주를 따라 주었다. 캔 맥주도 그가 좋아하는 브랜드의 제품으로, 남편의 기분을 맞추려는 의도가 느껴졌다. 윤석민도 아내의 잔에 맥주를 채웠다.

"예린이는 집에 없어?"

"친구 생일파티 한다고 나갔어. 저녁 먹고 올 거야."

"당신이 소고기 전골 맛있게 끓였는데, 예린이는 못 먹게 됐네."

둘은 습관처럼 맥주잔을 부딪쳤다. 아내의 건조한 표정을 보니 건배사 할 마음은 생기지 않았다. 어느새 부부 사이에 깊은 간극이 생겼음을 그제야 깨달았다. 그의 마음에 쓸쓸한 바람이 불었다. 소고기 전골이 보글보글 끓으며 맛있는 냄새를 풍겼다. 냄비 뚜껑을 열어 보니 당면과 버섯, 양념된 고기가 담뿍 담겨 있었다. 아내가 신경을 많이 쓴 것 같았다.

"전골 맛있겠네."

그는 아내의 그릇에 전골을 떠 주며 머릿속으로 어떻게 대화를 풀어 갈지 궁리했다.

"예린이가 그러더라. 아빠가 엄마에 대해 물어봤다고."

전상미가 불쑥 말을 꺼냈다. 그녀는 식욕이 없는지 젓가락을 들지 않았다.

"당신과 시간이 엇갈려서 예린이한테 대신 물어봤지."

그는 억지로 만든 미소를 입술에 붙인 채 말했다.

"예린이가 강우혁 팬클럽에 관해 얘기해 줬어?"

그녀가 짐작이 간다는 투로 물었다.

"팬클럽에서 하는 활동이 뭐야? 나는 팬클럽 모임을 날마다 하는 이유를 모르겠어."

윤석민의 입술에서 미소가 사라졌다. 그는 감정을 억누르려 했지만, 말투에는 이미 분노의 기색이 어렸다. 남편의 심사를 감지했는지 되받아치는 전상미의 어조도 뾰족하게 날이 서 있었다.

"미리 말해 두지만, 나한테 팬클럽 활동 하지 말라는 소리는 하지 말아. 난 그만둘 생각 추호도 없으니까."

그녀가 단호한 어조로 못을 박았다. 윤석민은 대화가 잘 풀리지 않을 것임을 직감했다. 그는 자신의 섣부른 행동을 후회했다. 달래도 시원치 않을 판에 추궁하듯 물었으니……

"활동을 하지 말라는 게 아니라 가정이 우선이라는 얘기야."

"내가 가정에 소홀했다고? 또 예린이 밥 타령이야? 나는 뭐 집에서 밥만 하는 사람이야? 예린이도 이제 다 컸다고."

아내는 어젯밤에 했던 얘기를 또다시 반복하고 있었다. 그의 기대가 완전히 무너졌다. 부부는 동상이몽을 꾸고 있었던 것이다.

"나도 이젠 자유롭게 살고 싶어. 나, 그 정도 자유는 누려도 되잖아."

아내가 애써 저녁을 준비한 데는 의도가 있었을 텐데, 그녀의 말투는 점점 호전적이 되어 갔다. 아내의 의도 또한 방향을 잃은 것이다.

"오밤중까지 술 마시는 게 팬클럽 활동인가? 당신은 술도 안 좋아하잖아."

아내는 취기보다는 맑은 정신을 선호하는 사람이었다. 술도 마시지 않으면서 밤늦게 들어오는 것은 더욱 수상쩍었다.

"당신은 마음대로 늦게 들어와도 되고, 나는 그러면 안 되는 거야?"

"당신, 무슨 말을 그렇게 해? 내가 늦게 들어오는 건 식당 일 때문이잖아."

"나는 당신이 대화하고 싶다고 해서 일부러 자리를 마련한 거야. 할 말 있으면 어서 해 봐."

아내는 냉장고에서 콜라를 꺼내 잔에 따르더니 벌컥벌컥 들이켰다. 속이 타는 건 난데……, 윤석민은 식욕이 싹 달아났다. 그는 전기레인지의 전원을 꺼 버렸다.

"팬클럽 활동을 꼭 밤늦게까지 해야 하는 거야? 예린이는 아직 엄마의 손길이 필요한 나이라고."

"운동하고 밥 먹고 술 한잔하면 시간이 그렇게 돼. 분위기 망치게 나만 어떻게 빠져나와? 정 예린이 밥이 걱정되면 교와 갈비 가서 먹으라고 할까? 거기 반찬 많이 나오잖아."

전상미는 딸은 안중에도 없는 사람처럼 함부로 말을 뱉었다. 팬클럽 활동을 못 할 바엔 이혼도 불사하겠다는 태도다.

"한 가지만 물어보자. 팬클럽에서 하는 활동이 뭐야?"

"그야 강우혁 배우가 연기에 매진할 수 있게 지원하는 거지."

"지원? 그 지원은 어떻게 하는 건데?"

"물심양면으로 돕는 거야."

그녀는 무심코 입을 떼고 아차 싶었던지 슬쩍 남편의 눈치를 살폈다. 물심양면이라……, 그래 돈이 필요하겠지. 짐작은 했지만, 아내의 입으로 직접 듣고 나니 그는 기분이 고약해졌다. 팬클럽 회원들과 날마다 노닥거릴 만큼 연예인이 한가한 직업인가?

"강우혁은 매일 모임에 나와?"

"강 배우가 나오지 않으면 무슨 재미로 팬클럽 활동을 해?"

"팬 모임을 날마다 한다고?"

"강우혁 배우는 배울 점이 많은 사람이야. 골프도 잘 치고 운동도 만능이라 못 하는 종목이 없어. 강 배우한테 레슨을 받으니까 답례로 식사를 대접하는 거지. 강사랑은 친목 모임일 뿐이야."

"강사랑?"

"강우혁을 사랑하는 팬들의 모임이니까."

강우혁을 화제에 올리는 것만으로도 아내는 얼굴에 화색이 돌았다. 정말 미쳐도 단단히 미쳤군. 강우혁 그 새끼는 왜 이사 와서 평지풍파를 일으키는 거지? 그는 강우혁의 면상에 주먹을 한 방 내지르고 싶었다.

"내가 팬클럽 모임에 나가지 말라는 소리는 안 할게. 대신에 조금만 일찍 들어오면 안 될까? 예린이는 아직 중학교 1학년이야."

"당신이 뭔데 내 귀가 시간을 정해?"

아내가 도전적으로 외쳤다. 이판사판으로 덤빌 셈인지 눈빛 또한 표독스러워졌다. 식어 버린 전골냄비처럼 부부의 감정도 급랭했다. 더 마주 앉아 있어 봐야 역효과만 날 게 뻔했다. 윤석민은 맥주를 들이켰지만 입맛이 썼다. 그는 의자에서 일어났다. 그러자 전상미가 기다렸다는 듯 식탁을 치우기 시작했다. 그녀는 빈말이라도 남편에게 밥을 먹으라고 권하지 않았다. 달그락거리며 그릇 부딪치는 소리가 그의 신경을 긁었다. 부부의 식사 자리는 감정의 골만 확인한 채 끝나고 말았다.

윤석민은 갈기갈기 찢긴 마음을 안은 채 이 밤을 넘기고 싶지 않았다. 그에겐 더 나은 마무리가 필요했다. 아내와 한 공간에 있는 것이 말할 수 없이 부담스러웠다. 그렇다고 식당에 나가기도 애매한 시간이어서 그는 거실 소파에 맥없이 앉아 스마트폰만 노려보고 있었다. 기분 참 더러웠다. 주방에서 아내가 달그락거리는 소리는 점점 더 그의 신경을 갉작였다.

그는 같은 단지에 사는 박상철에게 전화를 걸었다. 박상철은 마흔세 살로 공연기획사 대표였다. 공사다망한 그를 만날 수 있을지 확신이 들지 않았다. 박상철에게 약속이 없기를 기도하며 윤석민은 초조한 심정으로 신호음을 듣고 있었다. 이윽고 박상철이 전화를 받았다. 스마트폰 저편에서 귀에 익은 정다운 음성이 들리자 윤석민은 그것만으로도 위로받는 느낌이 들었다.

"석민이 형, 어쩐 일이야? 이 시간에 전화를 다 하고."

박상철은 반갑게 전화를 받았다. 겨우 두 살 적은데도 깍듯하게 형 대접을 해 준다. 그는 친절한 성격의 소유자였으며 특유의 친화력으로 지인들 사이에서 인기가 많았다.

"상철아, 너 지금 어디야?"

"집에 가는 길인데. 왜, 형?"

박상철은 운전 중이라고 대답했다.

"너랑 술 한잔하려고 전화했지."

"형이 어쩐 일이래? 석민이 형이 부르면 당연히 달려가야지."

"얼굴 본 지도 꽤 됐고, 한잔 생각도 나고."

"형, 우리 어디서 볼까?"

"후문 쪽 참치횟집 어때?"

"교와 참치? 나야 좋지. 앞으로 10분 뒤면 도착하니까 차 대고 걸어가도 15분이면 충분할 거야. 마누라가 집에 없어서 치킨이나 시켜 먹을까 했는데 잘됐다. 애들끼리 먹으라고 하지, 뭐."

"내가 먼저 가서 기다리고 있을게."

박상철은 약속 없는 날을 꼽기 어려울 정도로 인맥이 넓은 사람인데 운이 좋았다. 그는 윤석민이 신뢰하는 몇 안 되는 사람들 중 하나였다.

 평일 저녁이어서 교와 참치는 그다지 붐비지 않았다. 예약을 하지 않았는데도 룸에 자리를 잡을 수 있었다. 윤석민은 참치 스페셜 2인분을 주문했다. 10분쯤 지나자 박상철이 도착했다. 그는 핏 좋은 셔츠를 입었고, 재킷은 팔에 걸친 채였다. 넥타이는 매지 않았다. 그에게서 활동가 특유의 실용과 여유가 동시에 느껴졌다. 키는 크지 않았지만, 단단히 다져진 몸매가 안정감 있는 인상을 주었다.
 "상철아, 어서 와. 내가 스페셜 코스로 주문했어."
 "석민이 형, 오랜만이야. 미안해, 형. 내가 먼저 연락했어야 하는데, 신경 쓰이는 일이 있어서."
 "누가 전화하면 어때? 자 시원하게 한 잔 마시라고."
 윤석민은 박상철의 잔에 맥주를 가득 따라 주었다. 그는 박상철이 맥주병을 잡는 것을 물리치고 소주잔을 집어 들었다. 아까 마신 맥주의 쓴맛이 여전히 입안에서 감도는 것 같았다. 그는 박상철과 잔을 부딪치고는 단숨에 소주잔을 비웠다. 박상철은 윤석민의 안색을 살피더니 조용히 맥주를 마셨다. 그는 눈치도 빠르고 상황에 맞게 처신을 잘하는 사람이었다.
 노크 소리와 함께 여직원이 들어오더니 야채죽과 샐러드,

참치 회무침을 놓고 사라졌다. 박상철은 시장했는지 죽 한 그릇을 금세 비웠다. 윤석민은 회무침을 개인 접시에 조금 덜었을 뿐이다.

"형, 무슨 일이야? 입맛이 없어?"

박상철이 미간에 걱정스러운 주름을 잡으며 물었다. 윤석민이 또 한 잔의 소주를 입안에 털어 넣었다.

"석민이 형, 안주도 먹으면서 마셔. 그러다가 속 버린다고."

"그럴게."

윤석민은 회무침을 입안에 넣고 우물거렸다. 차가운 생선 살이 탄력 있게 씹혔지만, 맛이 느껴지지 않았다.

"석민이 형, 무슨 일인지 나한테 말해 봐. 내가 다 해결해 줄게."

박상철은 주먹으로 자신의 가슴팍을 팡팡 쳤다. 애써 기분을 풀어 주려는 그의 노력이 가상해 윤석민은 경직된 입술 끝을 억지로 끌어 올렸다.

"상철아, 회사는 잘 굴러가지?"

"형, 날씨 풀리면 공연은 비수기야. 여행이나 야외활동을 많이 하는 시기라 콘서트는 뒷전이라고. 찬바람 좀 불어 줘야 콘서트 갈 마음이 생기나 봐. 형, 교와 갈비는 어때? 여전히 잘되지?"

"매양 똑같지, 뭐."

"교와 갈비야 걱정할 게 뭐 있나? 갈 때마다 빈자리가 없던데. 형수랑 예린이도 잘 있지?"

박상철은 다정한 성품답게 가족의 안부도 빠뜨리는 법이 없었다. 그는 윤석민의 잔에 소주를 가득 따라 주었다. 왠지 눈물이 날 것만 같아 윤석민은 눈을 끔뻑거렸다. 아내보다 박상철이 더 살갑게 느껴진 탓이다. 마흔다섯 살 먹은 남자가 눈물을 찔끔거리면 볼썽사나울 것이다. 그는 또다시 소주잔을 비웠다. 소주가 맹물처럼 싱거웠다. 아무리 마셔도 취할 것 같지 않았다.

"석민이 형, 말해 봐. 무슨 일이야?"

"상철아, 배우 강우혁이 우리 아파트로 이사 온 건 알지?

박상철은 동 대표를 맡고 있어 단지 내 사정에 밝았다. 그러나 강우혁의 이름을 듣는 순간 그의 미간에 균열이 일고 얼굴에는 분노의 기운이 스쳤다. 그의 눈빛에서 윤석민은 진한 고통의 편린을 감지했다.

'그럼 상철이도······?'

동병상련의 아픔을 겪는 자들의 공감대가 두 사람 사이를 오갔다. 박상철이 꿀꺽거리며 맥주를 마시는 소리가 들렸다. 그의 목울대가 거칠게 오르내렸다. 윤석민은 잠자코 그의 빈 잔을 채워 주었다.

"그렇지 않아도 그 새끼를 어떻게 손봐 주나 고민하고 있었어."

박상철은 치부가 드러나는 것도 개의치 않는 솔직한 성격이다. 강우혁은 대체 몇 명의 유부녀들을 유린하고 있는 걸까? 설마 팬클럽 회원들 전부?

"그놈이 왜 우리 아파트에 기어들어 와 분란을 일으키는지 모르겠어. 요즘 마누라 얼굴 보기 힘들어. 애들도 내팽개치고 밖으로만 나돈다고. 강우혁 팬클럽인가 뭔가를 만들어서 날마다 몰려다니는가 봐. 팬클럽에서 후원회도 겸한다는데, 돈 쓸 데가 그렇게 없나? 남편들이 뼈 빠지게 벌어 온 돈을 그런 새끼한테 갖다 바치고. 내 말은 아예 들으려고도 안 한다니까."

"나도 같은 처지다, 상철아."

"형이 강우혁 얘길 꺼냈을 때 짐작은 했어. 형수도 밤늦게 들어와?"

윤석민은 무언의 동의를 담아 머리를 천천히 주억거렸다.

"마누라랑 도무지 말이 안 통해. 아주 이혼도 불사할 태세더라고."

여직원이 음식 수레를 밀며 방으로 들어왔다. 그녀는 가리비찜과 해산물 접시를 탁자에 내려놓았다. 산낙지와 멍게, 문어, 소라가 막 잡아 올린 듯 싱그러움을 뽐내고 있었다. 싱싱한 멍게를 한 점 초장에 찍어 입속에 넣었으나 역시 맛이 느껴지지 않았다.

"형, 어서 먹어 봐."

박상철이 가리비찜을 접시에 덜어 윤석민의 앞에 놓아 주었다. 그리고 그는 꿈틀거리는 낙지 다리를 젓가락으로 감아올렸다.

"상철아, 우리가 강우혁을 만나서 얘기해 볼까?"

"석민이 형, 그런 새끼가 우리 말을 들을 것 같아? 요즘 드라마 제작이 줄어서 배우들 대부분이 개점휴업 상태래. 상위 10프로 배우들을 제외하곤 일거리가 거의 없대. 유부녀들을 호구로 잡을 정도면 제비도 프로급인데 우리 말을 듣겠어?"

"우리 아파트에 연예인들이 꽤 사는데, 지금까진 이런 일 없었잖아."

"그 사람들은 한물간 데다 나이도 육십이 넘었잖아. 게다가 연예인이 모두 쓰레기도 아니고, 강우혁 같은 인간이 어디 흔하겠어?"

듣고 보니 박상철의 말이 구구절절 옳았다. 윤석민은 테이블 구석에 달린 작은 버튼을 눌렀다. 마침 술이 떨어졌기 때문이다. 노크 소리가 들리고 여직원의 어여쁜 얼굴이 들어왔다. 그녀는 도미 가마살과 열기구이를 테이블에 내려놓았다. 바삭하게 구워진 생선에서 고소한 향이 풍겼다. 윤석민은 그제야 배가 고프다는 사실을 깨달았다. 빈속에 마신 소주 탓에 술도 오르는 것 같았다. 그는 여직원에게 소주를 주문했다.

"형, 나도 소주로 마실래."

박상철은 새로 젓가락을 꺼내 솜씨 좋게 생선 뼈와 살을 분리하기 시작했다. 그는 남을 배려하는 언행이 몸에 밴 사람이었다.

"석민이 형, 생선구이 좀 먹어 봐."

그는 윤석민의 접시에 먹기 좋게 바른 생선살을 놓아 주었다. 알뜰하게 살펴 주는 그를 대하니 윤석민은 또 눈물이 날 것만 같았다. 박상철은 처와 초등학생 남매를 둔 가장이다. 두 아이는 6학년과 4학년으로, 엄마의 보살핌이 꼭 필요한 나이였다. 분통이 터지면서도 뾰족한 해결책은 없는 답답한 대화가 한동안 이어졌다.

노크 소리와 함께 메인 요리인 참치 모둠회가 등장했다. 마블링이 적당히 퍼진 참치회는 보기만 해도 군침이 고이는 화려한 모양새였다. 회 위에 뿌려진 금가루가 조명을 받아 반짝거렸다. 윤석민은 오늘 밤 대취하리라는 예감이 들었다.

"마음 같아서는 강우혁 그 새끼를 흠씬 패 주고 싶은데, 그럴 수도 없고."

누가 아니겠는가. 윤석민의 심정이 딱 그러했다. 강우혁을 죽기 직전까지 패 준 다음, 아파트에 얼씬도 못 하도록 쫓아 버리고 싶었다.

박상철은 운동깨나 했음직한 다부진 체격을 지녔지만, 학부에서 피아노를 전공한 음악도였다. 예술경영으로 진로를 바꿔 석사를 마친 뒤 공연기획 분야에 뛰어들었다. 5년쯤 월급 생활을 하다 공연기획사를 차렸다. 영업에도 소질이 있는지 그가 차린 회사는 잘 굴러갔다. 한물간 가수 몇 명을 관리했는데, 오래된 팬들이 의외로 많아 콘서트 때마다 성황을 이루었다.

랍스터회와 모둠초밥이 나왔다. 박상철은 윤석민에게 연신 음식을 권했다. 이럴 때일수록 잘 먹어야 한다는 것이다. 어떻게든 가정을 지키고 싶다는 말을 하면서 박상철은 눈물을 내비쳤다. 윤석민은 덩달아 울고 싶어졌다. 그는 피아노과 세 살 아래 후배와 결혼했는데, 사이좋은 부부로 소문이 자자해 윤석민은 뻐근하게 가슴이 조여 왔다.

"석민이 형, 마누라가 강우혁한테 돈을 주는 것 같아."

"그래 얼마나?"

"마누라가 내 계좌랑 연결된 체크카드를 쓰는데, 잔액이 많이 줄었더라고. 그래서 물어봤지."

"제수씨는 뭐라고 해?"

"마누라가 우물쭈물하면서 대답을 못 하는 거야. 그래서 내가 막 채근했지. 변명거리가 궁색해지니까 이 여자가 뭐라는 줄 알아? 내 참 기가 막혀서, 글쎄 명품 백을 샀다는 거야."

"백을 보여 달라고 하지."

"그랬지. 그런데 그 명품 백을 친구한테 빌려줬다는 거야. 명품 백 가격이 얼마냐, 백을 얼마나 사면 돈이 이렇게 비냐고 물어봤어. 그랬더니 비싼 피부과 시술을 받았다는 거야. 그러면서 막 화를 막 내더라고. 자기를 못 믿느냐면서. 그래서 더 추궁하진 않았는데, 강우혁한테 돈을 주는 게 분명해. 식사비를 내는 정도라면 돈이 그 정도로 비지는 않을 거야. 게다가 새 명품 백을 친구한테 빌려줬다는 게 말이 돼? 피부과 시술도 지어낸 얘기가 분명해."

"그러게."

"형수는 어때?"

윤석민은 아내와 강우혁을 연관 지어 떠올리는 자체가 혐오스러워 도리질만 했다. 그는 아내의 계좌에 대해 아는 바가 없었다. 아내에게 물어도 대답하지 않을 게 뻔했다. 아내를 잃은 두 남자의 한숨이 방 안 공기를 무겁게 짓눌렀다. 맛있는 요리와 술을 앞에 두고 탄식만 하고 있으니 신세타령이 절로 나왔다.

"고객님, 들어가겠습니다."

낭랑한 음성과 함께 여직원이 조용히 모습을 드러냈다. 그녀는 랍스터찜과 알밥을 탁자에 내려놓았다. 그녀가 덧붙여 말했다.

"바로 후식 가져오겠습니다. 편하게 말씀 나누세요. 필요한 게 있으시면 버튼 누르시고요."

더는 들어오지 않겠으니 신경 쓰지 말고 대화를 나누라는 소리 같았다. 그녀는 곧 과일 접시를 내왔다. 박상철이 지갑을 꺼내 여직원에게 팁을 주었다. 그는 사람 다루는 일에 능숙했고, 누구에게나 후하게 대했다. 인맥 관리에 능한 그도 아내만은 마음대로 되지 않는 모양이다. 여직원이 허리를 굽혀 인사한 뒤 필요한 것은 없는지 한 번 더 체크했다. 박상철이 소주를 추가 주문했다. 그는 윤석민에게 매운탕을 먹겠는지 의향을 물었다. 윤석민은 고개를 내저었다. 여태 마신 술로 뱃속이 출렁거려 매운탕 국물까지 더하고 싶진 않았다.

"석민이 형, 우리가 그 자식을 혼내 줄까?"

여직원이 완전히 사라지자 박상철이 가시 돋친 어조로 말을 던졌다.

"무슨 말이야?"

"사람을 사서 뜨거운 맛을 보여 주면 어떨까 싶어서."

"그런 일을 해 줄 사람을 알고 있어?"

박상철은 머리를 내저었지만, 곧 도전적으로 말을 덧붙였다.

"인터넷을 뒤지면 해결사 한 명 못 찾을까?"

"너 지금 청부 폭력을 하자는 말이야?"

"석민이 형, 내가 오죽 답답하면 이러겠어?"

술이 올라 그런지 박상철은 점점 감정적이 되어 갔다. 청부 폭력을 쓰자고 하다가는 금세 울상이 되어 어깨를 축 늘어뜨렸다. 매사 긍정적이던 평소의 모습과는 영판 달랐다. 그런 박상철을 눈앞에서 보자 윤석민은 더 강한 분노가 솟아올랐다.

"상철아, 남을 끌어들이면 안 돼."

박상철이 실망한 아이처럼 머리를 떨구었다. 두 남자의 삶에서 평온을 앗아간 약탈자, 강우혁. 그에게서 비롯된 상처는 두 남자의 삶에서 웃음과 안정을 빼앗았고, 결코 용서할 수 없는 깊은 상흔으로 남았다.

"강우혁 그 새끼, 스포츠도 만능이래. 체격을 봐도 그렇고, 아마 완력도 셀 거야. 분명 싸움도 잘할 테지."

불시에 공격하면 그딴 거 아무 소용없어, 윤석민은 입술만 달싹이며 말을 삼켰다. 그는 랍스터찜을 집게로 덜어 박상철의 접시에 놓아 주었다. 랍스터찜은 이미 차갑게 식어 있었다. 술만 마시면 속 버린다고 안주를 권하던 박상철이 소주를 물처럼 들이켰다.

"석민이 형, 우리 완전범죄 실행해 볼까?"

"너 취했구나."

"형, 나 취하지 않았어. 진짜로 그 새끼를 죽여 버리고 싶어서 그래."

 완전범죄라는 단어가 그렇게 매력적으로 들린 건 처음이었다. 완전범죄라……, 꽤나 신선하지 않은가. 완·전·범·죄. 윤석민은 네 음절을 혀 위에서 굴려 보았다.

 "상철아, 여자들을 좀 더 설득해 보자고. 범죄는 리스크가 너무 커."

 "현아가 말을 듣지 않으니까 그렇지."

 박상철의 목소리는 거의 우는 것처럼 들렸다. 강우혁을 죽이고 싶다는 그의 절규가 가슴속 내밀한 곳을 뜨겁게 달궜다. 윤석민의 내부에는 강한 반발력이 잠재돼 있었다. 그는 강우혁에게 받은 위협 그대로를 돌려주고 싶었다. 내 가정을 건드린 대가를 확실히 깨닫게 해 주고 싶었다.

 "상철아, 우중충한 얘기 그만하고 우리 술이나 마시자. 훌륭한 안주를 앞에 두고 이런 칙칙한 화제만 입에 올려서야 쓰나."

 윤석민은 잔을 들고 박상철에게 건배를 제안했다.

 "상철아, 걱정하지 마. 다 잘될 거야. 이 또한 지나갈 테니."

 그들의 잔이 허공에서 맞부딪쳤다. 억지로 지은 웃음 뒤로 이런 생각이 스쳤다.

 '강우혁만 없으면 모든 게 제자리로 돌아올 텐데.'

 윤석민의 마음속에 살의의 씨앗이 움을 틔운 순간이었다.

[강우혁]

●

 강우혁은 교와 포레스트로 이사 오길 잘했다는 생각이 들었다. 그는 드라마 업계 불황을 몸소 체감하는 중이었다. OTT나 유튜브 등 다양한 매체가 생기면서 TV 시청률이 예전 같지 않았다. 방송사들의 광고 수익이 줄어들 수밖에 없었다. 반면 OTT 시장이 성장하면서 드라마 제작비는 껑충 뛰었다. 방송사 입장에서 보면 광고 수익은 줄어드는데, 드라마 제작비는 올라가니 편성을 줄일 수밖에 없다. 코로나19를 거치면서 OTT 시리즈물의 숫자는 늘어났으나 거기서 소외되는 배우들이 생겨났다. 문제는 강우혁도 그들 중 하나라는 사실이었다.

 TV 드라마 위주로 활동하던 배우들은 좀처럼 기회를 잡기 어려웠다. 넷플릭스 같은 OTT는 리스크를 줄이기 위해 자주 쓰는 배우들을 출연시킨다. 배우들의 빈부 격차가 드러나는 지점이다. 빈부 격차란 놈은 참으로 고약해서 조연은커녕 조조연을 따내기도 하늘의 별 따기가 되었다. OTT에서 소외된 배우들은 호구지책으로 예능이나 유튜브 등으로 고개를 돌려보지만, 그쪽도 평탄치만은 않았다. 최근 예능은 일반인 리얼 예능이 대세가 될 정도로 일반인이나 유명인들이 방송을 장악하는 시대가 되었다. 물론 스타급 배우들은 SNS 광고 게시물로도 막대한 수익을 올리고 있지만, 강우혁과는 거리가 먼 이야기였다.

그러나 사람이 죽으란 법은 없었다. 강우혁도 자신만의 장기를 발휘하고 있었으니 누구에게나 잘하는 분야는 있게 마련이다.

강우혁이 새로 둥지를 튼 교와 포레스트는 고급 아파트 단지답게 피트니스센터나 골프연습장, 사우나 등의 편의시설이 잘 갖추어져 있었다. 배우는 자기 관리가 생명이다. 몸매나 얼굴 등 평소 관리를 제대로 해 둬야 기회가 왔을 때 낚아챌 수 있다. 어차피 출연작도 없어 한가한 참이었다. 그는 일삼아 피트니스센터와 골프연습장을 드나들며 근육으로 다져진 탄탄한 몸을 만들었다.

"어머나, 강우혁 배우님 아니세요?"

강우혁이 골프연습장에서 스윙 연습을 하고 있을 때였다. 옆 타석에서 타구 연습을 하던 여자가 그에게 말을 걸어왔다. 뭐, 얼굴이 알려진 연예인으로선 드문 일이 아니다. 이런 걸 유명세라고 하지. 강우혁의 단정한 이목구비 위로 매력적인 웃음이 스며들었다. 그는 얼굴 가득 미소를 장착한 채 옆 타석을 돌아보았다. 웃는 데 돈 들어가는 것도 아니니 마음껏 미소를 뿌려 주자. 언제 어디서 돈줄이 걸려들지 모른다. 강우혁은 큰 키, 균형 잡힌 몸매, 또렷한 이목구비의 잘생긴 배우였다. 화술 또한 현란해 여자를 유혹하는 건 일도 아니었다.

"저한테 알은척을 해 주시는 멋진 여성분은 누구실까요? 반갑습니다. 배우 강우혁입니다."

강우혁은 여자에게 다가가 오른손을 쑥 내밀었다. 그가 악수를 청하자 여자가 화들짝 놀랐다. 그러나 놀란 것도 잠시, 여자의 얼굴에 함박꽃 같은 웃음이 피어났다. 잘생긴 배우가 만면에 미소를 띤 채 손을 내미니 기분이 좋을 수밖에. 여자가 수줍게 웃으며 그의 손을 잡았다.

강우혁은 꽤나 박력이 느껴지도록 여자의 손을 잡고 흔들었다. 남성미는 언제나 효과를 발휘한다. 어쩌면 이 여자가 기회가 돼 줄지도……. 그는 언제든 기회를 잡을 준비가 돼 있었다. 강우혁에게 기회란 드라마 출연 섭외만이 아니었다. 돈 나오는 구멍은 많을수록 좋다는 게 그의 지론이었다.

"어머나 강우혁 배우님, 저 강 배우님 팬이에요."

여자가 호들갑을 떤다. 이 정도 반응이면 반은 넘어온 것이나 다름없다. 강우혁의 골프 실력이야 프로급이니 자세를 봐주거나 스윙 교정을 해 주는 척하다가 커피 한잔을 제안한다. 가볍게 시작된 대화는 식사가 되고, 분위기라는 핑계로 술이 따라온다. 이쯤 되면 필드에 나가기는 더욱 용이해진다. 공기 좋은 야외에서 골프를 치다 보면 여자의 재력도 파악되고 친분 또한 깊어진다. 이후의 과정은 너무나 쉬워 코웃음이 나올 정도다.

"제 팬이라고 하시니 감히 조언을 드려도 될까요?"

"물론이죠. 전 아직 초보라……, 강 배우님 스윙 폼은 프로가 울고 갈 판인데요. 호호호."

여자가 허리를 꼬며 웃었다.

"백스윙을 높이 올리세요. 허리 회전이 안 되니까……, 필드 나가면 공이 왼쪽으로 갈 수 있어요. 골반을 잘 이용해야 합니다. 골프는 골반 움직임이 중요하거든요. 그것만 보완하면 나이스 스윙인데요."

그가 스윙 자세를 잡아 주자 여자가 몸을 바르르 떨었다. 여자는 얼굴을 빨갛게 물들인 채 그의 손길에 몸을 내맡겼다. 그때 옆 타석에서 다른 여자의 목소리가 들렸다.

"강우혁 배우님, 저도 좀 봐주세요."

강우혁이 돌아보자 70대로 보이는 여자가 그를 향해 손을 흔들고 있었다.

"아 네, 그러죠."

그는 얼른 여자의 차림새를 스캔했다. 옷이나 소지품은 고급스러웠으나 나이가 너무 많았다. 아무리 궁해도 배우로서 자존심이 있지, 서른 살 이상 차이 나는 연상녀는 상대하고 싶지 않았다. 그러나 지금은 보는 눈이 많았다. 속내를 훤히 내보였다간 매너남 이미지에 심각한 타격이 올 수 있다.

강우혁은 천천히 여자에게 다가갔다. 그러고는 그녀의 스윙 자세를 잡아 주었다. 되도록 신체 접촉을 하지 않으려 조심하는데, 여자가 느닷없이 손을 끌어 그의 몸을 자신의 상체에 밀착시켰다. 순간 소름이 쭉 끼쳤지만, 그는 내색할 수 없었다.

"어머나 강 배우님, 어쩌면 스윙 폼이 이리도 훌륭하실까. 호호호."

여자가 호들갑스럽게 웃으며 그를 추켜세웠다. 여자의 시선이 예사롭지 않았다. 그는 끈끈이 테이프에 걸려든 애처로운 파리 신세가 되어 여자에게 잡히고 말았다.

"여사님 폼이 워낙 좋으셔서 제가 봐 드릴 게 없네요."

강우혁은 슬쩍 몸을 빼려고 시도했다.

"아까부터 내내 지켜보고 있었는데, 강 배우님 골프 실력이 프로급이던데요."

"부끄럽습니다. 제가 프로도 아니고 지도할 정도의 실력은 안 됩니다."

그는 어떻게든 빠져나가려 안간힘을 썼으나 여자는 쇠심줄처럼 질겼다.

"강 배우님, 저 양혜숙이에요. 저, 강 배우님 광팬이에요."

광팬이라고? 제발 사양하고 싶다. 양혜숙은 오른손을 내밀어 정식으로 악수를 청했다. 강우혁은 그녀의 손을 잡을 수밖에 없었다. 그의 손을 떡 주무르듯 한참을 조몰락거린 양혜숙이 이번에는 스마트폰을 꺼내 들었다. 그러고는 동의도 구하지 않고 옆에 딱 붙어서 셀카를 찍었다.

강우혁은 양혜숙의 행태가 너무나 역겨워 토가 나올 지경이었다. 타석에 선 여자들 모두가 운동을 멈추고 두 사람을 지켜보았다. 양혜숙이 찰거머리처럼 달라붙어 농락하는데도 그는 울며 겨자 먹기 식으로 당하고 있을 수밖에 없었다.

"강 배우님, 우리 커피 한잔할래요? 제가 분위기 좋은 카페를 알거든요."

낯짝에 철판을 깔았는지 이번에는 커피를 마시자고 청한다. 그는 지긋지긋한 마녀한테서 얼른 벗어나고만 싶었다. 뛰는 놈 위에 나는 놈 있다더니 늙은 마녀한테 용코로 걸렸네, 그는 속으로 한탄했다. 강우혁은 선약을 깜빡했다고 변명하며 간신히 그 자리를 빠져나왔다.

이사 온 지 얼마 되지도 않아 강우혁은 교와 포레스트에서 가장 핫한 인물이 되었다. 그간 교와 포레스트에 거주했던 연예인은 여러 명 있었지만, 그처럼 주민들과 교류가 많은 인물은 없었다. 피트니스센터와 골프연습장은 그의 주 무대가 되었다. 강우혁이 나타날 시간이면 여자들이 하나둘씩 모여든다. 그의 곁에는 예외 없이 여자들 무리가 따라다녔다.

강우혁은 타고난 스포츠맨, 만들어진 배우였다. 그는 친절하고 상냥했으며 매너 좋은 남자였다. 그의 관심을 받고자 여자들이 몰려드는 건 당연한 결과였다. 그녀들은 경쟁을 벌였고 강우혁의 눈짓, 몸짓 하나에도 과민하게 반응했다.

"강 배우님, 다소니 연못에 물을 넣는 문제에 대해 어떻게 생각하세요?"

강우혁은 다소니 연못을 둘러싼 논쟁에 관해 들은 적이 있었다. 여자들이 입에 올리는 화제는 대체로 비슷했기에 어디선가 들은 것이다.

"지금 두 파로 갈려 민원을 넣는 통에 시청에서 골머리를 앓고 있대요. 강 배우님은 찬성 쪽이에요? 반대 쪽이에요?"

이번에는 다른 여자가 강우혁에게 물었다. 그는 바로 대답하지 않고 탐색하는 눈길로 좌중을 둘러보았다. 어떻게 대답하는 것이 현명할까? 그는 머릿속으로 빠르게 계산기를 두드렸다. 여기 모인 여자들은 찬성파일까? 반대파일까? 사실 그로서는 관심조차 가지 않는 주제긴 했다. 연못에 물을 넣든 말든 나랑 무슨 상관이란 말인가.

그들은 운동을 마친 뒤 스카이라운지에서 티타임을 즐기는 중이었다. 여자들의 시선이 일제히 강우혁의 입으로 쏠렸다. 그는 되도록 천천히 입을 열었다. 그의 어조는 진지하고 사려 깊었으며 입가에는 잔잔한 미소가 감돌고 있었다.

"저는 찬성파 쪽의 손을 들어 주고 싶군요. 이왕에 연못을 조성했으니 방치하는 것보다는 활용하는 편이 낫지 않을까요? 안전사고는 연못뿐 아니라 어디서든 발생할 수 있어요. 꾸준히 주의를 주면서 사고를 예방해야죠."

"그렇죠? 저는 강 배우님이 찬성하실 거라 예상했었어요."

맨 처음 다소니 연못을 화제에 올렸던 여자가 눈을 빛내며 말했다. 그녀의 눈은 순수한 열정으로 가득 차 있었다. 소박한 전업주부 스타일의 여자로, 강우혁의 관심을 끄는 타입은 아니었다. 피트니스센터에서 알게 됐는데 나이는 서른여덟, 이름은 이정화라고 했다. 외모는 나쁘지 않았으나 재력이 있어 보이지는 않았다. 차림새는 수수했고 행동 또한 얌전했다. 한마디로 주목받는 일과는 거리가 먼 여자였다. 또한 그녀는 골프를 치지 않았기에 강우혁과 어울릴 기회가 상대적으로 적었다.

"제가 왜 찬성파라고 예상하셨습니까?"

강우혁이 이정화에게 물었다. 그가 찬성 쪽이라고 말했을 때 그녀의 얼굴이 환히 빛나던 것이 떠올랐다. 그녀는 강우혁이 질문해 주어 기쁜지 가슴을 살짝 내민 채 열띤 어조로 말을 이어 나갔다.

"강 배우님은 선한 영향력을 전파하시는 분이니까 분명 친환경 쪽일 거라 예상했어요. 강 배우님, 개구리 합창 소리 들어 보셨어요? 저는 웬만한 오케스트라보다 개구리 합창 소리를 더 좋아한답니다."

말하는 내내 그녀의 볼이 발그레 홍조를 띠었다. 난데없이 웬 개구리 타령이람? 시골 출신인가 보군. 강우혁은 혼잣말하듯 속생각을 했다. 어릴 적 시골에서 들었던 개구리 소리를 그리워하는 걸 테지. 세상에는 별 희한한 데 목숨 거는 인간들이 많으니까, 쳇.

"강 배우님, 우리는 정화 등쌀에 시청에 민원 전화까지 걸었다니까요. 아무튼 정화 얘, 개구리 사랑은 알아줘야 돼요."

그는 이정화를 눈여겨보았다. 자기주장이 강하지 않고 늘 남의 말을 들어 주던 여자인데, 이상한 데 집착하는 타입인 모양이군.

"정화가 시청에 민원 전화를 걸어 주면 밥을 산다고 해서……. 호호호."

여자들이 소리 내어 깔깔깔 웃었다. 뭐가 그리 웃긴지 걸핏하면 까르르 까르르, 자기네들이 십 대 소녀인 줄 아나? 하여간 할 일 없는 여편네들이라니까. 강우혁은 속으로 비아냥거렸으나 그런 여자들과 노닥거리는 자신의 처지는 망각하고 있었다.

"저, 강 배우님께 부탁이 있어요."

이정화가 강우혁을 정면으로 응시하며 말했다. 그녀의 얼굴은 여전히 상기된 채였다.

"시청에 민원 전화를 걸어 달라는 건가요?"

"물론 걸어 주시면 좋죠. 그런데 강 배우님은 다른 걸 도와주셨으면 해요."

"그게 뭔가요?"

"강 배우님은 영향력이 워낙 크시니까······."

그녀가 쉽게 본론을 꺼내지 못하자 여자들이 서로 말을 하겠다면서 아우성을 쳤다.

"정화야, 뭘 그리 뜸을 들이고 있어? 강 배우님한테 내가 얘기할게."

모임의 리더 격인 여자가 손을 휘저으며 나섰다. 그녀는 성격이 괄괄하고 말이 많은 타고난 수다쟁이였다. 늘 자기 말만 하는 데다 남의 말 잘라먹기 명수다.

"강 배우님, 김영은 아시죠?"

김영은이라면 강우혁도 익히 알고 있었다. 재력이 빵빵하다는 소문에 그가 눈독을 들이는 상대였다.

"김영은이 반대파의 선봉에 서 있어요. 그 여자가 학부모들을 선동해서 시청에 압력을 넣고 있대요. 학교 차원에서 압박을 가하는 거죠. 김영은 그 여자, 엄마들 몰고 다니면서 식당에 진을 치고 있질 않나, 아주 꼴사나워요. 돈을 뿌리고 다니니까 엄마들이 그 여자를 떠받드는 거예요."

"제가 김영은 씨를 설득해 주길 바라는 겁니까?"

김영은의 험담을 끝도 없이 늘어놓을 것 같아 그는 리더의 말을 잘랐다.

"어쩜 강 배우님은 눈치도 빠르셔라. 바로 그거예요. 김영은 그 여자, 세상 무서울 게 없는 타입이지만 강 배우님 말은 통할 거예요. 그렇지?"

리더가 무리를 돌아보자 여자들이 메뚜기 떼처럼 호응을 하고 나섰다.

"이 일을 해 주실 분은 강 배우님뿐이에요. 부탁드립니다, 강 배우님."

이정화가 마음을 담듯 두 손을 모으고 머리를 숙였다. 강우혁은 두뇌를 빠르게 회전시켰다. 그는 재빨리 주판알을 튕겨 보았다. 김영은이 다소니 연못에 지대한 관심을 갖고 있는 줄은 몰랐다. 친분을 쌓는 데 관심 분야를 논하는 것만큼 효과적인 방법은 없다. 재력녀 김영은과 친해질 절호의 기회였다. 연못에 물을 넣든 말든, 개구리가 죽든 말든, 나와 무슨 상관이랴. 그의 목적은 김영은과 친해지는 것뿐이었다.

"알겠습니다. 아름다운 여성분들이 원하시니 미력한 힘이나마 최선을 다하겠습니다."

그는 강렬한 눈빛과 함께 자신감 넘치는 미소를 지었다. 그의 미소는 상남자의 여유와 매력을 고스란히 드러냈고, 여자들을 홀리는 치명적인 무기와도 같았다. 여자들의 시선이 일제히 강우혁에게 꽂혔다.

"감사합니다. 다소니 연못에 물을 채우게 되면 모두 강 배우님 덕분이에요."

이정화의 눈에서 발산되는 따뜻한 빛이 그녀의 진심을 말해 주고 있었다.

강우혁은 몸이 열 개라도 모자랄 판이었다. 커피를 사겠다는 여자, 밥을 사겠다는 여자, 술을 사겠다는 여자들이 날마다 줄을 섰다. 프로급의 골프 고수에게 레슨을 받았으니 답례를 하겠다는 명목이었다. 그중 몇몇이 특히 열성적이었는데, 그녀들은 팬클럽을 결성하더니 후원회까지 겸하겠다고 나섰다. 그로선 고맙기 그지없는 일이었다. 갈빗집을 하는 남편을 둔 전상미(42세), 공연기획사 대표의 아내 정현아(40세), 그리고 대기업 부장 부인 나영현(38세). 이들이 모이면 분위기는 언제나 뜨거웠다. 그야말로 극성 멤버들이었다.

"강 배우님, 우리 필드 나가기로 약속했잖아요. 언제 갈까요?"

교와 갈비 사장 부인 전상미가 강우혁의 귀에 대고 속삭였다. 그들은 퍼팅 연습을 하던 중이었는데, 그녀의 목소리는 알아듣기 힘들 만큼 작았다. 듣는 귀를 염려해서다. 팬클럽 회장 전상미는 강우혁에게 푹 빠진 상태였다. 안 그래도 그는 전상미를 돈줄로 점찍고 있었다. 서로가 원하는 것을 주고받을 수 있으니 최고의 거래가 아닌가. 그는 스마트폰을 들어 보이며 전화하겠다는 시늉을 했다.

"내 공들 다 가져가면 어떡해?"

귀를 찌르는 새된 음성에 강우혁은 소리가 들려오는 쪽으로 고개를 돌렸다. 앙칼진 목소리의 주인공은 양혜숙이었다. 그녀는 멋을 잔뜩 부린 차림으로 퍼터를 손에 들고 있었다.

"이게 왜 아주머니 공이에요? 다 같이 쓰는 공이지."

"내 공들 가져가려면 허락을 받아야지. 말도 안 하고 가져가면 어떡해?"

"나 참 어이가 없어서. 아주머니가 이 공들 전세 냈어요?"

오십 대의 남자가 양혜숙과 실랑이를 벌이고 있었다. 그녀의 행태는 굳이 보지 않아도 능히 짐작할 수 있었다. 독점하는 것으로도 부족해 다른 방향으로 굴러간 공들까지 제 것이라며 진상을 떨고 있는 것이다.

그는 서둘러 나갈 채비를 했다. 양혜숙의 눈에 띄었다간 무슨 봉변을 당할지 모른다. 마주치지 않도록 피하는 것이 상책이다. 그녀는 싸움닭처럼 공격성을 내보이다가도 강우혁만 나타나면 뻘건 잇몸이 다 드러나게 웃으며 갖은 아양을 떨곤 했다. 또한 끈끈이주걱처럼 들러붙어 떨어질 줄을 몰랐다. 아직도 제가 여자인 줄 아는지 교태라도 부릴라치면 그는 속이 메스꺼워 토악질이 올라왔다.

그날 밤 강우혁은 전상미에게 전화를 걸었다. 라운딩에 관해 의논하기 위해서였다.
"상미 씨, 한재빈 배우 알죠?"
"한재빈 배우요? 당연히 알죠."
"라운딩은 짝 맞춰 나가는 게 재밌을 것 같아서요. 남자 쪽은 나랑 한재빈 배우가 갈 테니까 여자 쪽 멤버는 상미 씨가 정해요."
"강 배우님, 팬클럽 부회장 정현아 씨 어때요?"
그는 좋다고 선뜻 승낙했다. 전상미는 골프장 예약을 해놓겠다면서 들뜬 목소리로 덧붙였다.
"두 분은 몸만 오시면 돼요. 나머지는 저희가 알아서 할 테니까요."
당연한 소리를 입 아프게 왜 하실까? 그는 그렇게 생각했으나 입 밖으로 꺼내지는 않았다. 멍청하다고 해야 할지, 순진하다고 해야 할지, 먹잇감 다루기가 너무 쉬워 맥이 다 빠질 지경이었다. 쳇, 이거 도전하는 재미가 너무 없잖아.

[전상미, 정현아]

●

 꿈에 그리던 라운딩이 실현되었다. 한재빈 역시 배우라는 타이틀만 내걸었을 뿐 개점휴업 상태인지라 시간이 많았다. 아니, 많은 정도가 아니라 남아도는 게 시간이었다. 그런 한재빈이 공짜 라운딩을 거절할 이유가 없었다. 자다가도 벌떡 일어날 정도로 골프에 환장하는 것도 강우혁과 똑같았다. 라운딩 멤버에 술을 즐기지 않는 전상미가 낀 것은 행운이었다.

 라운딩 당일 전상미가 운전하는 흰색 벤츠가 용인 소재의 골프장을 향해 쭉 뻗은 도로를 달렸다. 날씨는 화창했고, 곳곳에 핀 꽃들로 거리는 화사하게 물들어 있었다. 차창 밖으로 서서히 동이 터 오고 있었다. 은은한 클래식 선율이 흐르는 차 안은 더할 나위 없이 쾌적했다. 미리 세차해 두었는지 차 안은 티끌 하나 없이 깔끔했고, 세 사람의 표정은 그 어느 때보다 밝았다.

 "새벽부터 나오려니까 가족들 눈치 보이더라. 언니는 괜찮았어?"

 조수석에 앉은 정현아가 전상미에게 상체를 기울인 채 속삭이듯 물었다. 공들여 화장한 작은 얼굴에 희미한 그늘이 스쳤다. 초등학생 남매의 등교 시간이 가까워지자 죄책감이

든 것이다. 전상미가 쿡쿡 웃으며 공감을 표했다.

"누가 아니래. 예린이 아빠 깰까 봐 살금살금 움직였는데, 어느새 일어나 도끼눈을 뜨고 째려보고 있더라."

"이러다 우리 이혼당하는 거 아니야?"

"이혼은 무슨……, 말도 안 돼. 골프 좀 치러 갔다고 이혼을 당해?"

"그러게. 남자들만 즐기란 법 있나?"

어느새 죄책감을 잊었는지 정현아가 키득거렸다.

"두 분 말씀이 백번 옳습니다. 우리나라 남편들, 아내들한테 감사하는 마음을 가져야 돼요. 두 분 혹시 지나영 교수라고 알아요?"

"정신과 교수죠? TV에서 본 적 있어요."

정현아가 뒷좌석을 돌아보며 강우혁에게 대답했다. 지나영 교수? 전상미는 처음 들어 보는 이름이었다. 이크, 현아까지 알고 있는 사람을 나만 모른다고 하면 무식하다고 하겠는걸. 그녀는 운전대를 잡고 있어 다행이라고 생각했다. 운전에 집중하느라 대화에 참여하지 못한다고 여길 것이다.

"두 분 잘 아시겠지만, 지나영 교수는 존스홉킨스대 소아청소년 정신의학과 교수예요. 지나영 교수가 쓴 책 '마음이 흐르는 대로'에는 이런 구절이 나옵니다. 나의 수고와 시간은 아무렇게나 써도 되는 무료 서비스가 아니다. 내가 나의 가치를 스스로 존중하지 않고 무료 서비스처럼 상대방에게 일방적으로 제공하다 보면 나의 수고는 점점 무가치해지기 마련이다. 이런 일은 가족처럼 매우 가까운 사이에서 더 자주 벌어진다."

강우혁은 책 속의 문장을 줄줄 읊었다. 과연 타고난 배우구나 싶었다. 두 여자는 그의 암기력에 감탄하지 않을 수 없었다. 그는 운동만 잘하는 사람이 아니었다. 독서에도 일가견이 있는 모양이다. 게다가 남자인데도 여자들의 고충에 진심으로 공감하고 있지 않은가. 결혼도 해 보지 않은 독신남이 유부녀들의 속을 훤히 꿰뚫고 있다니……, 두 여자는 강우혁의 여성 친화적 발언에 마음을 빼앗겼다.

"우리나라 남편들, 아내의 노력을 공짜 취급하고 당연히 받아야 될 권리로 여깁니다. 가족이라는 미명하에 아내한테 희생을 강요하고 있어요."

다소 과하다 싶을 만큼 강우혁은 우리나라 남편들을 싸잡아 비난했다. 전상미는 룸미러에 비친 그의 입술을 홀린 듯 바라보았다. 정현아는 상체를 뒤로 완전히 돌린 채 그의 강의에 심취해 있었다. 강우혁의 입에서 나오는 한마디 한마디가 그녀들의 가슴에 물처럼 스며들었다. 잘생긴 남자가 아주 마음에 쏙 드는 말만 골라서 하는구나, 정현아의 두 볼에 붉은빛이 피어올랐다.

"한 번뿐인 인생 재밌게 살아야죠. 두 분 죄책감은 접으시고 오늘 하루 신나게 즐깁시다. 가족들 걱정일랑 싹 잊으세요. 두 분이 챙겨 주지 않아도 가족들 잘 지냅니다."

강우혁이 한 번 더 강조하자 여자들의 마음이 스르르 풀어졌다. 가슴을 짓누르던 죄책감 따위 저 멀리 날아가 버렸다. 대신에 라운딩에 대한 기대감이 두둥실 부풀어 올랐다. 전상미의 벤츠가 용인을 향해 속력을 높였다.

클럽하우스에서 한재빈 배우를 만났다. 그는 골프를 많이 치는지 알맞게 그을린 피부에 건강미가 흘러넘쳤다. 큰 키는 아니지만 연예인 특유의 아우라가 풍긴다고 할까, 묘하게 매력 있는 남자였다. 나이는 강우혁보다 두 살 많은 마흔두 살이었다. 강우혁은 그에게 친근하게 형이라고 호칭했다.

"안녕하십니까? 배우 한재빈입니다. 우리 우혁이가 미녀 두 분을 모시고 왔네요. 반갑습니다."

한재빈은 친근하게 인사말을 건넨 뒤 전상미와 정현아에게 차례로 오른손을 내밀었다. 잘생긴 배우의 칭찬에 기분이 좋아진 두 여자는 그의 튼실한 손을 맞잡았다.

전상미와 정현아는 두 남자 배우와 라운딩을 나온 현실이 믿어지지 않았다. 연예인은 딴 세상 사람들인 줄 알았는데, 존재감 있는 배우가 그녀들을 여신처럼 떠받들어 주는 것이다. 두 남자는 유머 감각도 뛰어나 그녀들의 입에서는 쉴 새 없이 웃음이 터져 나왔다.

새벽에 공복으로 출발한 탓에 아침부터 먹고 시작하기로 했다. 골프복으로 갈아입은 정현아를 본 전상미의 눈이 툭 튀어나올 듯 커졌다. 눈에 확 띄는 컬러의 골프복을 맵시 나게 차려입은 정현아는 어느 각도로 봐도 이십 대였다. 몸매의 곡선을 자랑하듯 드러낸 골프복이 그녀에게 찰떡처럼 어울렸다. 그녀는 성형외과 단골고객으로 얼굴은 계절마다, 몸은 주기적으로 리모델링했다.

전상미도 새로 골프웨어를 장만하긴 했지만, 무난한 디자인의 클래식한 제품이었다. 겨우 두 살 차이인데도 아줌마와 아가씨가 함께 라운딩을 나온 것 같았다. 전상미는 시작도 하기 전에 승부가 끝나 버린 선수가 된 듯한 느낌이었다. 그녀는 잔뜩 주눅이 든 채로 식당으로 향했다.

클럽하우스 식당에서 우거지 해장국을 먹었다. 강우혁이 맥주와 소주를 한 병씩 시키더니 잔에 섞어 나누어 주었다. 반주로 마시라는 것이다. 그는 골프만큼 술도 즐기는 남자였다. 친화력이 좋고 화술이 뛰어나다는 점에서 한재빈은 강우혁과 닮은 구석이 많았다. 그의 입에서 연예인들의 비화가 끝도 없이 쏟아져 나왔다. 이야기를 얼마나 재미나게 하는지 두 여자는 밥보다 말에 더 취해 버렸다. 식사가 끝날 때쯤에는 어색함 따위 깨끗이 사라진 뒤였다.

  스타트 광장에서 배정된 캐디와 만나 인사를 나누었다. 30대의 여자 캐디는 쾌활한 성격으로 붙임성이 좋았다. 그녀는 강우혁과 한재빈을 유심히 보더니 느닷없이 환호성을 꺅 올렸다.

  "한재빈, 강우혁 배우님 맞으시죠?"

  캐디가 두 남자를 향해 떨리는 음성으로 물었다. 강우혁과 한재빈이 그렇다고 대답하자, 그녀가 손뼉을 치며 펄쩍 뛰어올랐다. 그녀는 두 남자의 주변을 깡충깡충 돌며 기쁨을 표시했다. 캐디의 호들갑스러운 반응에 두 남자는 멋진 미소로 화답해 주었다.

  "저 오늘 운수 대통했네요. 사인 좀 부탁드려도 될까요? 가능하면 사진도……."

  캐디의 요청이 성가실 법도 한데 강우혁과 한재빈은 그녀가 내미는 수첩을 흔쾌히 받아 들었다. 그러고는 그녀를 가운데 두고 사진까지 찍어 주었다. 유명세란 이런 것이구나. 전상미와 정현아는 괜스레 기분이 좋아졌다. 덩달아 유명인이 된 것 같아 어깨도 으쓱했다.

  하늘은 푸르렀고 기온도 적당해 라운딩하기에 최적의 날씨였다. 두 배우의 진가는 필드에서 빛을 발했다. 한재빈 역시 강우혁 못지않게 골프 실력이 뛰어났다. 두 남자는 배우보다 골프에 더 진심인 것 같았다.

  연방 나이스 샷을 외치며 화기애애한 분위기 속에서 전반을 마쳤다. 아쉬운 느낌이 들 정도로 시간이 후딱 지나가 버렸다. 그들은 그늘집으로 몰려가 막걸리와 두부김치를 나누어 먹었다. 함께 걷고 웃고 떠들며 막걸리까지 걸치고 나니 허물없는 친밀감은 물론 행복감이 극에 달했다.

  후반 라운딩 역시 유쾌하게 진행되었다. 맑은 공기를 마시며 마음 맞는 사람들과 즐기는 골프가 재밌지 않을 리 없었다. 스코어 내기에서 한재빈이 이겼지만, 그가 캐디피를 지불하지는 않았다. 클럽하우스에서 샤워를 마친 그들은 카운터에서 식사비와 카트 이용료, 그린피를 정산했다. 전상미와 정현아가 반반씩 신용카드로 결제했다. 두 남자는 당연하다는 듯 멀찌감치 물러나 있었다.

  뒤풀이 장소는 정현아가 미리 예약해 두었다. 전상미의 벤츠와 한재빈의 BMW가 정해 둔 식당을 향해 달려갔다. 맛집으로 이름난 곳이니 틀림없이 만족할 거라고 정현아가 장담했다. 이른 아침부터 움직였고 샤워까지 하고 난 뒤라 몸이 나른했다. 그들의 목적지는 한우 숯불구이 전문점이었다. 공기 좋은 곳에 위치한 식당은 고급스럽고 깔끔했다. 라운딩 후 만찬을 즐기기에 더할 나위 없는 곳이었다. 한우 등심과 주류를 넉넉히 주문했다. 전상미가 맥주를 따르려는데 한재빈이 손바닥으로 컵을 막았다.

"한 배우님, 맥주 안 드세요?"

그는 고개를 절레절레 내저었다.

"대리 부르기도 그렇고……, 아쉽지만 참아야죠."

말은 그렇게 해도 맥주병을 바라보는 그의 눈빛이 애절하다. 갈빗집 안주인답게 전상미가 호기를 부렸다.

"한 배우님, 저희가 대리 불러 드릴게요."

정현아도 그러자고 얼른 동의했다. 그녀는 호탕한 성격으로 음주가무를 즐겼고, 사람들과 어울리기를 좋아했다. 그깟 돈 몇 푼에 연연하는 타입이 아니었다. 더욱이 그녀는 젊고 아름다운 외모를 마음껏 뽐내고 싶었다. 억대 돈을 들여 성형한 귀하신 몸이다. 언제 또 남자 배우들과 어울려 보겠는가.

"한 배우님, 마음껏 술 드세요. 오늘은 저희가 풀코스로 쏠게요."

정현아가 한재빈을 부추겼다. 그녀는 운전 때문에 술을 참아야 하는 괴로움을 누구보다 잘 이해했다. 술을 즐기지 않는 전상미가 모임에 끼어 있어 다행이라고 늘 생각했다. 언니도 나처럼 술을 좋아했으면 어쩔 뻔했어, 그녀는 전상미에게 진심으로 고마워했다.

"그럴까요? 그럼."

한재빈이 못 이기는 척 맥주잔을 덮었던 손을 내렸다. 사이다로 잔을 채운 전상미가 건배를 제안했다. 만족감으로 물든 네 사람의 얼굴이 조명 아래서 찬연히 빛났다. 유쾌한 라운딩에 이어 맛있는 식사와 술까지……, 행복하지 않을 이유가 없었다.

"오늘 즐거웠습니다."

맞부딪치는 잔들에서 상쾌한 소리가 났다. 네 개의 잔들이 단숨에 비워졌다. 뻘겋게 몸을 달군 숯불이 들어오고, 불판 위에서 한우 등심이 지글지글 익으며 군침 도는 냄새를 풍겼다.

"우혁아, 부럽다. 이렇게 멋진 여성분들과 한 단지에 산다고?"

강우혁이 기다렸다는 듯 교와 포레스트 자랑을 늘어놓았다. 공기 좋고 물 맑은 곳에서 전원생활을 만끽하고 있다는 설명이었다.

"너 이사 갔다는 말은 들었는데, 그렇게 좋은 곳이었어?"

"형도 우리 아파트로 이사 올래?"

"너야 독신이지만 난 그렇게 간단치가 않아. 애들 학교 문제도 있고."

한재빈의 가족관계는 검색을 통해 이미 알아보았다. 변호사인 아내와 남매를 두었다. 아내 직업이 변호사라서 생계 걱정은 없을 듯했지만, 그는 펄쩍 뛰며 손사래를 쳤다.

"변호사도 예전 같지가 않아. 로스쿨 도입 이후로 변호사 수가 두 배로 늘었다고."

"형, 너무 죽는소리하는 거 아니야? 변호사가 돈 없다고 하면 누가 믿겠어?"

강우혁은 변호사 아내를 들먹이며 한재빈을 부러워했다.

"그건 네가 몰라서 하는 소리야."

여직원이 잘 익은 고기를 각자의 접시에 덜어 주고 물러갔다. 강우혁이 고기를 입에 넣고 맛을 음미하듯 천천히 씹었다. 그의 입에서 탄성이 터져 나왔다. 한재빈 역시 고기가 입에서 살살 녹는다면서 맛있다고 칭찬했다.

"한우는 역시 숯불에 구워야 제맛이야."

강우혁은 불판 위의 고기를 집게로 집어 전상미와 정현아의 접시에 놓아 주었다. 그는 친절과 배려로 무장한 사람이었다. 상대를 어찌나 잘 살피는지 잔이 비기 무섭게 술을 따라 주고, 접시가 비기 무섭게 고기를 올려 주었다. 강우혁이 등심과 술을 추가 주문했다. 그러고는 제가 계산할 것처럼 많이 먹으라고 권했다.

뒤풀이 자리는 흥겨웠다. 강우혁과 한재빈은 비슷한 유형의 남자들로 여자들의 비위를 잘 맞출 뿐 아니라 뛰어난 재담가였다. 연예계의 뒷이야기가 굽이굽이 끝도 없이 펼쳐졌다. 한 번도 만난 적 없는 연예인이 친근한 지인처럼 여겨질 정도였다. 신명이 난 그들은 밤이 저물도록 술집 거리를 떠돌며 떠들썩하게 웃어 댔다. 강우혁과 한재빈은 어디를 가도 눈길을 끌었고, 그런 그들과 어울린다는 자체가 자랑스러웠다. 셀럽의 세계를 맛본 여자들은 황홀경에 빠졌다.

"오늘 즐거웠습니다. 저 시간 많으니까 언제든지 불러 주세요."

한재빈은 헤어질 때도 익살맞게 손을 내밀며 여자들에게 악수를 청했다. 그는 전상미와 정현아의 손을 차례로 잡고 흔들었다. BMW의 운전대를 잡은 대리기사에게 정현아가 요금을 지불했다. 그녀는 팁까지 얹어 주며 잘 부탁한다고 신신당부했다. 연예인들은 대리운전을 꺼린다는 말을 들은 적이 있기에 굳이 배우라는 호칭은 사용하지 않았다.

[전상미]

●

전상미는 팀을 이뤄 라운딩을 나가는 것도 즐겁지만, 왠지 미진한 느낌이 들었다. 강우혁을 독점하고 싶다는 욕망이 그녀의 내부에서 끓어올랐다. 한재빈도 멋진 남자긴 하지만, 강우혁과는 비교할 수 없었다. 게다가 그는 유부남이었다.

인원수를 맞춰야 해서 마지못해 정현아를 끼워 넣었으나 그녀는 틈만 나면 강우혁을 향해 추파를 던졌다. 호시탐탐 강우혁을 노리는 통에 도무지 마음을 놓을 수가 없었다. 성형 미인 정현아는 이십 대에 버금가는 젊음과 아름다움을 유지하고 있었다. 외모로는 그녀를 이길 수 없다는 사실을 인정해야만 했다. 라운딩을 하며 온종일 기싸움을 벌이고 나니, 전상미는 몹시 피곤해졌다. 술 한 모금 마시지 않았는데도 몸이 천근만근이었다.

그녀는 강우혁의 이름 석 자만 떠올려도 가슴이 콩닥콩닥 뛰었다. 그는 두 살 연하로, 연상인 남편한테선 느낄 수 없었던 신선함을 주었다. 연하를 선호하는 여자들의 마음을 이해할 것도 같았다. 강우혁은 그녀에게 설렘을 일깨워 준 남자였다. 설렘……, 이 얼마나 청신한 감정인가. 그녀는 솜털처럼 연약하고 유리처럼 깨지기 쉬운 이 감정을 오래도록 간직하고 싶었다. 강우혁과 미래를 설계하고자 함이 아니었다. 그저 날것 그대로의 감정을 오롯이 만끽하고 싶은 것뿐이었다. 지금이 아니면 다시는 느껴 보지 못하고 죽을 수도 있다. 꾹꾹 눌러두기엔 인생이 너무 짧지 않은가.

게다가 외도 문제에 있어선 남편도 떳떳하지 못한 터라 그녀는 스스로를 책망하지 않았다. 남편의 외도를 눈치챈 적이 있지만, 가정을 깨고 싶지 않았기에 굳이 뒤를 캐지 않은 것이다.

물론 남편에게는 고마움도 가지고 있었다. 사업 수완이 좋은 그는 가족에게 안정적인 생활환경을 제공해 주었다. 전상미는 남편 덕분에 늘 풍요로운 생활을 영위할 수 있었다. 그러나 그뿐이었다. 남편은 더 이상 그녀를 설레게 하지 못한다. 자기는 슬쩍슬쩍 한눈을 팔면서 아내의 행동만 제약한다면 너무 불공평하지 않은가. 당신이 바람을 피울 때도 난 가정을 지키며 성실히 살았다고, 전상미는 그에게 외치고 싶었다.

언젠가부터 남편은 귀에 거슬릴 정도로 잔소리를 입에 달고 살았다. 그는 입만 열면 딸과 홀시어머니를 챙기라는 소리뿐이었다. 난 누굴 돌보기 위해 태어난 사람이 아니야, 그가 잔소리를 늘어놓을 때마다 전상미는 마음속으로 항변했다. 남편은 나를 가정부로 여기는 걸까?

여자로 보지 않는 것은 참을 수 있다. 하지만 사람으로 보지 않는 것은 견디기 힘들다. 아내를 투명인간 취급하는 것인지 남편은 정나미 떨어지는 행동을 거리낌 없이 했다. 함부로 방귀를 뀌고, 트림을 하고, 코를 파고, 이를 쑤셨다. 속 모르는 남들은 배부른 소리 한다고 하겠지만, 본시 사람이란 남의 큰 상처보다 제 손톱 밑의 가시가 더 쓰리고 아픈

법이다.

  전상미에게 남편은 더 이상 남자가 아니었다. 억지로 한 침대를 쓰고는 있지만, 그가 잔소리꾼이 된 뒤로는 진저리칠 만큼 싫었다. 밤마다 하도 방귀를 뀌어 대서 따로 방을 쓸 궁리를 하던 참이었다.

  그렇게 무료하고 재미없는 일상이 끝도 없이 이어지던 어느 날, 선물처럼 강우혁이 나타났다. 무심히 흘려보낸 세월을 보상하기라도 하듯 그는 매력이 철철 넘치는 남자였다. 강우혁과 사귈 수만 있다면 그깟 돈쯤 하나도 아깝지 않았다. 다만 아이러니한 건 그 돈을 댄 사람이 남편이라는 사실이었다.

  '강우혁을 독점하고 싶다.'

  전상미의 머릿속은 온통 한 가지 생각으로 가득 찼다. 다행히 그녀에겐 남편이 모르는 비자금이 꽤 있었다. 매달 주는 생활비에서 조금씩 떼어 저축한 돈이다. 강우혁만 독점할 수만 있다면 그깟 비상금 따위 깡그리 사라져도 좋다. 나를 설레게 하는 남자, 강우혁만은 절대 포기할 수 없다.

  "우혁 씨, 우리 교외로 드라이브 갈래요?"

  전상미는 골프연습장에서 강우혁의 귀에 대고 속삭였다. 그가 그 말의 의미를 모를 리 없었다. 둘만의 데이트를 제안한 것이었다. 강우혁의 모양 좋은 눈이 부드러운 곡선을 그리며 휘어졌다. 전상미는 그 눈 속에 풍덩 빠지고 싶다는 생각을 했다. 그가 빙그레 미소 지으며 물었다.

"언제 갈까요?"

"내일 어때요?"

강우혁은 머릿속으로 일정을 헤아려 보는 듯 미간을 살짝 찌푸렸다. 미간이 모아지자 짙은 눈썹과 몽환적인 눈매가 더욱 두드러졌다. 우수가 깃든 깊고 나른한 눈동자가 그녀를 향했다. 전상미는 이 남자의 매력에서 영영 헤어 나오지 못하리란 예감에 사로잡혔다.

"좋아요. 내일 드라이브 가요."

"제가 오전 열 시까지 우혁 씨 모시러 갈게요."

올림픽에서 금메달을 땄을 때가 이렇게 기쁠까? 전상미의 가슴에 벅찬 기쁨이 밀려들었다. 그녀는 만세라도 부르고 싶은 심정이었다.

'현아야, 두고 봐라. 내가 네 따위한테 질 것 같아?'

정현아는 팬클럽 부회장으로 전상미 못지않은 관심과 자금을 강우혁에게 쏟아붓고 있었다. 그녀의 남편 박상철은 공연기획사 대표로 수입이 꽤 좋았다. 박상철은 전상미의 남편 윤석민가 형, 동생 하며 가깝게 지내는 사이로 부부 동반으로 식사를 한 적도 많았다. 성형외과와 피부과에 문턱이 닳도록 들락거리는 정현아는 해가 갈수록 젊어지고 예뻐졌다. 진즉에 성형이나 해 둘걸, 그녀는 후회막심이었다.

그러나 전상미는 이내 마음을 고쳐먹었다. 강우혁은 배우다. 젊고 아름다운 여자 연예인들에 둘러싸여 사는 남자다. 예쁘기로 따지자면 연예인을 당할 수 없다. 어차피 외모로는 승부가 안 난다. 난 그들이 줄 수 없는 걸 주면 된다. 그렇게 스스로를 다독이고 나니 새롭게 전투 의지가 불타올랐다.

정현아의 남편 박상철은 아내의 일탈 행위를 눈치챘을까? 전상미는 문득 호기심이 일었다. 운동으로 다져진 박상철의 다부진 체격이 떠올랐다. 그와 정현아는 피아노과 선후배 사이였다고 들었다. 전상미는 정현아가 피아노과 출신이라는 사실이 정녕 믿어지지 않았다. 그녀는 연주는커녕 클래식 감상조차 싫어했다. 운전 중에 피아노 연주곡이라도 틀라치면 고리타분하게 웬 클래식이냐며 트로트를 듣자고 성화를 부렸다. 최근 들어 정현아는 강우혁에게 대놓고 꼬리를 쳤다. 팬클럽 회원들은 대개가 그러하지만, 그녀는 그중에서도 정도가 심한 편이었다. 박상철이 그런 아내의 모습을 목도한다면 과연 어떤 표정을 지을까? 전상미는 그것이 궁금했다.

"둘이 딱 붙어서 뭘 그리 속닥거리는 거야?"

놀란 전상미는 반사적으로 소리가 난 방향을 바라봤다. 거기에는 절대 마주치고 싶지 않은 여자가 호기심 가득한 눈을 번득이며 서 있었다. 양혜숙이었다.

그녀는 고가로 보이는 골프웨어를 차려입고 있었는데, 과감한 디자인의 선명한 원색의 골프복은 땅딸막한 그녀의 몸에 전혀 어울리지 않았다. 그녀는 나이를 의식해선지 젊고 발랄한 디자인을 선호했는데, 늘 옷과 몸이 따로 놀았다. 골프연습장에 오면서도 필드 복장을 하고 나타나 사람들을 어리둥절하게 만들고는 했다.

"혹시 둘이 사귀는 사이야?"

양혜숙이 두 사람을 번갈아 보며 매의 눈빛을 쏘았다. 입가에는 천박한 호기심과 냉소가 감돌고 있었다.

"지금 무슨 말씀 하시는 거예요?"

전상미가 펄쩍 뛰며 잡아떼자 양혜숙의 눈이 차가운 칼날처럼 매서워졌다.

"펄쩍 뛰는 걸 보니 더 의심스럽네. 이봐, 유부녀면 유부녀답게 행동 조심하라고. 자식까지 있는 여자가……. 아파트 단지는 좁은 곳이야. 소문 금방 난다고. 내가 동생 같으니까 충고해 주는 거야."

뭐? 동생? 엄마뻘 되는 여자가 언니 행세를 하려 든다. 충고 좋아하시네. 정작 소문을 내고 싶어 안달 난 건 너잖아. 전상미는 양혜숙을 째려보았다.

"지금 나 째려보는 거야? 기껏 생각해서 조언해 줬더니……, 하여간 요즘 젊은것들은 가정교육이 안 돼 있어. 유부녀가 총각한테 붙어먹고도 큰소리치는 세상이라니."

양혜숙은 주변에 다 들리도록 목청 높여 말하고는 소리 나게 혀를 찼다. 전상미는 반박하고 싶었으나 남의 이목을 끌 뿐이라 주먹만 움켜쥐고 서 있었다. 보다 못한 강우혁이 둘 사이에 끼어들었다. 그는 넉살 좋게 한바탕 웃더니 양혜숙의 어깨에 긴 팔을 둘렀다.

"누님, 화내면 피부 미용에 좋지 않아요. 우리 누님처럼 살결 고운 분들은 화내지 말고 선녀처럼 살아야 한다니까요. 자, 이리 오세요. 제가 한 수 가르쳐 드릴게요."

강우혁은 너스레를 떨며 양혜숙을 타석으로 이끌었다. 그는 양혜숙의 팔을 잡고 상체를 밀착시킨 채 스윙 자세를 잡아 주었다. 그녀는 금세 기분이 풀어져 강 배우님 어쩌고 하면서 교태를 부렸다. 은근슬쩍 그의 몸을 만지기도 했다. 그런데도 강우혁은 흑심 가득한 손길을 걷어 내지도 않고 몸을 내맡기고 있었다.

집중되었던 시선들이 사라지자 전상미는 양혜숙 쪽으로 불만스러운 눈길을 던졌다. 강우혁과 그녀의 눈이 마주쳤다. 순간, 그가 장난스럽게 윙크를 했다. 그 짧은 찰나, 그녀의 마음은 두근거림으로 가득 찼다. 그의 눈은 이렇게 말하고 있었다. 귀찮은 할망구는 내가 처리할 테니 당신은 아무 염려 마. 강우혁과의 데이트를 상상하는 것만으로도 그녀는 구름 위를 둥둥 떠다니는 것 같았다.

전상미는 아침부터 애가 달았다. 남편이 웬일인지 출근을 미룬 채 뭉그적거리고 있었기 때문이다. 9시 반, 인내심의 끝에 선 그녀는 망설임 없이 남편에게로 향했다. 그는 외출복으로 갈아입고도 여전히 소파에 앉아 있었다.

"당신, 출근 안 해?"

소파에 느긋이 등을 기댄 채 스마트폰을 들여다보던 윤석민이 고개를 들었다.

"왜?"

"당신이 출근을 안 하니까 무슨 일 있나 하고."

"내가 사장인데 출근을 꼭 해야 하나?"

전상미의 채근에 윤석민은 맥 빠진 대답을 돌려주었다. 그녀는 짜증이 머리끝까지 치솟았다.

"사장이니까 더 출근을 해야지. 당신, 장사 잘된다고 너무 해이해진 거 아냐?"

"그건 내가 알아서 할 테니까 걱정할 필요 없고. 그런데 당신, 어디 나가?"

윤석민의 눈초리가 날카로워지더니 아내의 옷차림을 아래

위로 훑었다. 심상치 않은 기운을 간파한 것이다. 그녀는 주름이 정교하게 잡힌 화이트 플리츠 원피스를 차려입었다. 거울 앞에서 수십 번 돌며 고른, 계산된 로맨틱함이 밴 의상이었다. 윤석민의 찌르는 듯한 시선이 그녀의 가슴께를 주시했다. 브이넥 원피스는 가슴골이 들여다보일 만큼 목선이 깊게 파였다.

  전상미는 남편의 눈에 의해 발가벗겨진 기분이 들었다. 그녀의 머릿속에 경고등이 켜졌다. 그녀는 위기라고 판단했다. 이 위기를 제대로 넘기지 않으면 남편은 내 뒤를 밟을지도 모른다. 그에게 꼬리를 잡히는 순간, 만사는 끝이 난다. 남편은 집요한 구석이 있어 조심해야만 한다.

  "현아랑 쇼핑 가기로 했어."

  "아침부터?"

  남편이 믿지 못하겠다는 투로 반문했다. 그는 평소 아홉 시쯤 출근했기에 변명 같은 것은 미리 마련해 두지 않았다. 당황한 바람에 정현아의 이름이 튀어나왔다. 남편과 박상철이 친밀한 사이인데, 하필 정현아의 이름이 튀어나올 게 뭐람. 집에서 나가는 즉시 그녀에게 전화부터 해 둬야겠다. 그런데 현아한텐 뭐라고 핑계를 대지? 강우혁과 데이트를 한다고 말할 수는 없잖아. 에잇, 그냥 내버려두는 편이 낫겠다.

[윤석민]

●

　윤석민은 아내의 기색이 심상치 않음을 알아차렸다. 그녀는 아침 내내 뭐 마려운 강아지처럼 안절부절못하며 남편의 동정을 살폈다. 그는 출근을 미룬 채 아내를 지켜보기로 마음먹었다. 그녀가 불안스러운 동작으로 거실과 주방을 종종거리며 오갔다. 그는 언제라도 나갈 수 있게 외출복으로 갈아입고 소파에 앉아 스마트폰으로 기사를 읽었다. 스마트폰만 있으면 몇 시간쯤 심심치 않게 보낼 수 있다.

　9시 반이 넘어가자 아내의 조급증은 한계에 달했다. 급기야 그녀는 왜 출근하지 않느냐고 따졌다. 윤석민은 그제야 보는 것처럼 그녀에게 눈길을 주었다. 곱게 화장한 아내의 얼굴이 한껏 찌푸려져 있었다. 마음이 불안한 탓이다.

　"당신, 어디 나가?"

　그는 아내의 짙은 화장과 드러나는 옷차림을 찬찬히 살피며 미심쩍은 눈으로 물었다. 그녀는 머리부터 발끝까지 공들여 치장한 모습이었다. 게다가 처음 보는 원피스를 입고 있었다. 원피스는 부드러운 소재로 관능미를 강조한 디자인이었나. 운동하러 나가는 차림이 절대로 아니었다. 뭔가 있구나, 그는 바로 감이 왔다. 15년을 함께 산 남편의 촉이었다.

정현아와 쇼핑하러 간다는 아내의 대답이 돌아왔다. 9시 반부터 쇼핑을 간다고? 그는 기가 찼다.

"아침부터 쇼핑을 간다고? 뭘 사러 가는데?"

남편이 내뿜는 의심의 기운을 감지했는지 아내의 어조가 방어적이 되었다.

"백화점 개장 시간에 맞춰서 갔다가 현아랑 점심 먹으려고. 세일 기간이라 빨리 가야 좋은 물건을 고를 수 있어."

"난 천천히 출근할 테니까 당신 먼저 나가."

조바심에 몸이 달았던 아내는 두말없이 핸드백을 챙겨 총총거리며 대문을 빠져나갔다. 윤석민은 그녀가 엘리베이터를 탔을 정도의 시간을 보낸 뒤 집에서 나왔다. 그는 비상계단을 성큼성큼 뛰어 내려갔다. 아내의 뒤를 밟아 볼 심산이었다. 예상대로라면 그녀는 지하 2층에 차를 댔을 게 뻔했다. 늘 늦게 들어오니까.

지하 1층 주차장에 도착한 그는 서둘러 차를 출발시켰다. 한발 먼저 주차장을 빠져나가 아내를 따라잡는 것이 목표였다. 아파트 정문 앞, 울창하게 자라난 나무들 사이에 차를 세웠다. 아내는 정문으로 나갈 것이 확실했다. 강우혁의 집이 그쪽이기 때문이다. 그를 태우고 밀회를 즐기러 갈 테지. 술을 좋아하는 강우혁은 웬만해선 운전을 하지 않는다는 말을 들었다. 뭐? 쇼핑을 하러 간다고? 빤한 거짓말을 늘어놓다니 곱씹을수록 괘씸하다.

 첫사랑에 빠진 소녀처럼 발그레 달아오른 아내의 얼굴이 뒤를 이어 떠올랐다. 그녀는 어떤 훼방도 용납지 않겠다는 의지를 온몸으로 발산하고 있었다. 그 속에는 위험한 기운마저 도사리고 있어 남편조차 건드리기 두려울 정도였다. 아내는 마치 다른 사람이 된 것처럼 행동했다. 불온한 그 눈빛은 강우혁 외에는 아무도 들이지 않겠다는 강한 의지를 품고 있었다.

 그의 예상은 보기 좋게 적중했다. 아내의 벤츠가 아파트 정문을 통과했다. 스치듯 지나치는 찰나, 조수석에 앉은 남자가 그의 시야에 들어왔다. 그는 벤츠를 천천히 뒤쫓았다. 출근 시간이 지난 터라 차량의 흐름은 원활했다. 벤츠가 98번 국지도로 접어들었다. 광릉수목원로라 불리는 광릉 숲 드라이브 코스다. 산림으로 우거진 청량한 숲길이 차창을 스치고 지나간다. 물론 그에겐 숲길을 감상할 여유 따윈 없었다. 그는 얼음 같은 눈빛으로 벤츠의 후미를 꿰뚫듯 노려봤다.

 아내는 국립수목원에 입장하지 않았다. 그는 내심 다행이라 여겼다. 수목원에 들어가려면 주차장에 차를 대고 도보로 움직여야 하기에 미행이 들통나기 쉽다. 물 찬 제비처럼 유선형의 곡신미를 자랑하는 벤츠가 아침 햇살을 받아 반짝거렸다. 흰색의 벤츠는 한가롭게 도로를 달렸다. 지금쯤 연놈은 밀어를 속삭이며 행복감에 젖어 있겠지. 욕망에 취한 그들은 내리 액셀을 밟았고, 벤츠는 멈출 생각이 없어 보였다.

 시간은 어느새 점심때로 접어들었다. 연놈은 곧 점심을 먹으러 갈 것이다. 아니나 다를까, 벤츠 뒤를 따라가다 보니 잘 꾸며진 정원 안에 폭 감싸인 것처럼 자리 잡은 한정식집이 나왔다. 벤츠는 야외 주차장으로 빨려들듯 진입했다. 그는 식당까지 따라 들어가는 것은 무리라고 판단했다. 아침도 먹지 못한 터라 배에서 꼬르륵 소리가 났다. 식당에 들어가면 아내의 눈에 띄지 않을 리 없었다.

 식당 진입로 쪽 숲길에 차를 댔다. 고픈 배를 부여잡고 대기하고 있으려니 신세 참 처량했다. 형사들이 잠복을 싫어하는 이유를 알 것도 같았다. 맛집으로 소문난 식당에 일부러 찾아온 연놈이니 금세 나올 리는 없었다. 편의점이라도 있으면 요기라도 할 텐데, 숲으로 둘러싸인 한적한 곳이어서 인근에 구멍가게 하나 없었다.

 그는 절박한 심정으로 글로브박스를 뒤졌다. 내부를 더듬던 그의 손가락이 초코바 하나를 찾아냈다. 언젠가 예린이가 세 개짜리 묶음에서 두 개를 먹고 한 개를 남긴 것을 그가 글로브박스 안에 던져 넣은 기억이 났다. 생수는 차 안에 비치된 것이 있었기에 그는 초코바와 맹물로 허기를 달랬다.

 스마트폰을 확인했다. 다행히 직원에게 걸려 온 전화나 메시지는 없었다. 그는 교와 갈비 매니저 염성림에게 전화를 걸었다. 그녀는 근무 경력도 오래되었고, 그가 가장 신뢰하는 직원이었다. 또한 매니저 직급이어서 운영 전반에 관여했다.

통화 신호음이 오래도록 울렸지만, 염성림은 전화를 받지 않았다. 점심시간이라 전화 받을 참도 없이 바쁜 모양이다. 교와 갈비는 저녁은 물론 점심때도 모임 등 단체 손님이 많았다. 그는 예약된 단체 손님이 있었는지 떠올리려 애를 썼다. 평소라면 예약 현황을 꿰차고 있겠지만, 아내의 불륜으로 머릿속이 텅 비어 버린 것 같았다. 단체 손님이 온다 해도 염성림이라면 문제없다. 직원들을 지휘하며 완벽하게 대처할 것이다. 그래도 경영자 입장에서 그녀에게 언질을 주는 편이 낫다고 판단했다.

"사장님, 어디 편찮으세요?"

신호가 스무 번쯤 간 뒤 염성림은 전화를 받았다. 그녀는 대뜸 사장의 안부부터 물었다. 그는 개인적으로 일이 생겨 식당에 나갈 수 없다고 대답했다.

"바빠서 사장님께 전화도 못 드렸네요. 그래도 아프지 않으셔서 다행이에요. 식당 걱정은 마시고 볼일 잘 보세요."

그는 수고하라고 당부한 뒤 전화를 끊었다. 아내의 벤츠가 진입로에 나타난 것은 한 시간 하고도 삼십여 분이 지난 후였다. 배를 채운 연놈의 행선지가 어디일지는 뻔한 것이어서 새삼 치가 떨렸다. 연놈의 뒤를 더 쫓다간 최악의 결말에 봉착하게 될 것이다. 돌아가라……, 머릿속 어딘가에서 낮고 불길한 목소리가 속삭였다. 망설이는 마음과 파멸을 맞더라도 끝을 봐야 한다는 욕구가 맞부딪쳤다. 결국 진실을 눈으로 확인하고 싶다는 욕구가 망설임을 집어삼켰다.

연놈을 차에서 끌어내려 땅바닥에 패대기치고 싶은 충동을 지그시 눌러 씹으며 벤츠를 뒤쫓았다. 역시나 나쁜 예감은 틀리는 법이 없는지 벤츠는 국도변 모텔촌으로 뱀이 꼬리를 감추듯 사라졌다.

머릿속으로 상상하는 것과 실제로 목도하는 것은 하늘과 땅 차이다. 모텔로 들어가는 벤츠의 꽁무니를 지켜보는 그의 눈에서 불길이 치솟았다. 심장이 격렬히 날뛰었다. 피가 거꾸로 솟고 분노가 정신을 뒤엎었다. 분노 외에는 어떠한 감정도 느껴 보지 못한 사람처럼 사지가 부들부들 떨렸다.

'내 이것들을 당장 요절을 내?'

그는 차를 세우고 연놈을 따라 들어가려 했다. 그러나 강렬한 무언가가 그의 발목을 붙잡았다. 소란을 떨어 봐야 망신살이 뻗칠 뿐이다. 망신은 망신대로 당하고 결국은 이혼으로 끝이 난다. 공들여 이룬 가정이 풍비박산 난다. 예린이는 엄마 없는 결손가정에서 자라게 된다. 그것은 그가 바라는 바가 아니었다.

'그렇다면 내가 바라는 것은 무엇인가?'

보복? 그렇다, 보복이다. 그러나 당장에 하는 보복은 소득도 없고 이쪽도 상처를 입게 된다. 철저히 준비한 뒤 실행해야 한다. 복수하겠다는 강한 의지가 그의 이성을 지탱해 주었다.

그는 차를 세운 뒤 모텔 주차장으로 걸어 들어가 주차된 벤츠의 사진을 찍었다. 모텔 간판과 벤츠가 잘 나오도록 동영상도 찍어 두었다. 더는 연놈의 뒤를 쫓을 필요가 없었다. 들끓던 심장이 순식간에 식고, 더 이상 시장기도 느껴지지 않았다. 눈빛만 서슬 퍼렇게 빛났다. 그 눈에는 결기가 서려 있었다. 그는 차를 출발시키고 왔던 길을 차근차근 되밟아 집으로 돌아왔다.

윤석민이 식당 영업을 끝내고 귀가했을 때 아내는 이미 잠들어 있었다. 아빠가 들어오는 소리를 들었는지 예린이가 제 방에서 나왔다.

"아빠, 이제 와?"

예린이는 졸음기 없이 말똥말똥한 눈으로 아빠를 맞았다. 다른 집 자식들은 사춘기 병이니 뭐니 몸살을 앓는다지만, 예린이는 부모에게 살가운 사랑스러운 딸이었다.

"우리 예린이 아직 안 잤구나."

그는 딸의 머리를 쓰다듬었다. 아내의 불륜을 목도하고 나니 어린 딸이 더욱 안쓰럽게 여겨졌다.

"숙제가 많아서."

"학교 숙제?"

"아니, 학원."

"우리 예린이가 고생이 많네. 그래도 너무 늦게 자지 말고 쉬엄쉬엄해. 아빠는 공부 잘하라고 강요하지 않아. 그깟 공부 좀 못하면 어때?"

"에이, 거짓말."

예린이는 아빠 말을 못 믿겠다면서 깔깔 웃었다.

"예린아, 저녁 먹었어?"

"그럼, 아빠. 지금이 몇 신데? 집에서 저녁 먹었어."

아내가 웬일로 딸의 저녁밥을 차려 준 모양이다. 벼룩도 낯짝이 있다더니 불륜이나 저지르며 다닌 게 미안했겠지. 그는 안방 쪽으로 싸늘한 눈길을 던졌다.

"엄마는 피곤하다고 일찍 자겠대."

예린이가 아빠의 안색을 살피더니 엄마를 변호하고 나섰다. 부부 사이가 삐걱거리는 것을 어린 딸은 본능적으로 감지하고 있었다.

"엄마가 왜 피곤한데?"

아내가 뭐라고 핑계를 댔는지 궁금해 예린이에게 물어보

앉다.

"밖에서 운동을 많이 하고 왔다는데. 내가 피자 시켰는데, 엄마는 먹지도 않고 방으로 들어가어."

"엄마가 밥해 준 거 아니었어?"

예린이가 작게 고개를 움직였다. 하긴 딸에게 죄책감을 느낄 정도의 인간이면 불륜을 저지르고 다니지도 않았을 테지. 그의 미간이 모아졌다. 눈치 빠른 예린이가 엄마를 옹호하고 나섰다.

"아빠, 나 피자 무지 좋아해. 내가 피자 먹고 싶다고 했어. 그리고 아빠가 엄마를 좀 이해해 주면 안 돼? 엄마도 집에만 있기 답답할 거야. 아빠가 몰라서 그러는데, 요즘 팬클럽 활동은 그냥 취미 중 하나야. 취향 같은 사람들끼리 모여서 활동하면 스트레스도 풀리고, 우울증도 없어지고, 긍정적인 면이 더 많아."

예린이가 어른스럽게 아빠를 설득했다. 딸은 어느새 엄마를 변호할 정도로 성장했다. 그는 딸을 다시금 찬찬히 바라보았다.

"아빠, 엄마한테 자꾸 뭐라고 하지 마. 나도 밥 정도는 차려 먹을 수 있거든. 나 요리하는 거 좋아해. 엄마도 밖에서 활동하고 싶을 거야. 아빠는 맨날 일만 하고······, 엄마도 놀아 줄 사람이 필요한 거 아닐까?"

놀아 줄 사람이 필요하다고? 한 번도 염두에 두지 못했던 말을 딸로부터 들었다. 그는 뼈아픈 심정이 되었다. 딸의 지적은 타당했다. 한 달에 두 번 식당 휴무일을 제외하곤 그는 휴일에도 출근을 했다. 게다가 귀가 시간도 늦었다. 가족끼리 외식은커녕 식사 한번 함께하기도 힘들다. 하지만 그건 가족을 위해 행한 일이 아니던가. 그러한 노력이 있었기에 풍요로운 생활을 영위할 수 있는 것이다.

"우리 예린이 다 컸네. 아빠한테 충고도 해 주고."

"아빠, 난 우리 가족이 제일 좋아. 엄마, 아빠랑 죽을 때까지 살고 싶다고. 아빠랑 엄마 싸우는 거 진짜 싫어. 그러니까 아빠가 엄마를 이해해 줘. 남자답게 너그럽게."

남자답게 너그럽게라……, 그는 딸이 한 말을 되새겨 보았다. 과연 남자가 여자보다 너그러울까? 여자들이 자주 빠지는 함정이 있다. 여자에 비해 체격이 큰 남자는 마음도 넓을 것이라고. 그러나 체격과 마음의 크기는 비례하지 않는다. 남자는 여자보다 너그럽지도 마음이 넓지도 않다.

"알았어, 예린아. 엄마랑 싸우지 않을게. 우리 가족 영원히 사이좋게 살자."

예린이는 제 또래답지 않게 속이 깊은 아이였다. 딸의 가족 사랑에 가슴이 저렸다. 그는 딸의 여린 어깨를 가만히 두드려 주었다. 내 딸의 마음을 다치게 할 순 없다. 그러기 위해 이 가정을 지켜야 한다. 예린이가 아빠에게 몸을 기대 왔다. 가정이 무너질까 두려워, 위기를 온몸으로 느끼고 있는 듯했다. 그는 딸의 어깨를 살포시 안아 주었다. 사춘기 딸의 몸에 손을 대기가 조심스러웠다.

"예린아, 그만 자렴."

"아빠도 안녕히 주무세요."

예린이가 아빠에게 손을 흔들더니 제 방으로 들어갔다.

안방에서는 아내가 코를 골며 잠들어 있었다. 세상모르고 자고 있는 걸 보니 간신히 눌러두었던 분노가 또다시 고개를 쳐든다. 열네 살 먹은 어린 딸보다 못한 여자다. 아내 곁에서 잠드는 일이 세상 무엇보다 끔찍하게 여겨졌다.

그가 욕실에서 씻고 나왔을 때도 아내는 여전히 코를 골고 있었다. 그래, 졸음도 쏟아지겠지. 터지는 욕설을 억지로 누르며 이불로 몸을 둘둘 감았다. 아내와 살이 스치는 것만은 어떻게든 피하고 싶었다. 마음 같아서는 거실 소파에서 자고 싶었지만, 예린이를 걱정시키고 싶지 않았다.

그는 온갖 상념들로 머릿속이 복잡해 쉽게 잠들지 못했다. 가장 쉬운 해결책은 가정을 해체시킨다는 치명적인 단점이 있다. 불륜 증거를 들이밀며 합의이혼을 요구하는 것이다. 모텔 주차장에서 찍은 벤츠 사진을 내보이면 아내는 절대 부인하지 못하리라.

"엄마, 아빠랑 죽을 때까지 함께 살고 싶어."

예린이의 한마디가 그의 심중을 뒤흔들었다. 딸을 위해서라도 이 가정은 깰 수 없다. 이혼은 언제라도 할 수 있다. 예린이가 성년이 될 때까지 이혼을 미루면 된다. 아니, 결혼할 때까지 연기할 수도 있다. 이건 딸을 위한 결정이다. 그의 삶을 이끄는 단 하나의 원칙, 그것은 딸의 미래였다. 대전제를 정하고 나니 계획은 저절로 수립되었다. 내 가정은 건드릴 수 없다. 도려내야 할 것은 상처가 아닌, 그 상처를 낸 남자 하나뿐이었다.

'그렇다면 찰거머리처럼 들러붙은 강우혁을 떼어 낼 방법은?'

강우혁은 한번 문 먹잇감을 쉽사리 놓지 않을 것이다. 게다가 아내는 정상적인 사고가 불가능한 상태다. 역시 그 방법밖에는? 그의 입에서 고통스러운 신음이 새어 나왔다. 그는 살인을 염두에 두고 있었다. 과연 살인밖에는 방법이 없는 걸까? 남자 대 남자로 강우혁을 설득해 볼까? 알아듣게 말하면 아내를 놓아주지 않을까? 그럴 인간이면 이런 일을 벌이지도 않았겠지. 일단은 박상철과 상의해 보자.

그가 잠을 이루지 못하고 뒤척이자 옆에 누운 아내가 짜증 비슷한 소리를 냈다. 참으로 밉살스러운 여자다. 그는 아내의 면상에 주먹을 날리고 싶은 욕구를 간신히 참았다.

며칠 뒤, 윤석민은 박상철에게 전화를 걸어 만나자는 뜻을 전했다. 그는 기다리기라도 한 사람처럼 요청에 응했다.
"나도 형한테 상의하고 싶은 일이 있어."
"무슨 일인데?"
그는 대충 짐작이 갔지만, 짐짓 모른 체하고 물어보았다.
"형, 만나서 얘기하자. 식당은 내 이름으로 예약해 놓을게."
박상철은 대화하기 좋은 식당을 안다면서 주소를 보내왔다. 식당은 교와 포레스트에서 그리 멀지 않은 곳에 위치했다.
저녁 일곱 시 한정식집의 두꺼운 나무문을 여는 순간, 직원들의 환영 인사가 반갑게 그를 맞아 주었다. 박상철의 이름을 대자 여직원이 그를 방으로 안내했다. 이미 도착해 있던 박상철이 황급히 자리에서 일어나 그를 반겼다. 애써 웃음기를 띠었으나 그의 낯빛은 어두웠다. 주문을 마친 박상철은 할 얘기가 있으니 방해하지 말라는 당부를 하며 여직원의 손에 팁까지 쥐여 주었다. 그는 식당은 잘되는지, 예린이는 잘 있는지를 묻는 등 일상적인 화제를 입에 올렸다. 식사가 나온 뒤에 본론을 꺼낼 작정인 듯했다.
"실례하겠습니다."
조심스럽게 방문이 열리고, 여직원이 절도 있는 동작으로 수레에서 탁자로 요리 접시들을 옮겼다. 맥주와 소주도 넉넉히 가져왔다. 곧이어 군침 도는 진수성찬이 탁자 위를 가득 메웠다. 여직원은 필요한 게 있으면 언제든지 불러 달라고 상냥하게 덧붙였다. 그녀는 짧은 인사를 남긴 채 마치 공기처럼 조용히 방을 빠져나갔다.

"형, 한잔해."

박상철이 그의 잔에 맥주를 따랐다. 그들은 말없이 잔을 부딪쳤고, 단숨에 맥주를 비웠다.

"형, 이대로는 도저히 못 살겠어."

박상철이 가슴속의 울분을 토해 내듯 부르짖었다.

"제수씨 때문이야?"

"마누라가 강우혁과 불륜 관계야."

"어떻게 알았어? 증거는 잡았어?"

박상철은 두 개의 잔에 소주를 가득 채운 뒤 그중 하나를 윤석민에게 밀어 주었다. 그는 소주를 입안에 털어 넣었다.

"마누라 행동이 수상해서 뒤를 밟았지."

"그래서?"

윤석민도 잔을 비웠다. 그는 젓가락을 집어 박상철의 손에 쥐어 주었다.

"상철아, 공복에 술만 마시다간 속 다 버려. 이런 때일수록 건강 잘 챙겨야 돼. 애들 생각을 해야지. 오늘만 살고 죽을 것도 아닌데, 술만 퍼마시면 안 돼. 심각한 얘기는 천천히 하고 우선 배 좀 채우자."

박상철은 마지못해 젓가락을 들었다. 요리는 정갈하고 고급스러웠다. 궁중잡채와 궁중갈비찜이 눈에 들어왔다. 이곳은 모든 요리에 궁중이라는 앞말을 붙인다는 여직원의 설명을 들었다. 궁중소고기튀김, 궁중떡갈비, 궁중코다리강정, 궁중전복마늘구이 등등 재료 본연의 맛을 살린 요리를 먹다 보니 기분이 점점 나아졌다. 가족이 죽을병에 걸린 것도 아니고, 파산한 것도 아니다. 인생 전체로 본다면 재기하지 못할 정도로 심각한 문제는 아니라는 생각이 들었다. 게다가 해결 못 할 일도 아니다. 인생이란 거창한 무언가가 아니다. 마음 맞는 사람들과 맛있는 음식을 나누는 것도 삶이 주는 행복이다.

박상철은 여전히 죽을상을 하고 술만 들이켜고 있었다. 윤석민은 그의 잔을 채워 주며 위로했다.

"상철아, 이러다가 병나겠어. 이거 갈비찜 맛있으니까 좀 먹어 봐."

윤석민은 갈비찜 접시를 그의 앞에 놓아 주었다.

"석민이 형, 나는 애들 때문에 이혼도 못 해. 애들이 엄마 없이 자런다는 생각만 해도 억장이 무너진다니까."

같은 아픔이 같은 무게로 두 사람의 어깨를 짓눌렀다. 잘

나가는 공연기획사 대표가 다 죽어 가는 얼굴로 술잔만 비우고 있다. 강우혁만 없어지면 모두가 행복해질 텐데.

"형, 다소니 연못 말이야."

"다소니 연못?"

화제가 엉뚱한 방향으로 튀자 그는 어리둥절해졌다.

"갑자기 다소니 연못은 왜?"

"요즘 아파트 주민들, 두 패로 갈린 거 알아?"

박상철은 점점 더 아리송한 말들을 늘어놓고 있었다. 얘가 벌써 취했나? 윤석민은 그의 눈을 들여다보았다.

"형, 나 안 취했어."

박상철은 손짓으로 아니라고 부인했다.

"형, 2년 전 다소니 연못에서 물을 뺀 건 알지?"

"그랬었나? 난 그쪽에는 관심이 없어서."

언제까지 뜬금없는 주제에 장단을 맞춰야 하지? 그는 연못 이야기나 하고 있을 만큼 마음이 한가롭지 못했다.

"다소니 연못에 물을 넣는 문제로 주민들이 두 패로 갈렸대."

박상철은 평소 이렇게 산만한 사람이 아닌데, 취한 게 틀림없다. 강우혁 문제로 죽을상을 쓰다 뜬금포를 쏘고 있으니.

"찬성파와 반대파가 대립하고 있는데, 꽤나 심각한가 봐."

"그러니까 그게 강우혁과 무슨 상관이냐고!"

"형, 잠자코 좀 들어 봐."

박상철은 다소니 연못에서 초등학생이 다친 이야기를 요약해서 들려주었다. 그러고 보니 그런 소문을 들은 것도 같았다.

"연못에 물이 없으니까 삭막하긴 하더라고. 등산로 옆으로 졸졸졸 흐르는 물소리가 꽤나 정취 있었거든."

그도 다소니 공원에 가 본 적은 있으나 크게 관심을 두진 않았었다. 식당 일 때문에 다른 데는 신경 쓸 여력이 없었기 때문이다. 그의 눈에 의심과 혼란이 스쳤다.

"강우혁이 찬성파 쪽에 서서 반대파를 설득하겠다고 나섰다는 거야."

"그래서?"

"강우혁이 반대파 수장을 이해시키겠다고 했대."

"반대파 수장?"

수장이라는 단어가 주는 느낌이 생경했다.

"반대파 수장은 김영은이란 여잔데, 교와 초등학교 학부모회를 쥐고 흔드나 봐. 그 여자, 90평에 산대. 남편은 성형외과 의사고."

강우혁이 또 다른 먹잇감을 노리고 있구나. 그의 뇌리에 제일 먼저 떠오른 생각이었다. 관심종자인 강우혁에게 딱 알맞은 믹잇감과 명분이다.

"설득한다는 명목하에 그 여자한테 접근하려는 의도겠지."

"왜 아니겠어? 그런데 김영은은 연예인도 무시하는 자존심 강한 여자래."

"그래서 여태 마수를 뻗치지 못했구나."

"강우혁 그 새끼, 생태 환경을 살리겠다고 나섰다는데."

그는 코웃음이 나왔지만, 가만히 다음 말을 기다렸다.

"찬성파랑 반대파 대립이 꽤나 격화됐나 봐. 자존심 싸움 정도가 아니라 SNS에 비방 글도 올리고 서로 악플 테러도 한대."

그의 머릿속에 바람처럼 아이디어가 스쳤다. 강우혁 살인에 이 건을 끌어들이면 어떨까?

"교와 초등학교 학부모회가 반대파의 주축이라고 했지? 회원들 대부분이 여자들이고?"

"그렇지."

박상철의 대답을 들은 그는 즉시 회의감에 빠져들었다. 경찰은 만만한 조직이 아니다. 반대파 여자들의 알리바이만 확인해도 그들의 범행이 아니라는 사실이 밝혀질 것이다. 여자 혼자 건장한 성인 남자를 죽인다는 것도 설득력이 떨어졌다.

그러나 여러 명이 나선다면? 혼자는 어려워도 여럿이 힘을 합치면 가능하다. 공범은 죄책감도 나눠 갖기 때문에 범죄를 쉽게 저지르고 방식 또한 대담해진다.

그러나 동기가 약하다. 연못에 물을 넣는 문제로 사람을 죽이다니 말이 되지 않는다. 그래도 다소니 연못은 꽤나 유용한 요소가 되어 주지 않을까? 가령 수사에 혼란을 줄 목적으로 사용한다든지.

변사 사건이 발생하면 경찰은 피해자부터 조사한다. 강우혁이란 인물이 철저히 파헤쳐질 것이다. 그 과정에서 윤석민과 박상철은 유력한 용의자로 의심받을 수밖에 없다. 동기로 따지자면 반대파와 비교할 바가 아니다. 의심은 감수하더라도 범인으로 지목받지만 않으면 된다. 그러려면 어떻게 해야 할까? 살인을 입증할 결정적인 증거를 남기지 않으면 된다. 과연 그것이 가능할까? 곳곳에 설치된 CCTV를 피해 살인을 저지를 수 있을까? 그는 소주를 잔에 따라 단숨에 마셨다.

"석민이 형, 무슨 생각을 그렇게 해?"

"아니, 그냥."

그는 얼버무렸다.

"형은 이런 생활 감당할 수 있어? 아니면 이혼할 거야?"

박상철이 급소를 때리는 질문을 던졌다. 당연히 감당할 수 없으니까 살인을 계획하는 거지.

"과연 피해자가 우리 둘뿐일까? 내가 남편들을 규합해 볼까?"

박상철은 소문난 마당발로 다양한 부류의 사람들과 친분 관계를 유지하고 있었다.

"남편들을 모아서 뭘 어떻게 하려고?"

"남편들이 몰려가서 세를 과시하면 강우혁이 쫄지 않을까?"

"강우혁은 만만한 상대가 아니야."

강우혁은 운동으로 단련된 건강한 남자다. 불시에 공격한다 해도 이쪽이 제압당할 위험도 있다. 가까운 관계가 아니니 독살할 수도 없다. 그는 사고를 확장시켰다.

"강우혁 그 새끼, 편의점 야외 테이블에서 여자들과 보란 듯이 맥주를 마시더라고. 그 새끼는 낯짝이 두꺼워서 남의 이목은 신경도 쓰지 않아."

"미행했어?"

박상철은 말없이 고개를 살짝 숙여 긍정을 표했다. 얼마나 속이 탔으면 미행까지 했을까? 윤석민은 그의 심정이 이해되었다.

"자정 가까운 시간까지 편의점에서 맥주를 마시고 있더라니까. 마누라가 왜 오밤중에 들어오는지 알겠더라고. 그 새끼 비틀거리며 화장실에 가는데 참 가관이더라."

"화장실?"

"다소니 연못 뒤에 공중화장실 있잖아."

윤석민은 그의 말에서 힌트를 얻었다. 공중화장실 뒤에 숨어 있다가 습격하면 어떨까? 어치산 쪽으로 끌고 가서 죽이는 방법도 있다. CCTV 위치 확인이 우선 과제다. 요령 좋게 CCTV를 피할 수만 있다면……. 영화에서 보면 CCTV를 해킹해 영상을 지우기도 하던데, 그는 쩝 입맛을 다셨다.

두 사람의 대화는 해결 방법을 찾지 못한 채 공전을 거듭했다. 그러나 마음을 터놓을 수 있는 상대가 있다는 점에서 둘은 깊은 연대를 느꼈다.

교와 갈비의 카운터를 지키는 윤석민의 주머니에서 거슬리는 벨 소리가 터져 나왔다. 그는 바지 주머니에서 스마트폰을 꺼내 발신자를 확인했다. 전화를 건 사람은 박상철이었다. 무슨 일이지? 그를 만난 지 벌써 세 달이 다 되어 간다. 홀 벽에 걸린 시계는 오후 다섯 시를 향해 가고 있었다. 그는 스마트폰의 수신 버튼을 눌렀다.

"상철아, 무슨 일 있어?"

"석민이 형, 큰일 났어."

"큰일이 나다니? 무슨 소리야?"

"105동에서 여자가 투신했어."

"여자가 투신했다고? 그 여자가 누군데?"

그는 놀란 표정으로 그대로 되물었다. 그런데 박상철은 출근을 안 한 걸까? 회사에 있는 사람이 아파트에서 일어난 사건을 어떻게 알 수 있지? 여자가 투신했다는 것도 충격적이지만, 그 사실이 더 놀라웠다.

"너 지금 어디야? 회사에 있는 거 아니야?"

"실은 105동 앞에 있어. 일대가 하도 소란스러워 와 봤지. 그런데 형, 죽은 여자가 강우혁이랑 관계가 있대."

"너는 출근도 안 하고 왜 거기 있는데?"

"마누라 감시하느라 아파트 주변을 어슬렁거리고 있었어. 회사 일이 손에 잡혀야 말이지."

그는 이러다가 사람 여럿 망가지겠다는 생각이 들었다.

"형, 여자가 자살한 이유가 강우혁의 협박 때문이라는데."

"누가 그래?"

"여기 모인 사람들이 그래."

강우혁으로 인한 피해가 가시화되고 있었다. 그 때문에 한 여자가 자살했다. 더 이상 방치해서는 안 된다.

"석민이 형, 내가 더 알아보고 전화할게."

박상철은 그렇게 말한 뒤 전화를 끊었다.

죽은 여자의 이름은 이정화, 서른여덟 살의 전업주부였다. 그녀는 강우혁과 어울렸으며 자살 전 몹시 침울해했다는 사실을 박상철이 전해 주었다. 그는 전화를 끊고 30분쯤 후 교와 갈비에 나타났다. 그새 조사를 마쳤는지 이정화의 신상을 상세히 꿰고 있었다.

"이정화는 가족밖에 모르는 순진한 주부였대. 초등학생

아들과 남편, 세 식구가 단란하게 살았다는데 얼마나 협박을 받았으면 투신자살을 했겠어? 시체가 말도 못 하게 참혹하더래. 그 여자, 피트니스센터에서 강우혁한테 걸려든 것 같아."

박상철을 룸으로 안내하고 생갈비를 구워 주는 참이었다.

"그런데 형, 장민규도 105동 살지 않아? 나이대도 그렇고, 가족 구성원도 그렇고, 죽은 여자 혹시 민규 와이프 아닐까?"

"설마."

"잠깐만 있어 봐. 내가 민규한테 전화해 볼게."

박상철은 한동안 휴대전화를 귀에 댄 채 기다리더니 연결이 안 되는지 고개를 저었다.

"민규가 전화를 안 받네. 무슨 일이지?"

"와이프가 투신했다면 경찰이 연락했을 텐데, 민규가 현장에 달려오지 않을 리 없잖아."

"시신은 진즉에 병원으로 옮겼어."

장민규는 배드민턴 동호회 회원으로 가끔씩 만나 운동하는 사이였다. 박상철도 더는 장민규와 연관 짓고 싶지 않은지 화제를 돌렸다.

"죽은 여자도 골프를 쳤었나?"

"아니야, 형. 이정화는 골프 안 쳤고 피트니스센터만 다녔다는데. 그 여자, 연못에 물을 넣자는 골수 찬성파였대. 친환경 쪽으로 관심이 많았던가 봐. 강우혁한테 반대파를 설득해 달라고 부탁하면서 엮인 것 같아."

윤석민은 불판 위의 갈비를 뒤집었다.

"형도 같이 먹자. 나 혼자 먹으면 심심하잖아."

박상철이 고기를 자르는 윤석민에게 제안했다.

"그럴까? 하긴 나도 저녁을 먹어야 하니까."

마침 식당이 한가했다. 직원을 불러 1인분의 식기와 반찬을 추가로 가져오도록 시켰다.

"형, 한잔할래?"

박상철이 소주병을 들고 좌우로 흔들었다.

"장사해야 하니까 조금만 마실게."

그는 박상철이 건네는 술잔을 받았다.

"자살하기 전 이정화는 몹시 우울해했었대."

"강우혁의 협박 때문에?"

"뻔한 거 아니야. 연못에 진심이던 선량한 여자가 우울증에 걸린 이유가 뭐겠어? 강우혁이 불륜 사실을 폭로하겠다고 협박했던 거지."

"……."

"강우혁도 깜짝 놀라지 않았을까? 그 새끼, 이정화가 자살해 버릴 줄은 몰랐겠지."

"자살이 확실해?"

"경찰이 수사 중인데, 현재로선 타살을 의심할 만한 정황이 없대."

"상철아, 술만 마시지 말고 고기랑 반찬도 좀 먹어."

그가 권하자 박상철은 한 상 차림으로 나온 반찬들을 하나씩 맛봤다. 그리고는 엄지를 흔들며 감탄의 말을 쏟아 냈다.

"교와 갈비가 잘되는 이유를 알겠네. 반찬도 하나같이 맛있고, 고기가 입에서 살살 녹아. 여기는 언제 와도 맛에 변함이 없네. 난 그게 형의 대단한 점이라고 생각해."

"그만해 상철아, 칭찬은 고맙다만 너무 비행기 태우진 마라."

"남편들 고생하는 거 마누라들이 봐야 하는데. 그래야 밖에 나가 딴짓을 안 하지. 가족들 먹여 살리려고 남편들이 얼마나 고생하는지 봐야 한다고."

"강우혁이 이정화만 협박한 건 아닐 텐데, 너 뭐 들은 얘기 없냐?"

그는 궁금한 내용을 물어보았다. 아내도 협박당하고 있는 것은 아닐까? 그는 그 염려부터 되었다.

"강우혁의 먹잇감이 이정화 하나였겠어? 그 여자가 멘탈이 약하니까 자살한 거겠지."

"그렇겠지?"

"형도 형수 잘 지켜봐. 난 마누라 걱정돼서 출근하기도 겁나."

지난 봄 무렵 다소니 연못에 물을 채웠다. 시청에서 고민 끝에 물을 넣는 쪽으로 결론을 내린 것이다. 박상철이 알아본 바에 의하면, 이정화는 찬성파의 선봉에 섰던 여자였다. 그녀는 그토록 염원하던 과업이 성사됐는데도 자살로 생을 마감해 버렸다. 강우혁을 죽일 장소로 다소니 연못이 유력해졌다. 술에 취한 그가 연못에서 실족사한다는 시나리오다. 이정화의 자살은 윤석민의 실행 의지에 트리거가 돼 주었다.

"석민이 형, 나 요즘 살맛이 안 나. 모든 게 부질없게 느껴지고."

만취한 박상철이 집을 향해 휘청휘청 걸어갔다. 운동을 소홀히 하는지 단단하던 근육이 허물어지고 낯빛도 좋지 않았다. 그의 쓸쓸한 뒷모습을 바라보며 때가 왔다고 판단했다. 가족을 위해, 아끼는 사람들을 위해 이 일을 해야만 한다.

윤석민은 차근차근 계획을 수립했다. 그는 첫 단계로 퇴근 시간부터 앞당겼다. 매니저 염성림에게는 당분간 일찍 퇴근하겠다고 말해 두었다. 어차피 범행은 해가 진 뒤라야 가능하다. 강우혁이 얼큰히 취했을 때 기회를 잡아야 한다. 그가 편의점에서 맥주를 마실 때가 기회다.

문제는 강우혁 일행이 언제 편의점에 갈지 모른다는 것이다. 그들의 심중을 들여다볼 수도 없고, 그를 미행하는 방법밖에는 없다. 맥주를 마시면 화장실에 가기 마련이다. 공중화장실은 다소니 연못 뒤쪽에 위치한다. 화장실에 숨어 있다가 그를 연못으로 유인해 물속에 밀어 넣는다는 계획이다. 역시나 CCTV가 걸림돌이다. 그 눈을 피할 방법을 찾아야 한다.

이미 결심은 섰고, 실수 없는 완수를 위해 머리를 싸맸다. 다소니 연못을 밝히는 보안등을 꺼 버리면 어떨까? 어둠 속이라면 CCTV가 작동한다 해도 알아보기 힘들 것이다. 대부분의 CCTV는 적외선 카메라로 촬영하지만, 보안등이 꺼진 상태에서는 식별하기 쉽지 않을 것이다.

또 하나, CCTV를 파괴하는 방법도 있다. CCTV가 망가지면 바로 수리나 교체에 들어갈까? 그는 그렇지 않을 거라고 확신했다. 행정에는 시간이 걸리게 마련이다. CCTV가 파손돼 교체를 하려던 시점에 강우혁이 실족사를 한다. 경찰은 CCTV가 훼손된 사실을 단서로 삼을 것이다. 누군가 고의적으로 CCTV를 손괴한 뒤 강우혁을 죽였을 거라고 의심할 테지. 이러나저러나 의심은 불가피하다. 의심은 감수하되 증거를 남기지 않는 것이 중요하다.

개 구 리 정 원 의 살 인

03 개구리 살인

[지택근]

●

 중앙경찰서 형사과 강력 1팀 지택근 형사는 강우혁 변사 사건에 투입되었다. 그는 파트너 황정현 형사와 사건 현장을 둘러보는 중이었다. 강우혁의 시체는 8월 5일 오전 6시, 아침 운동을 나왔던 아파트 주민에 의해 발견되었다. 시체는 다소니 연못 속에 엎드린 자세로 떠 있었다. 이유는 알 수 없으나 연못 안을 들여다보다가 실족사한 것으로 추정되었다. 다소니 연못은 익사할 만큼의 깊이는 아니지만, 바위에 머리를 부딪쳐 의식을 잃었다면 물속에서 질식사했을 가능성도 있었다.

 과수팀이 현장 감식을 하는 동안 형사들은 주변을 탐문하고 다녔다. 지 형사는 시체 발견자 겸 신고자인 이학열의 집을 찾았다. 그는 공무원으로 근무하다 은퇴했다는 67세의 남자였다. 황 형사가 신분을 밝히자 대문은 바로 열렸다. 이학열의 아내로 보이는 여자가 형사들을 맞았다. 황 형사가 방문 목적을 알리자 여자는 그들을 거실로 안내했다.

"신랑이 충격을 많이 받았어요. 밥도 안 먹고 저러고 있네요."

지 형사는 여자의 얼굴을 새삼스럽게 보았다. 육십 대의 여자가 신랑이라는 호칭을 사용하니 내심 놀란 것이다. 재혼을 했나? 그는 머리를 갸웃했다. 하지만 젊게 살고 싶은 마음이겠지, 라며 이내 수긍했다. 초로의 남편을 신랑이라 부를 만큼 아내는 사랑이 많은 것이다. 신랑은 설렘을 담은 말이다. 그는 그렇게 생각했다. 거실에는 머리가 벗겨진 오종종한 남자가 소파에 웅크린 자세로 앉아 있었다.

"선생님, 실례하겠습니다."

이학열은 두 형사를 보더니 말없이 소파를 가리켰다. 지 형사와 황 형사는 그가 가리킨 소파에 나란히 앉았다.

"이 선생님, 많이 놀라셨죠?"

그는 오른손으로 심장 근처를 누르고 있었다. 많이 놀랐다는 것을 표현하려는 의도 같았다.

"이 선생님, 시체를 발견한 경위를 말씀해 주시겠습니까?"

지 형사가 조심스럽게 운을 떼었다.

"아까 경찰한테 다 말했는데요."

이학열의 음성이 살짝 떨렸다. 정말로 충격을 많이 받은 모양이었다. 어깨를 축 늘어뜨린 폼이 힘이 하나도 없어 보였다.

"이 선생님, 한 번만 더 말씀해 주시겠습니까?"

지 형사는 간곡히 부탁했다. 최초 발견자의 진술을 듣고자 일부러 찾아온 것이다. 그의 간절함이 통했는지 이학열은 후, 한숨부터 내쉬었다. 그리고 하는 수 없다는 듯 천천히 입을 열었다.

"아침에 어치산에 올라가는 것이 내 일과 시작이오. 어치산에 오르기 전에 나는 다소니 연못부터 가 봅니다. 연못에 물을 넣은 뒤부터 생긴 습관이요. 연못을 가만히 들여다보고 있으면 올챙이 잡으러 다니던 어린 시절도 떠오르고……, 아무튼 기분이 좋아져요. 그런데 오늘은 웬일인지 개구리들이 통 울지를 않더라고. 나는 개구리들이 여태 자나, 혼잣말을 하며 연못 쪽으로 갔어요. 나이가 드니까 개구리한테 말을 걸기도 하고……, 하여간 그래요. 그런데 연못 속에 웬 남자가 엎어져 있더라고요. 깜짝 놀랐죠. 나는 남자가 술에 취해 물에 빠진 거라고 생각했어요. 그때는 사람이 죽었을 거라곤 상상도 못 했어요. 그런데 남자가 미동도 없이 얼굴을 물속에 처박고 있으니까 걱정이 되더라고요."

이학열은 거기까지 얘기하더니 주방을 향해 크게 소리쳤다.

"여보, 여기 마실 것 좀 갖다 줘."

"이 선생님, 저희는 괜찮습니다."

"형사분들, 사양하지 말아요. 이야기를 길게 하니까 내가 목이 말라서 그래요."

이학열의 아내가 쟁반에 음료 세 병을 받쳐 들고 왔다. 그는 홍삼 음료를 형사들에게 권했다. 지 형사는 더 거절하는 것도 실례일 것 같아 탁자 위에 놓인 홍삼 드링크를 집어 들었다.

"잘 마시겠습니다."

지 형사와 황 형사는 감사를 표한 뒤 음료 마개를 비틀어 땄다. 이학열도 그제야 음료 뚜껑을 돌렸다.

"나는 남자 상태가 어떤지 확인해 보려고 했어요. 그래서 큰 소리로 불렀죠. 그런데 아무리 불러도 대답을 안 해요. 아, 그러니까 겁이 덜컥 나더라고요. 나는 연못 안으로 걸어 들어갔어요. 그때는 무슨 용기가 났는지……."

다소니 연못은 징검다리처럼 바위들이 점점이 놓여 안으로 늘어살 수 있는 구조였다. 또한 바위들이 원을 그리듯 둘레를 에워싸고 있있다.

"가까이에서 남자를 보는데 느낌이 이상했어요. 살아 있다는 생각이 들지 않더라고요. 나는 혼비백산해서 연못 밖으로 뛰어나왔어요. 그리고 바로 112에 신고했죠. 5분쯤 있으니까 제복 경찰들이 출동하더라고요."

이학열이 남은 음료를 들이켰다. 그리고 그는 한 차례 몸을 부르르 떨었다.

"물에 빠져 죽은 시체는 처음 봤어요. 얼마나 놀랐던지⋯⋯. 그 남자는 왜 연못에 빠져 죽은 거요?"

"그걸 밝히려고 조사하는 중입니다. 이 선생님, 돌아가신 분과는 아는 사이입니까?"

시체의 신원이 밝혀졌지만, 지 형사는 시치미를 떼고 물어보았다. 그는 벌에 쏘인 사람처럼 펄쩍 튀어 오르며 부정했다.

"나는 몰라요. 난 그 남자 얼굴도 못 봤다고요."

"이 선생님, 강우혁 배우를 아십니까?"

"죽은 남자가 배우란 말입니까?"

"그렇습니다."

그가 다급한 어조로 아내를 불렀다.

"여보, 이리 좀 와 봐."

아내가 거실로 오자 그는 잇달아 질문을 퍼부었다.

"여보, 올해 초 우리 아파트에 이사 왔다는 배우가 누구라고 했지? 왜 지난번에 당신이 그랬잖아. 피트니스센터에서 봤다고 했던가? 연예인은 역시 다르다고 당신이 입에 침이 마르도록 칭찬했잖아."

아내가 우뚝 선 채로 되물었다.

"강우혁 말하는 거야?"

"그래그래, 그 사람."

이학열이 거 보라는 듯 형사들 쪽으로 의기양양한 시선을 보냈다. 형사들과 대화를 나누다 보니 그는 많이 진정된 듯 보였다. 목소리도 떨지 않았고, 얼굴도 혈색이 돌아왔다. 지 형사는 그의 아내 쪽으로 몸을 돌렸다.

"사모님, 강우혁 배우와 친분이 있으셨습니까?"

여자가 말도 안 된다는 듯 손을 휘휘 내저었다.

"강우혁이 운동하는 모습은 많이 봤는데 친분은 전혀 없어요. 그 사람 꽤나 바람둥이던데요."

"사모님, 잠시 대화 좀 나눌 수 있을까요?"

지 형사는 여자에게 소파에 앉기를 권했다. 그녀가 소파 끝에 엉거주춤 걸터앉았다.

"사모님, 강우혁 배우에 관해 들은 소문이 있습니까?"

여자의 얼굴에 뭉게뭉게 호기심이 피어올랐다.

"우리 신랑이 발견한 시체가 강우혁이란 말이에요?"

그녀는 주방에서 대화를 듣고 있었던 모양이다.

"그렇습니다."

"저는 그런 데서 사람이 죽었다는 게 이상해요. 접시 물에

코 박고 죽는 격이잖아요."

"사모님, 강우혁 배우가 바람둥이라고 하셨는데요. 보고 들은 일이 있으면 알려 주세요."

"그 남자 옆에는 노상 여자들이 있었어요. 배우라는 사람이 일은 안 하고 여자들과 어울려 다니기만 하더라고요."

"그 여자들이 누군지 아십니까?"

"피트니스센터에서 자주 마주치던 여자들인데, 나이도 고만고만한 거 같더라고요. 강우혁 팬클럽을 결성해서 후원회도 겸한다고 들었어요. 하긴 배우랑 어울리려면 돈이 많이 들겠죠."

지 형사는 이학열보다는 아내 쪽이 수사에 도움이 되리란 예감이 들었다. 그는 자세를 고쳐 앉았다.

"형사님, 두어 달 전 105동에서 젊은 여자가 투신자살한 사건이 있었는데요."

여자가 작은 소리로 일러바치듯 고했다. 그녀는 비밀을 공유하고 싶다는 속내를 은근히 내비쳤다. 이런 사람들이 있어야 수사가 제대로 풀린다. 형사에겐 여러모로 고마운 존재다.

"사모님, 아는 대로 전부 말씀해 주시겠습니까."

"정확한 것도 아닌데요."

"그건 염려하실 필요 없습니다. 확인은 저희가 하면 되니까요.

"여자가 자살한 이유가 강우혁의 협박 때문이라고 들었어요."

결정적인 실마리가 그녀의 입에서 흘러나왔다. 지 형사는 이학열의 집에 오길 잘했다는 생각이 들었다. 강우혁은 늘 여자들과 어울려 다녔고, 그에게 협박을 당했던 유부녀가 자살했다. 그녀의 남편이 앙심을 품었을 수도 있고, 다른 유부녀들도 협박받았을 가능성도 존재한다. 살인의 동기로 안성맞춤이 아닌가. 그러나 그뿐으로 이학열의 아내는 내밀한 정보를 알지 못했다. 지 형사는 시간을 내주어 고맙다는 인사를 하려고 했다.

"형사님, 강우혁은 찬성파였어요."

"찬성파요? 뭘 찬성한다는 말씀이죠?"

지 형사와 황 형사는 엉거주춤한 자세로 멈춰 섰다.

"다소니 연못에 물을 넣는 문제로 단지 안이 시끄러웠거든요."

처음 듣는 정보였다. 지 형사는 여자에게 자세히 설명해 달라고 부탁했다. 여자가 그간의 사정을 풀어 말했고, 그는 다소니 연못을 둘러싼 대략의 내용을 알게 되었다.

"강우혁은 찬성파에 속했는데, 반대파의 수장 격인 여자를 납득시키겠다고 나선 모양이에요. 잘생긴 배우가 설득하니까 넘어갔는지, 어느 날인가 개구리 소리가 들리더군요. 그래서 가 보니까 연못에 물이 가득 찼더라고요."

"그 반대파의 수장이라는 분이 누굽니까?"

"이름은 모르고 얼굴만 알아요. 그 여자, 교와 초등학교 학부모라고 들었어요. 피트니스센터에 가서 물어보면 알려 줄 거예요."

그렇다면 반대파에서 벌인 일일까? 지 형사는 자문해 보았으나 이내 머리를 흔들었다. 연못에 물을 넣는 문제로 사람을 죽인다? 하지만 더 말이 안 되는 이유로 사람을 죽이기도 한다. 반대파의 수장이 강우혁에게 설득당했고, 결과적으로 연못에 물을 넣게 되었다. 반대파 입장에선 열이 받는 일이다. 주장이 관철되지 않으면 존재 자체가 부정당한 것으로 착각하는 인간들이 있다. 그런 유의 누군가가 강우혁을 살해한 걸까?

"아 참, 양혜숙도 격렬한 반대파였어요."

"그분이 누굽니까?"

"극성스럽기로 소문난 할머니예요. 입만 열면 자식들 손주들 자랑에, 주민들한테 호통치는 재미로 사는 사람이에요."

"그분이 반대파였군요."

"시청에 민원 전화도 많이 걸었다고 들었어요. 그 할머니, 아파트 직원한테 갑질도 많이 했어요. 반말은 기본에, 부당한 요구도 부지기수로 하고, 들어주지 않으면 소리소리 지르며 화를 냈어요. 주민들 험담도 하고, 이간질도 시키고요."

"그랬군요."

"그런데 양혜숙은 강우혁만 보면 갖은 아양을 다 떨더라고요. 아들뻘 되는 남자한테 교태를 부리고……, 하여간 눈 뜨고는 못 봐줄 형국이었어요."

지 형사는 수첩에 양혜숙이라는 이름을 크게 적어 넣었다. 그리고 옆에는 빌런이라고 썼다. 두 형사는 이학열 부부에게 고맙다는 인사를 몇 번이나 한 뒤 그 집에서 나왔다.

"지 형사님은 타살이라고 생각하세요?"

아파트 공동 현관을 걸어 나오며 황 형사가 그에게 물었다.

"타살일 확률이 높지 않겠어? 아무리 술에 취했다 한들 연못에 빠지면 사람은 본능적으로 물 밖으로 나오려 할 거야. 게다가 사람이 빠져 죽을 만큼 깊은 연못도 아니잖아."

"실족하면서 바위에 머리를 부딪쳤다면 물속에서 기절했을 수도 있잖아요. 의식을 잃은 상태에서 익사할 수도 있고요. 인사불성으로 술에 취했다면 가능한 시나리오예요."

"밤중에 왜 연못 근처를 어슬렁거려?"

"그야 연못 뒤편의 공중화장실을 이용하려던 거겠죠."

"그럼 화장실만 갔다 오면 되지 연못은 왜 들여다보느냐고?"

황 형사는 선배의 반박에 고개를 조금 비틀며 의문을 드러냈다.

"강우혁의 동선을 파악하면 답 나오겠죠. 심야에 연못에 갔다는 게 이상하긴 해요."

지 형사는 공중화장실 입구와 연못 근처에 설치된 보안등을 떠올렸다. 보안등이 켜져 있었다면 연못은 그리 어둡지 않았을 것이다. 그는 CCTV에 기대를 걸고 있었다. 물론 CCTV도 완벽하진 않고, 엄연히 사각지대도 존재한다. CCTV의 사각지대를 노려 범행을 저질렀다면 그야말로 속수무책이다. 범인이 아파트 주민이라면 CCTV를 염두에 두지 않았을 리 없다. 사각지대의 위치도 미리 파악해 두었을 것이다.

지 형사와 황 형사는 단지 안 체육시설을 둘러보기로 했다. 교와 포레스트는 총 3개의 단지로 이루어져 있었는데, 명성에 걸맞게 부대시설도 훌륭했다. 두 형사는 강우혁이 거주했던 1단지 쪽으로 발걸음을 옮겼다.

어치산과 다소니 공원은 1단지에 인접해 있었다. 단지마다 피트니스센터와 골프연습장, 배드민턴장과 탁구장, 테니스장 등이 마련돼 있었다. 그 외 사우나, 독서실, 카페테리아, 스카이라운지도 있었다. 주민들은 저렴한 비용을 내고 편의

시설을 이용하는 것이다. 좋은 아파트는 역시 다르구나, 지 형사는 속으로 부럽다는 생각을 했다. 부대시설이라곤 공터에 설치된 탁구대 한 개가 고작인 자신의 아파트를 떠올렸기 때문이다.

황 형사가 피트니스센터의 두꺼운 유리문을 열었다. 오전 시간인데도 헬스장은 한가하지 않았다. 한눈에 보아도 잘 관리된 헬스장이라는 느낌이 들었다. 갖가지 모양의 트레이닝 기구들은 반짝반짝 윤이 났고, 환기도 잘되어 특유의 땀 냄새도 나지 않았다. 지 형사는 카운터를 지키고 있는 젊은 남자에게로 다가갔다.

"변사 사건 수사 건으로 몇 가지 여쭤보겠습니다."

황 형사가 신분증을 제시하자 아르바이트생으로 보이는 남자는 당황한 기색이 역력했다. 근무한 지 얼마 되지 않아 아는 바가 없다는 것이다. 그는 사람을 불러오겠다면서 자리에서 일어났다. 남자는 안쪽으로 걸어가 체격 좋은 트레이너를 데리고 왔다. 30대로 보이는 트레이너는 서글서글한 훈남 인상이었다. 그의 이름은 차성민이었다.

"경찰서에서 나오셨다고요?"

"그렇습니다. 차 트레이너님, 잠시 시간 좀 내주실 수 있겠습니까?"

지 형사는 신분증을 내보이며 정중하게 부탁했다. 강우혁 사건에 대해 이미 들었는지 차성민은 별 동요 없이 형사들을 휴게 공간으로 안내했다. 휴게실의 푹신한 의자에 앉자마자 지 형사는 차분한 어조로 질문을 시작했다. 그는 단도직입적으로 물었다.

"차 트레이너님, 강우혁 배우 잘 아시죠?"

그는 담담한 표정으로 그렇다고 대답했다. 지 형사는 강우혁과 친하게 지냈던 여자들을 아느냐고 물었다. 그의 입에서 몇몇 여자들의 이름이 흘러나왔다. 강우혁과 자주 어울렸던 여자들이라고 한다. 모른다고 부인하면 발품을 더 팔아야 할 테지만, 그는 쉽게 입을 열어 주었다. 서글서글한 인상처럼 성격도 시원시원한 모양이다. 황 형사가 여자들의 인적 사항을 알려 줄 수 있는지를 물었다. 그는 수사에 협조하는 것이 시민의 의무라면서 흔쾌히 알려 주겠다고 대답했다. 지 형사는 시민의식이 투철한 차성민에게 호감이 갔다. 명부는 면담이 끝난 뒤에 받기로 하고, 그는 본격적인 질문에 돌입했다.

"강우혁 배우가 여자들한테 인기가 많았다고 들었습니다만."

"연예인이니까 아무래도 그렇겠죠. 그 사람, 잘생기기도 했지만 여자들한테 매우 친절했거든요."

그의 낯빛이 살짝 어두워진 것을 지 형사는 놓치지 않았다. 말투에는 사소하지만 빈정거림도 섞여 있다. 같은 남자로서 질투를 느끼는 걸까?

"차 트레이너님, 아시는 대로 전부 말씀해 주세요. 강우혁 배우에 관해 최대한 많이 알아야 사건을 해결할 수 있으니까요."

역시나 그는 숨김없이 대답하는 쪽을 택했다.

"강우혁 씨는 헬스트레이너도 아니면서 일대일 지도를 자처하고 나섰습니다. 그것도 여자들한테만 국한해서요. 헬스장에는 엄연히 트레이너들이 상주하고 있는데 말이죠. 이곳은 아파트 주민들을 위한 시설이라 PT 비용도 매우 저렴합니다."

그의 설명을 듣고 있자니 내부 사정을 이해할 수 있었다. 강우혁이 여자들의 환심을 사기 위해 퍼스널 트레이너를 자처하고 나선 것이다. 전문 트레이너 입장에선 몹시 거슬렸을 행위다. 그것은 생계가 걸린 일로 트레이너들의 수입 또한 줄어들었을 터였다.

"차 트레이너님, 충분히 이해가 가는 말씀입니다. 전문가한테 코칭을 받아야만 운동 효과도 확실하게 나지 않겠습니까."

지 형사는 비위를 맞추며 말했다. 공감받는 걸 싫어할 사람은 없다. 과연 그의 미간이 펴지고 낯빛 또한 밝아졌다.

"강우혁 배우를 둘러싸고 여자들 사이에 갈등은 없었습니까?"

"강우혁 씨 관심을 받으려고 여자들끼리 경쟁을 벌였어요. 그 사람 주변에는 늘 여자들이 있었죠. 요즘 헬스장엔 어린 친구들도 많이 오는데, 그런 행동이 교육상 좋지 않다고 생각했습니다."

그는 잠시 쉬었다가 다시 입을 열었다.

"형사님, 강우혁 씨가 다소니 연못에서 죽었다는 사실이 이해가 가지 않습니다."

"왜 그렇게 생각하시죠?"

"강우혁 씨는 운동으로 단련된 사람입니다. 그런 사람이 연못에 빠져 죽는다고요? 애초에 연못에 들어간 것도 이상합니다."

과연 차성민이 의문을 품을 만하다. 그가 불쑥 말을 내뱉었다.

"연못에 물을 넣는 문제로 시끄럽더니만 결국 이 사달이 나고 말았군요. 김영은 씨 주장대로 연못에 물을 넣지 않는 편이 나을 뻔했어요."

그 문제는 심심하면 터져 나온다. 연못에 물을 넣느냐 마느냐가 이곳 주민들에겐 그리도 중요한 일일까? 강우혁 변사 건도 그 문제와 관련이 있을까?

"김영은 씨요?"

"김영은 씨는 반대파의 리더 격인 인물입니다. 안전사고 등 위험성이 존재한다는 이유로 연못에 물을 넣으면 안 된다고 반대했습니다. 결국 김영은 씨 예상대로 되지 않았습니까. 연못에서 사람이 죽었으니까요."

"김영은 씨도 명부에 있습니까?"

그는 그렇다고 대답했다.

"차 트레이너님, 강우혁 배우는 찬성파였죠?"

"강우혁 씨가 찬성파를 자처하며 주민들을 설득하고 다녔습니다. 그 사람의 말이나 행동이 주민들한테 영향을 끼친 건 사실입니다."

"김영은 씨는요? 그 사람은 끝까지 반대했습니까?"

"김영은 씨도 영향력이 큰 사람이지만, 강우혁 씨한테는 못 당한 게 아닐까요. 결국 연못에 물을 넣었잖아요. 결과적으로 강우혁 씨가 이긴 거죠."

"반대파라면 양혜숙 씨도 있잖아요."

지 형사는 잘 아는 듯한 말투로 슬쩍 물었다. 차성민의 얼굴에 순간적으로 혐오의 빛이 스쳤다.

"그분에 관해서는 언급하고 싶지 않습니다. 강우혁 씨는 이미 돌아가신 분이지만, 양혜숙 씨는 아파트 주민입니다."

지 형사는 양혜숙의 평판을 알고 있었기에 그다지 놀라지 않았다.

"양혜숙 씨에 대해서는 저도 들은 바가 있습니다. 차 트레이너님도 피해를 보셨습니까?"

"그분은 무리한 요구를 자주 하셨어요. 특별 대우를 원하기도 하셨고요. 주로 팀장님이 곤욕을 치르셨죠."

"팀장님이요?"

"부대시설 관리를 총괄하는 팀장님이에요. 무리한 요구를 할 때마다 직원들이 안 된다고 말씀드리면 양혜숙 씨는 팀장 나오라고 소리를 질렀습니다. 아파트 주민들이 내는 관리비로 너희들 월급 주는 거라면서 막말을 하셨습니다."

"무리한 요구란 게 뭡니까?"

"운동기구에 본인의 소지품을 올려 두고 다른 것을 이용합니다. 다른 분이 그 운동기구를 사용하려고 하면 내가 맡아 둔 거라면서 화를 냈어요. 주민들의 민원이 들어올 수밖에 없죠. 그래서 직원들이 안 된다고 말씀드리면 팀장 데려오라고 난리를 치는 거예요. 골프연습장에서도 독점하는 자리가 있다고 하더군요. 팀장님이 땀을 뻘뻘 흘려 가며 설득해도 마이동풍이었어요. 아예 말 자체가 통하지 않는 사람이에요. 저는 양혜숙 씨가 팀장님께 삿대질하는 모습도 봤어요."

"그런 분이 있으면 일하기 힘들겠네요."

"양혜숙 씨 같은 사람은 처음 봤습니다. 형사님, 제가 이런 말 한 걸 알면 그분이 가만있지 않을 겁니다. 절대 발설하지 말아 주세요."

"당연히 그래야죠. 염려 마세요, 차 트레이너님. 오늘 협조 감사했습니다. 아 참, 양혜숙 씨도 명부에 들어 있겠죠?"

"그렇습니다."

지 형사는 김영은, 양혜숙을 만나야겠다고 마음먹었다. 그는 돌아갈 채비를 하며 차성민에게 명부를 출력해 달라고 부탁했다. 휴게실 밖으로 달려 나가는 그의 등 근육이 튼실했다. 몇 분 뒤 클립에 낀 종이 몇 장을 손에 들고 그가 돌아왔다. 지 형사는 친절한 차성민이 무척 마음에 들었다. 두 형사는 거듭 감사하다고 인사한 뒤 피트니스센터를 나왔다.

골프연습장은 피트니스센터 바로 옆에 위치했다. 내부는 스크린 시설과 실내 연습장 두 개의 공간으로 나뉘어 있었다. 골프연습장에도 전문 강사가 여러 명 상주하고 있었는데, 티칭 프로라고 본인을 소개한 30대 남자와 대화를 나누었다. 그의 이름은 문수윤이었다. 그 역시 강우혁에 대한 감정이 좋지 않았다. 이유는 차성민 헬스 트레이너와 같았는데, 강우혁이 그들의 영업 활동에 지장을 초래했기 때문이었다.

"문 프로님, 강우혁 배우가 회원들의 골프 지도를 도맡고 나섰다죠? 골치 아프셨겠습니다."

지 형사는 짐작한 대로 넘겨짚어 보았다.

"형사님이 그걸 어떻게 아셨어요?"

문수윤이 반색하며 되물었다. 그 역시 공감을 받아 기쁜 기색이었다.

"강우혁 씨가 나타난 뒤로 레슨을 해지한 회원들이 많았어요. 그 사람은 배우라는 본업이 있는데도 주로 골프연습장에서 시간을 보냈어요. 개인 레슨을 해 준다는 핑계로 여자들한테 스킨십을 하기도 했고요. 제가 볼 땐 성추행이 분명한데도 여자들이 외려 좋아하는 것 같았어요. 강우혁 씨를 독점하려고 경쟁을 벌일 정도였죠. 연예인이 그렇게 대단한 존재인 줄 저는 처음 알았습니다."

"그렇게 심각했습니까?"

"요즘은 어린 학생들도 골프를 많이 칩니다. 교육상도 좋지 않아 몇 차례 주의를 줬습니다. 그런데도 그때뿐이고……, 그분들 역시 아파트 주민들이라 심하게 제지할 수도 없었습니다."

골프 강사 입장에선 밉살스럽고 화가 나는 일이었을 것이다.

"알고 보니 강우혁 씨, 한물간 B급 배우더군요. 배우라는 타이틀을 내세워 여자들을 스폰서로 두려는 게 분명했어요."

지 형사는 문수윤의 준수한 이목구비를 새로운 눈빛으로 바라보았다. 그에게서 강우혁에 대한 불쾌감이 느껴졌다. 지 형사는 강우혁과 어울렸던 여자들의 명부를 요청하며 차성민 트레이너에게 받은 종이를 살짝 펼쳐 보였다. 헬스 트레이너도 명부를 제공했으니 염려 말고 내놓으라는 의미였다. 그의 예상은 적중했다. 문수윤은 별말 없이 여자들의 명부를 출력해 주었다. 그가 건넨 명부에는, 헬스 트레이너 명단과 겹치는 여자들이 상당수 있었다. 두 형사는 인사를 마치고 골프연습장을 떠났다.

지 형사는 반대파의 수장이라는 김영은에게 관심이 갔다. 그는 손목 위의 스마트워치로 눈길을 주었다. 시곗바늘이 정오를 향해 다가서고 있었다. 점심 전에 약속을 잡는 것도 괜찮겠다는 생각이 들었다. 황 형사가 명부를 펼쳐 들고 그녀에게 전화를 걸었다. 필요 이상으로 자세하게 용건을 설명하던 황 형사가 전화를 끊더니 웃는 얼굴로 오케이 사인을 보내왔다.

"김영은이 카페테리아로 내려오겠다고 하는데요. 준비하는 데 한 20분 정도 걸린다고 합니다."

"그래? 그럼 먼저 안에 들어가서 기다리자고."

황 형사가 카페테리아의 유리문을 힘주어 열었다. 내부는 넓고 쾌적했으며 테라스에는 야외 테이블까지 마련돼 있었다. 공간 전체를 둘러싼 책장이 제일 먼저 눈길을 끌었다. 책들의 종류는 구색에 맞게 아동 도서부터 추리소설까지 잘 갖추어져 있었다. 미성년 고객들이 많은지 코믹 북이나 청소년 도서도 다종다양하게 구비돼 있었다. 평일 오전 시간대라 카페 안은 한가했다. 창가 쪽에 노부부가 편안한 차림으로 브런치를 즐기고 있었다.

계산대에는 40대로 보이는 여자가 자리를 지키고 있었다. 지 형사는 벽에 걸린 메뉴를 훑어보았다. 음료가 풍성하지는 않았지만, 기본은 갖춰져 있었다. 샌드위치와 요기가 될 만한 빵들이 유리 진열장 안에 그득했다. 빵들은 갓 만든 듯 신선한 자태로 시장한 두 형사의 위장을 자극했다. 지 형사의 배에서 꼬르륵 소리가 났다. 황 형사도 배가 고픈지 유리 진열장 안을 유심히 들여다보고 있었다.

"황 형사, 일찍 나오느라 아침밥도 못 먹었지? 김영은 나오는 데 시간 좀 걸린다니까 우리 요기나 하면서 기다릴까?"

"좋죠. 저는 클럽 샌드위치로 하겠습니다. 지 형사님은요?"

황 형사가 기다렸다는 듯 주문대 앞에 섰다. 지 형사가 그를 만류했다.

"주문은 내가 하지. 음료는 뭐로 마실 텐가?"

"저야 당연히 아이스아메리카노죠."

지 형사가 지갑을 꺼내며 직원에게 말을 걸려고 했다. 그런데 그녀는 미안하다는 듯 어색한 미소만 짓고 있을 따름이었다. 지 형사가 의문스러운 눈길을 보내자 그제야 입을 열었다.

"두 분 아파트 주민 아니시죠?"

여전히 미안한 표정을 거두지 않은 채 여직원이 지 형사에게 물었다.

"네? 그걸 어떻게 아셨어요?"

지 형사는 여직원의 직관에 놀라지 않을 수 없었다. 얼굴만 보고도 주민 여부를 알 수 있는 걸까? 주민은 얼굴에 표식이라도 있는 걸까?

"카페테리아 주문은 주민들만 할 수 있어요."

"현금으로 결제해도 안 됩니까?"

"주민들한테 발급되는 등록카드가 있어야만 카페테리아 이용이 가능하세요. 비용은 관리비에 포함돼 나오고요."

"그렇군요."

지 형사는 실망했지만, 시스템이 그렇다는 데야 받아들일 수밖에 없었다. 그는 궁금한 내용을 직원에게 물어보았다.

"제가 아파트 주민이 아닌 건 어떻게 아셨습니까?"

그녀는 살짝 얼굴을 붉히며 설명했다.

"다소니 연못에서 사고가 났다고 아침부터 난리가 났었는데, 경찰에서 조사 나오는 건 당연하잖아요. 경찰관 복장이 아니니 형사님들 아니겠어요."

지 형사는 그녀의 추리에 감탄했다. 두 형사는 주린 배를 부여잡고 얌전히 앉아 김영은을 기다릴 수밖에 없었다. 손님들이 계속 들어오는 통에 사건과 관련된 대화를 나눌 수도 없었다. 엉덩이가 아프고 졸음도 몰려와 눈이 가물가물해질 무렵, 그녀가 모습을 드러냈다. 지 형사는 눈앞에 등장한 인물이 김영은일 거라고 바로 감이 왔다. 그는 손목시계로 눈길을 떨어뜨렸다. 약속 시간이 30분 넘게 지나 있었다. 그녀가 시간을 지체한 이유는 차림새만 봐도 알 수 있었다.

 김영은은 눈이 부실 만큼 화려하게 차려입고 나왔다. 누구도 무시할 수 없는 존재감이라고 할까. 메이크업이 잘 받은 작은 얼굴이 조명 아래에서 화사하게 빛났다. 키가 크고 늘씬한 체격의 그녀는 연예인 못지않게 스타일리시한 여자였다. 그녀는 명품 로고가 박힌 핸드백을 탁자 위에 살며시 내려놓았다. 동작 하나하나가 우아하기 그지없다. 역시 명품으로 보이는 뱅글 팔찌가 그녀의 긴 팔목에서 반짝거렸.

 "형사님들이시죠? 저 김영은이에요."

 김영은이 의자를 빼내며 물었다. 허스키한 음성이 꽤나 매력적이었다. 그녀는 고개를 살짝 까닥여 형사들에게 인사했다. 지 형사가 얼른 일어나 나와 준 데 대한 고마움을 전했다. 의자에 앉으려던 그녀가 텅 빈 테이블에 눈길을 주더니 핸드백을 옆구리에 끼고 나섰다.

 "형사님들, 뭐 드시겠어요?"

 지 형사는 사양하려다가 자리만 차지하고 있는 것도 도리는 아니라는 생각에 가장 저렴한 아메리카노를 선택했다. 황 형사 역시 같은 것을 골랐다. 늘 아이스아메리카노를 신봉하는 그였지만 분위기 파악을 한 것이다.

"여기 샌드위치도 맛있는데 형사님들, 안 드시겠어요?"

지 형사는 손을 휘저으며 괜찮다고 사양했다. 황 형사는 거절할 힘도 없는지 배를 움켜쥐고 고개만 내저었다. 시간을 내준 것만도 고마운데, 샌드위치까지 대접받을 수는 없었다. 그녀는 더 권하지 않고 주문대로 걸어갔다. 음료가 준비되었다는 직원의 외침이 들리자 황 형사가 재빠르게 달려갔다. 그가 받아 온 쟁반에는 아메리카노 두 잔과 카푸치노가 담겨 있었다.

"형사님들이 왜 저를 보자고 하셨는지 모르겠네요. 강우혁 배우가 죽은 일과 제가 무슨 상관이죠?"

김영은은 카푸치노를 한 모금 마신 뒤 두 형사를 차례로 응시했다. 그녀의 작은 얼굴은 감정을 지운 하얀 도화지 같았다.

"김영은 씨, 강우혁 배우와 친한 사이였습니까?"

지 형사가 정중하지만, 핵심을 찌르는 질문을 던졌다. 카푸치노 잔을 든 그녀의 미간에 힘이 들어갔다.

"저는 강우혁 배우와 친하지 않았어요. 그 사람이 제게 접근하기는 했지만요."

그녀의 답변은 형사들의 흥미를 끌기에 충분했다. 또 연못 이야기인가? 지 형사는 주민들이 다소니 연못에 과도하게 집착한다는 느낌을 받았다.

"좀 더 알기 쉽게 말씀해 주시겠습니까?"

"스토리가 긴데……."

그녀가 붉은 입술을 오므렸다. 말의 뉘앙스에 좋지 않은 감정이 실려 있다. 강우혁을 싫어했던 걸까?

"다소니 연못 문제라면 알고 있습니다."

"다들 왜 그렇게 생각이 짧은지 모르겠어요. 불과 2년 전에 초등학생이 연못에서 머리를 다쳤어요. 부모들이 아무리 주의를 줘도 아이들은 산만해지기 일쑤죠. 정신없이 놀다 보면 바위에서 미끄러질 수도 있고요. 아이들이 안전하게 지낼 수 있도록 위험 요소를 제거해 주는 것도 어른들의 역할 아닌가요? 우리 미아도 올챙이 잡으러 가겠다고 난리도 아니었어요. 아이 뒤를 일일이 따라다닐 수도 없고 걱정이 태산 같았는데, 그런 사고가 난 거예요. 그런데 보세요. 연못에 물을 채우자마자 더 큰 사고가 났잖아요."

"물론 안전이 최우선이죠."

지 형사는 그녀의 말에 공감을 표시했다. 역시 진술을 끌어내려면 공감 전략이 최고다.

"그 연못은 마가 낀 것 같아요. 다소니 연못은 폐쇄시켜야 돼요."

지 형사는 수긍의 의미를 담아 머리를 위아래로 천천히 움직였다.

"강우혁 배우와 있었던 일을 말씀해 주시겠습니까."

"뭐 숨길 것도 없으니까 사실대로 말씀드릴게요. 골프연습장에서 운동을 하고 있는데, 강우혁 배우가 제 곁으로 다가오데요. 그 사람, 제 스윙 폼이 좋다면서 한바탕 칭찬을 늘어놓더니 차 한잔할 수 있겠냐고 묻는 거예요."

강우혁의 수법은 늘 비슷한가 보다.

"그래서요?"

"좋다고 대답했죠. 잘생긴 배우가 차 한잔하자는데 거절할 이유가 없잖아요. 게다가 얼굴이 알려진 사람이니 해코지할 염려도 없고요."

"그렇죠."

지 형사는 장단을 맞춰 주었다.

"강우혁 배우가 여자를 밝힌다는 소문이 단지 내에 무성했어요. 저는 그 사람이 어떤 감언이설을 하든 넘어가지 않으려 잔뜩 벼르고 있었죠."

그녀의 말끝에서 자부심이 묻어났다. 짙은 마스카라로 강조된 눈매가 도도하게 빛났다.

"전 외모를 무기로 들이대는 남자들을 믿지 않아요. 강우혁 배우는 드라이브도 할 겸 분위기 좋은 카페로 가자고 했는데, 제가 거절했어요. 그 사람이랑 단둘이 드라이브하기도 싫을뿐더러 소문나는 것도 꺼려졌거든요. 그래서 스카이라운지에서 커피 한 잔 마셨죠."

그녀의 루비 빛 입술이 미소를 머금었다. 그 미소에는 가소로움이 섞여 있었다.

"그 사람, 환경 전문가처럼 열변을 토하더군요. 생태 환경이 어쩌고 하면서 한바탕 설교를 늘어놨어요. 우리 아이들을 삭막한 환경에서 자라게 하면 안 된다나요. 또 뭐랬더라, 교와 포레스트는 친환경 라이프 스타일을 표방한다나요. 이사 온 지 얼마나 됐다고 그런 말을 해요?"

"그래서 뭐라고 하셨습니까?"

"그건 그 사람의 의견일 뿐이죠. 저는 연못에 물 넣는 데 반대해요. 연못 때문에 모기 같은 해충도 생기고, 개구리들 꽥꽥 울어 대고, 뱀들도 스멀스멀 기어 다니고……. 뱀들이 내려오니까 오소리 같은 큰 동물도 나타나는 거 아니겠어요. 저는 환경보다 아이들 안전이 우선이에요. 뱀에다 오소리까지 설치는데, 멧돼지가 출몰하지 말란 법 있어요? 유해 동물이 날뛰는 곳에서 마음 편히 살 수 있나요? 안전하게 아이들을 키울 수 있겠어요?"

"지당하신 말씀입니다. 주민들 안전이 최우선입니다."

지 형사는 작전대로 그녀의 의견에 크게 공감해 주었다. 황 형사는 수첩을 펼친 채 진술을 열심히 받아 적고 있었다.

"강우혁 배우가 제게 반대 민원을 넣지 말라고 부탁하더라고요. 제 영향력이 크다고 추켜세우면서요."

"그런데 연못에 물을 넣었잖아요. 왜 그런 겁니까?"

"찬성파가 반대파보다 많았나 보죠. 저는 아는 바가 없어요."

"강우혁 배우와 관련된 것은 뭐라도 좋으니 말씀해 주세요."

"그 사람이 그랬어요. 자기 말대로 해 주면 라운딩부터 식사까지 풀코스로 쏘겠다고요. 저는 딱 잘라 거절했어요. 제가 왜 남의 돈으로 라운딩을 나가요? 그래서 제가 역으로 제안했죠. 시청에 반대 민원을 넣어 주면 제가 풀코스로 대접하겠다고요."

과연 반대파의 수장다웠다. 지 형사는 김영은이 대단한 배포를 지닌 여자라는 생각이 들었다.

"그렇게 말하면 포기할 줄 알았는데 그게 아니었어요. 그 뒤로도 마주칠 때마다 차를 마시자, 식사를 하자면서 성가시게 굴었죠."

"강우혁 배우, 집요한 면이 있었군요."

황 형사가 불쑥 끼어들었다. 그녀는 황 형사의 존재를 그제야 알아차린 사람처럼 빤히 쳐다보았다.

"아, 형사님도 말할 줄 아시는구나. 저는 하도 조용해서 말씀 못 하시는 줄 알았어요."

황 형사가 쓴웃음을 지었다. 김영은은 거침없는 성격에 무례한 면도 있는 여자였다.

"집요하다기보다 목적이 뻔히 보였어요. 그 사람, 딱 봐도 제비 스타일이잖아요. 여자들한테 접근하는 이유가 뭐겠어요? 용돈이나 얻어 쓰려는 거죠. TV에도 통 나오지 않던데, B급 배우가 무슨 돈이 있겠어요. 하도 졸라서 라운딩 두 번 나간 게 다예요. 강우혁 배우가 한재빈 배우를 데려왔데요."

"한재빈 배우요?"

"한재빈 배우 모르세요? 아마 얼굴 보면 형사님도 아실 거예요. 그 사람도 할 일 없이 빈둥거리는 게 강우혁 배우랑 비슷한 처지 같았어요. 그래도 부인이 변호사라 먹고살 걱정은 없는 것 같았지만요."

지 형사는 한재빈을 만나 이야기를 들어 봐야겠다는 생각을 했다.

"라운딩도 나가고 식사도 같이 했으면 상당히 친한 사이였겠네요."

지 형사가 슬쩍 찔러보았다. 그러나 그녀는 냉소적인 미소를 짓더니 손목시계로 시선을 내렸다.

"저는 제비족한테 걸려들 만큼 멍청하지 않아요. 그런데 형사님, 볼일이 더 남았나요? 저 점심 약속이 있어서요."

지 형사는 고맙다고 인사한 뒤 협조가 더 필요할 수도 있다는 말을 덧붙였다. 음료 잘 마셨다는 사례도 잊지 않았다.

"이만 가 볼게요."

그녀는 명품 백을 손에 들더니 또각또각 걸어 나갔다. 지 형사와 황 형사는 그녀가 완전히 사라질 때까지 기다렸다가 카페테리아 밖으로 나왔다.

"상당히 거만한 여잔데요."

다소니 연못 쪽으로 걸어가며 황 형사가 말했다.

"그러게. 재력이 있다는 걸 과시하고 싶은 거겠지. 강우혁이 어떤 남자였는지 대충 짐작이 가네. 역시 치정 살인일까?"

"지 형사님은 살인으로 결론 내리신 거예요?"

"CCTV 분석해 보면 답 나오겠지."

다소니 연못에 도착했다. 연못 주위로 경찰통제선이 둘러져 있었다. 지 형사는 시체가 발견됐던 지점으로 들어가 보기도 하고, 연못 주위를 돌아다니기도 하면서 지형지물을 세세히 살폈다. 연못 뒤편에 공중화장실이 보였다. 건너편에는 편의점이 영업 중이다. 편의점에서는 연못이 잘 보이지 않을까? 그럼 목격자가 존재할 수도 있다. 지 형사는 편의점의 출입문을 열고 안으로 들어갔다.

"어서 오세요."

편의점에는 손님이 없었고, 아르바이트생으로 보이는 앳

된 남자가 자리를 지키고 있었다. 지 형사는 애써 미소 지으며 남자에게 신분증을 보여 주었다. 그의 표정이 순간적으로 경직되었다.

"변사 사건 때문에 왔는데요. 강우혁 배우 아시죠?"

남자는 얼떨떨한 채로 긍정의 뜻을 전했다. 새벽부터 시끄러웠으니 사건에 대해서는 들었을 터였다.

"실례지만 아침에 몇 시부터 근무하셨습니까?"

"야간 타임과 오전 일곱 시에 교대해요. 저는 일곱 시부터 근무했습니다."

"다소니 연못에서 일어난 사건에 대해서는 들으셨죠?"

"야간 타임 담당한테 들었습니다."

"야간 담당자는 사건에 대해 뭐라고 하던가요? 혹시 목격한 게 있다고 했습니까?"

"그 시간에 누가 창밖을 내다보고 있나요? 뭘 봤다는 소리는 없었어요."

앳된 남자는 고개를 천천히 좌우로 저었다.

"담배를 피우러 나갈 수도 있지 않습니까?"

"그분은 담배를 피우지 않습니다."

과연 편의점 계산대에서는 바깥이 보이지 않는 구조였다. 출입문 앞에 서거나 밖으로 나가야만 다소니 연못을 볼 수 있었다.

"강우혁 배우가 편의점을 이용했던 적이 있습니까?"

편의점은 강우혁의 집과도 가까웠다. 지 형사는 그가 이곳을 자주 이용했는지 확인하고 싶었다.

"자주 오셨어요."

"자주요?"

황 형사가 놀란 목소리를 내었다. 산만 한 덩치의 황 형사가 큰 소리를 내자 남자가 몸을 움츠렸다.

"자주 왔다고요?"

남자의 얼굴에 곤혹스러운 기색이 스쳤다. 말해도 되나 망설이는 것이다.

"변사 사건 수사입니다. 협조 부탁드립니다."

지 형사의 애절한 눈빛이 남자에게 발산되었다. 그의 눈빛은 매번 효과를 발휘했는데, 이번에도 예외는 아니었다. 남자가 결심한 듯 입을 열었다.

"봄 되면서 자주 오셨어요. 그 전에는 통 오지 않았고요."

"강우혁 배우가 뭘 사러 왔었습니까?"

"그분, 뭘 사러 왔다기보다 야외 테이블에서 캔 맥주를 마셨어요. 날씨 풀리면 야외 테이블에서 음료를 마시는 사람들이 종종 있거든요. 강우혁 배우는 매번 늦은 시간에 왔기 때문에 기억이 나요. 아, 제가 야간 타임이었는데 어제부터 주간 타임으로 바뀐 거거든요."

남자는 근무 시간이 바뀐 것을 알려 주었다. 지 형사는 어서 계속 말하라는 듯 사람 좋은 미소를 지어 보였다.

"강우혁 배우는 늘 여자들과 함께 왔어요. 그 일행이 오면 시끄럽다는 항의가 많이 들어왔어요. 그런데 주의를 줘도 그때뿐이고, 금방 소란스럽게 웃고 떠들어서 참 난감했어요. 알바 입장에선 여간 성가신 일이 아니었죠."

"그렇게 소란스러웠습니까?"

"여름이라 창문 열어 놓은 집도 많고, 조용한 밤 시간에 웃고 떠드니까 소리가 크게 들린 거죠."

"그 사람들은 편의점 화장실을 이용했습니까? 맥주를 마셨으면 화장실에 가고 싶었을 텐데요."

"다소니 연못 뒤에 공중화장실 있잖아요. 편의점 전용 화장실이 있지만, 비밀번호를 알려 달라는 사람은 없었어요."

"그렇군요."

지 형사는 편의점 출입문 위에 달린 CCTV를 손가락으로 가리키며 물었다.

"CCTV 영상 좀 볼 수 있을까요?"

남자는 결정하지 못한 채 갈팡질팡하는 모습이었다.

"저, 그건 사장님이……."

"긴급한 상황이에요. 영상 보고 필요한 부분만 복사하면 돼요."

"USB 있으세요?"

지 형사는 주머니에서 USB를 꺼냈다.

"사장님이 여행을 자주 가셔서 비번 알려 주셨어요. 혹시 몰라서……."

편의점 출입문 위 CCTV 영상을 지켜보던 지 형사의 입에서 놀란 외침이 튀어나왔다.

"앗, 이게 뭐야."

전날 밤 강우혁의 행적이 CCTV에 고스란히 찍혀 있었던 것이다. 시체가 다소니 연못에서 발견된 이유가 비로소 짐작되었다. 어젯밤 강우혁은 여자 세 명과 편의점 야외 테이블에서 캔 맥주를 마셨다. 야간 담당자가 그 사실을 인지하지 못한 이유는 그가 야외 테이블에만 머물다 갔기 때문이었다. 자정이 되기 전 공중화장실 쪽으로 걸어가는 강우혁의 모습이 찍혔고, 돌아오는 장면은 없었다. 그가 화장실에 간 이후 여자 셋은 아파트 쪽으로 사라졌다.

"이 여자들 알아볼 수 있겠어요?"

"글쎄요. 평소 눈여겨보질 않아서……, 저는 주로 강우혁 배우만 보거든요. 남자가 봐도 잘생겼다는 생각이 들어서요. 여자들은 전부 비슷해 보이기도 하고……. 아, 이 여자는 알 것 같아요. 항상 이 여자가 계산을 했거든요."

"계산은 늘 같은 여자가 했습니까?"

"네, 그랬어요."

"나중에 확인 부탁드리겠습니다. 협조 고맙습니다."

강우혁은 자정 직전 공중화장실에 갔다. 화장실에서 볼일을 마쳤으면 편의점으로 오거나 집으로 가면 된다. 그는 왜 연못으로 갔을까? 그것이 자연스럽지 않았다. 동선상으로도 맞지 않는다. 살인이 의심되는 대목이다.

지 형사가 몸을 돌려 편의점에서 나가려고 했다. 그의 등 뒤로 남자의 목소리가 날아왔다.

"형사님, 강우혁 배우는 살해당한 겁니까?"

지 형사는 천천히 몸을 돌려 남자와 눈을 맞추었다.

"아직은 모릅니다. 수사가 마무리되면 자연스럽게 알게 될 겁니다. 혹시 생각나는 게 있으면 언제라도 연락 주십시오. 시간 구애받지 마시고요."

지 형사는 남자에게 다가가 명함을 내밀었다. 그는 명함을 받아 들더니 소리 내어 읽었다.

"중앙경찰서 형사과 강력 1팀 경사 지택근."

"잘 부탁드립니다."

남자에게 인사한 뒤 편의점 문을 열고 나왔다. 편의점 밖은 여름 더위가 한창이었다. 시간은 어느새 오후 한 시가 지나 있었다.

"황 형사, 배고프지? 우리 밥부터 먹자고. 멋진 풍경도 빈

속엔 그림의 떡이니까."

황 형사의 해쓱한 낯빛으로 보아 쓰러지기 일보 직전 같았다. 그는 주린 배를 안고도 선배에게 말 한마디 못 한 채 견디고 있었던 것이다.

지 형사는 투신자살했다는 이정화의 사건 기록을 읽어 보았다. 이정화 사건은 현장 감식, 유족 조사, 검안, CCTV 확인, 목격자 탐문 등 폭넓게 수사했으나 범죄 관련성이 적어 자살로 종결되었다. 그녀가 자살했다는 사실은 의심의 여지가 없어 보였다. 다만 자살 동기가 문제였다. 이정화는 38세의 주부로 40세의 남편과 초등학생 아들과 함께 살았다. 남편의 직장은 탄탄했으며 경제적인 어려움은 없었다. 가족 모두 건강했고, 자살할 만한 하등의 이유가 없었다.

지 형사는 그녀가 생전에 강우혁과 어울렸다는 말을 떠올렸다.

'마음 착한 주부가 강우혁의 마수에 걸려 불륜의 늪에 빠져든다. 그의 갈취가 심해지자 견디지 못하고 자살을 한 게 아닐까? 어쩌면 협박을 당했을지도.'

강우혁이 야비한 인간이라면 성관계 동영상이 존재할 가능성도 있었다. 그의 휴대전화와 컴퓨터를 조사해 보면 답 나오겠지.

부지불식간에 아내를 잃은 남편이라면 어떨까? 단란했던 가정이 하루아침에 산산조각 났다. 남편은 아내를 잃고, 어린 아들은 엄마를 잃었다. 강우혁을 죽일 동기로 충분하지 않은가.

"지 형사님, 다소니 연못 CCTV에 찍힌 것이 없어요."

CCTV 분석을 담당했던 후배가 울상이 되어 지 형사에게 보고했다.

"뭐라고?"

지 형사가 덜컥 놀라 책상 앞에 선 후배를 올려다보았다.

"CCTV에 검은색 래커 스프레이를 뿌렸어요."

"정말로?"

후배는 낙담한 얼굴로 수긍했다. 지 형사는 CCTV의 위치만 확인했을 뿐 자세히 살펴보지는 않았었다.

"이것으로 타살은 확실해졌군."

목덜미를 타고 흐르는 냉기에 그는 소름이 돋았다. 범인의 명백한 살의가 느껴졌기 때문이다.

"지 형사님, 편의점 CCTV로 확인했는데요. 사건이 일어났던 시점에 다소니 연못 보안등이 꺼졌습니다."

"공원 전체가?"

"아니요, 다소니 연못을 비추던 보안등만 꺼졌습니다. 편의점 앞 CCTV는 다소니 연못까지 촬영 범위가 미치지 못하지만, 사건 시점 그쪽만 어두워져요. 연못 보안등이 꺼진 게 확실해요."

"내가 현장에서 확인했는데, 보안등은 파손되지 않았어."

"네, 보안등은 파손되지 않았어요. 다소니 연못 보안등은 센서가 주광을 감지해 자동 점멸하는 타입이에요."

"그런데 꺼졌다고?"

"그렇습니다. 뭘 어떻게 한 걸까요?"

그는 손끝에 힘이 잔뜩 들어간 채로 머리카락을 움켜쥐었다. 살의를 품은 자의 날 선 기운이 느껴진다. 보안등을 켜놓은 채 범행을 벌이기는 부담스러웠을 테지. 어떻게 보안등을 끈 것일까? 보안등은 주광 센서에 의해 작동된다. 어두워지면 켜지고, 밝아지면 꺼지는 구조다. 보안등을 훼손시키지 않으면서 꺼지게 하려면 주광 센서가 밝음을 감지해야 한다. 지 형사는 숱 많은 곱슬머리를 헝클어뜨린 채 사고를 집중시켰다.

'주광 센서가 밝음을 감지하려면……? 실제로 밝게 만들면 되지 않는가. 주광 센서에 라이트를 비추면 어떨까? 그러면 센서가 밝음을 감지해 보안등이 꺼지지 않을까?'

그러나 그는 한숨 섞인 표정으로 머리를 가로저었다. 보안등을 끄려는 이유가 범행 장면을 들키지 않으려는 것인데, 라이트를 켜면 더 눈에 띄게 된다. 빈대 잡으려고 초가삼간 태우는 격이다.

"황 형사, 오늘 밤 다소니 연못에 가 보자고. 사건 날과 똑같은 환경과 상황에서 알아보고 싶은 게 있어."

"지 형사님, 사건 현장을 재현해 보시려고요?"

"이왕이면 사망 추정 시간에 맞춰서 가고 싶어."

"사망 추정 시간이 자정 무렵이었는데……."

창밖은 햇빛이 쨍쨍했고, 매미 소리가 사위를 가득 채우고 있었다. 황 형사가 아차 싶었는지 지 형사의 눈치를 살폈다. 그는 무심코 입 밖으로 나온 말을 주워 담고 싶은 것이다.

"황 형사, 오늘 바쁜 일 있어? 내가 맛있는 거 사 줄게."

"바쁜 일 없습니다. 있다고 해도 수사가 우선이죠."

황 형사는 미안해하며 머리를 긁적였다. 퇴근이 늦어지는 것을 좋아할 사람은 없다. 그럼에도 불구하고 불쑥 튀어나온 말 때문에 그는 면구스러워했다. 그러한 사람됨을 알기에 지 형사는 그를 신뢰하는 것이다.

길고도 긴 여름 해가 넘어갔다. 창밖이 깜깜해지자 지 형사는 황 형사를 불렀다.

"황 형사, 이제 가자고."

지 형사는 현장 조사용 라이트를 챙겼다. 그는 머릿속으로 세운 가설이 맞는지 실험해 보고 싶었다. 보고서를 쓰던 황 형사가 군말 없이 일어나 선배의 뒤를 따랐다. 운전대를 잡은 황 형사는 교와 포레스트를 향해 차를 몰았다. 늦은 시간이어서 차는 밀리지 않았다.

"황 형사, 저녁으로 뭐 먹을까?"

"저는 아무거나 좋아요. 지 형사님이 정하세요."

"내가 맛있는 거 사 줄게. 뭐든 말해 봐."

지 형사가 호언장담하듯 가슴을 탕탕 쳤다.

"정말 먹고 싶은 거 다 말해도 돼요?"

선물을 받은 아이처럼 황 형사가 천진한 얼굴로 물었다. 지 형사는 그런 후배를 애정 가득한 눈길로 바라보았다.

"어서 말해 보라니까."

"저야 당연히 고기죠. 삼겹살도 먹고 싶고, 돼지갈비도 먹고 싶은데요. 헤헤."

"삼겹살이랑 돼지갈비……."

차가 교와 포레스트 단지로 진입하고 있었다. 상가에 환하게 불을 밝힌 갈빗집이 지 형사의 눈에 들어왔다. 호화로운 간판에 교와 갈비라고 큰 글씨로 쓰여 있었다.

"황 형사, 우리 저기 가서 먹을까?"

"상당히 고급스러운 갈빗집인데요."

"내가 맛있는 거 사 준다고 했잖아. 오늘 고기 실컷 먹으라고. 황 형사, 차는 다소니 연못 쪽에 대고 가자."

그들은 다소니 연못 근처에 차를 대고 걸어서 교와 갈비로 이동했다. 후배와 느긋하게 맥주 한잔하고 싶은 마음에서였다. 지 형사는 대리기사를 부를 작정이었다.

교와 갈비는 식사 시간을 넘겼음에도 손님들이 꽤 많이 남아 있었다. 지 형사는 버릇처럼 스마트워치로 시간을 확인했다. 9시 20분, 자정에 맞추려고 경찰서에서 늦게 출발한 탓에 식당 마감 시간이 다 되었다. 지 형사는 카운터를 지키고 있는 중년 남자에게 물어보았다.

"실례지만 몇 시까지 영업하십니까?"

중년 남자는 부드러운 미소와 더불어 친절한 답을 돌려주었다.

"마감 시간은 열 시지만, 손님들 식사 끝날 때까지 제가 있을 테니 염려 말고 드세요. 갈비는 느긋하게 뜯어야 제맛이죠."

지 형사는 남자가 그렇게 말해 주어 마음이 편해졌다. 응대하는 태도로 보아 사장이 틀림없었다. 사장의 융통성 있고 너그러운 심성 탓에 장사도 잘되는 것 같았다.

지 형사와 황 형사가 자리를 잡자 곧바로 숯불이 들어오고, 뒤를 이어 반찬들이 탁자 위를 가득 메웠다. 예상 밖의 호화로운 상차림에 지 형사의 입이 절로 벌어졌다. 임금님 수라상 못지않은 다채로운 반찬들이 한 상 가득 맛깔나게 펼쳐졌다.

"갈빗집에서 이렇게 반찬 많이 주는 곳은 처음인데."

"호호호, 저희 식당 콘셉트가 '잘 차린 한 상'이랍니다."

양념갈비 양푼을 들고 온 여직원이 친절하게 설명해 주었다.

"그래서 손님이 많은 건가요?"

지 형사가 여직원에게 물었다.

"그럼요. 반찬도 맛있지만, 갈비는 더욱 맛나니까 제대로 한번 드셔 보세요."

그녀는 익숙한 솜씨로 불판 위에 갈비를 올렸다. 참숯 향에 이어 달콤한 갈비 냄새가 지 형사의 코를 자극했다. 주린 위장이 어서 음식을 달라고 요동쳤다. 지 형사가 여직원에게 맥주를 주문했다. 그러자 그녀가 바람처럼 달려가 맥주를 가져왔다.

"맛있는 갈비가 준비됐는데, 술이 늦으면 안 되죠."

과연 잘나가는 갈빗집답게 센스 만점의 여직원이었다. 지 형사가 황 형사의 잔에 맥주를 따라 주었다.

"지 형사님, 저는 안 마실래요. 차 가져왔잖아요."

"괜찮아, 황 형사. 늦게까지 기다렸는데 시원하게 맥주 한잔해. 내가 대리 불러 줄게."

"현장 검증도 할 건데, 술 마셔도 돼요?"

"오히려 더 좋지. 강우혁 입장이 돼 보는 거니까."

잔을 받은 황 형사가 얼른 병을 들어 선배의 잔을 채웠다.

"천천히 맛있게 드세요."

여직원이 고기를 구워 준 뒤 상냥하게 인사하고 물러갔다. 아마도 사장의 언질이 있었던 듯하다. 두 형사는 잔을 들었으나 건배는 하지 않았다. 지 형사는 살인사건 수사 중에는 건배를 하지 않는다. 그런데 살인은 끊이지 않고 일어나니 그는 일 년 내내 건배를 하지 않는다는 의미다. 그러한 선배의 습성을 아는 황 형사기에 조용히 술잔을 들었다. 둘은 약속이나 한 듯 맥주를 단숨에 비웠다. 여름밤 시원한 맥주 한 잔이 수사의 고단함을 날려 주었다. 피로가 싹 사라지는 느낌이었다. 하물며 아끼는 후배와 함께하는 자리다.

"지 형사님, 갈비가 정말 맛있는데요."

황 형사가 크게 싼 상추쌈을 한입 가득 물고 만족스럽게 엄지를 치켜세웠다.

"그러게. 잘되는 집은 이유가 있게 마련이지."

지 형사는 넓은 홀을 둘러보았다. 마감 시간이 가까워지자 홀은 급격히 한산해졌다. 남은 사람들도 대부분 돌아갈 채비를 하고 있었다. 그는 마음이 급해졌다. 아직 고기가 많이 남았는데…….

"이거 파장 분위기라 불안한데……."

"지 형사님, 사장이 마음 편히 먹으라고 했잖아요. 내 돈

내고 먹으면서 뭘 불안해하세요? 지 형사님은 배려가 지나친 게 탈이에요. 헤헤헤."

맛있는 고기를 먹어 기분이 좋아진 황 형사가 해맑게 웃었다. 그는 갈비와 반찬을 쉼 없이 입으로 날랐다. 눈앞의 일에만 집중하는 황 형사는 감정 소모가 적어 업무 효율도 높았다.

"그런가?"

지 형사는 맥주를 다시 따르며 황 형사의 잔도 잊지 않고 채워 주었다. 손님들에 이어 직원들도 하나둘 식당을 빠져나갔다. 사장은 직원들에게 수고했다는 치하를 잊지 않았다. 인력 관리는 장사의 기본이지. 그는 사장의 수완이 보통이 아니라는 생각을 했다.

시간은 어느새 밤 열 시를 넘어가고, 넓은 홀에는 사장과 두 형사만 남겨졌다. 맥주병은 이미 비었으나 지 형사는 추가로 주문하기가 망설여졌다.

"술 더 필요하면 말씀하세요."

사장이 테이블로 다가와 필요한 게 있는지를 살피며 말했다. 마치 지 형사의 마음을 들여다보기라도 한 것 같았다. 그는 남은 고기를 불판 위에 올리고 노련한 손놀림으로 굽기 시작했다.

"사장님, 맥주 더 시켜도 될까요?"

"얼마든지 시키셔도 됩니다. 필요한 건 더 없으십니까? 반찬 부족하면 말씀하세요."

"황 형사, 고기 더 먹을 수 있지?"

황 형사가 머쓱한 듯 웃고는 뒷머리를 슬쩍 만졌다. 얼마든지 더 먹을 수 있다는 의미다. 지 형사는 돼지갈비 2인분과 맥주 두 병을 추가 주문했다. 식사 후 일정이 있기에 술을 많이 마실 수는 없었다. 곁들여 나온 청국장과 굴비구이, 잡채 등 반찬만 가지고도 소주 열 병은 마실 수 있을 것 같았다. 사장이 주문한 갈비와 맥주를 가지고 왔다.

교와 갈비는 대중음식점인데도 꽤나 고급스러운 분위기로 꾸며져 있었다. 식당은 청결했고 음식 또한 맛깔스러웠다. 홀 주변을 빙 돌아 룸이 설치돼 있어 아늑한 느낌이 들었다. 어쩌면 이곳은 강우혁의 단골집일지도 모른다. 지 형사는 강우혁이 여자들과 식당에서 노닥거렸다는 진술을 많이 들었다. 교와 갈비처럼 번듯한 식당을 그가 그냥 지나쳤을 리 없다. 사장한테서 정보를 끌어내 볼까? 지 형사의 직업의식이 꿈틀거렸다. 식당은 텅 비었고 그야말로 절호의 기회가 아닌가.

"사장님, 대화 좀 나눌 수 있을까요?"

고기를 굽던 사장이 의아한 눈빛으로 지 형사를 보았다.

"대화를요?"

처음 보는 손님이 대화를 나누자고 하니 의심스럽기도 할 것이다. 지 형사는 사장에게 경찰 신분증을 보여 주고, 명함을 꺼내 건넸다. 사장은 그의 명함을 눈앞에 대고 한참이나 들여다보았다.

"저도 사장님 명함 한 장 받을 수 있을까요?"

사장은 뒷주머니에서 지갑을 꺼내더니 지 형사에게 명함을 내밀었다. 그가 건넨 명함에는 교와 갈비 대표 윤석민이라고 쓰여 있었다.

"윤 사장님, 강우혁 배우를 아십니까?"

지 형사는 이 질문을 몇 번이나 했던가를 헤아려 보았다. 강우혁이 유명인이라 대부분 이런 식으로 말문을 열었던 것이다. 앞으로 수십 번은 더 반복해야 하는 질문일지 모른다.

"물론 알고 있습니다. 개인적인 친분은 없었지만요."

"강우혁 배우가 교와 갈비에 온 적이 있습니까?"

"한 번도 오지 않았습니다."

윤석민이 단호하게 대답했다. 무 자르듯 냉정한 답변이 지 형사의 신경을 긁었다. 그는 의외라는 생각을 했다. 교와 갈비가 강우혁에게 낙점받지 못한 이유가 뭘까? 그는 여자들과 어울려 다니며 식당이나 카페는 물론 편의점 야외 테이블에서도 맥주를 마셨다. 맛 좋고 인기 많은 교와 갈비에 그가 온 적이 없다고? 그 부자연스러움이 지 형사의 신경을 헤집어 놓았다. 또한 딱 잘라 말하는 윤석민의 태도도 마음에 걸렸다. 강우혁에게 악감정이라도 있었나?

"강우혁 배우가 교와 갈비에 한 번도 오지 않았다는 건 꽤나 의외네요."

지 형사는 윤석민을 자극해 보았다. 그의 너부데데한 얼굴에 불편한 기운이 스쳤다. 그는 사십 대 중반 정도로 보였고, 앞이마가 넓은 것이 탈모가 진행 중이었다. 나이에 비해 배도 나왔고, 전체적으로 운동이 부족해 보이는 체형이었다. 지 형사는 조금 더 찔러보기로 했다.

"윤 사장님은 가족 관계가 어떻게 되십니까?"

"그런 건 왜 물으시죠?"

윤석민의 언성이 높아졌다. 그는 대놓고 불편한 기색을 드러냈다.

"참고삼아 여쭤본 거니까 내키지 않으면 대답하지 않으셔도 됩니다."

지 형사는 한 발짝 뒤로 물러났다. 밀고 당기기는 수사의 기본 기술이다. 그는 윤석민의 과도한 반응이 흥미로웠다.

"와이프와 중학생 딸이 있습니다."

한참을 망설인 윤석민의 대답이 돌아왔다. 과한 반응이라는 자각이 들었는지 불쾌한 기색은 얼굴에서 사라진 뒤였다.

"감사합니다, 사장님. 한 가지만 더 묻겠습니다. 혹시 단지 안 체육시설을 이용하십니까?"

"가끔 이용하기는 합니다만, 왜 그러시죠?"

"물론 사모님도 이용하시겠죠?"

윤석민의 표정에 미묘한 변화가 일어났다. 그의 눈썹이 미세하게 들썩인 것을 지 형사는 놓치지 않았다.

"그럴 테죠."

지 형사는 또다시 야릇한 거슬림을 감지했다. 형사의 촉이 경고음을 울렸다. 이 사람은 뭔가를 숨기고 있다. 그의 직감은 그렇게 말하고 있었다.

"최근에 피트니스센터나 골프연습장을 이용했던 적이 있습니까?"

"형사님이 왜 그런 걸 저한테 물어보는지 이해할 수가 없군요. 더 질문할 내용이 없으면 저는 가 보겠습니다. 식사 맛있게 하십시오. 시간은 괘념치 마시고요."

말을 마친 윤석민은 카운터를 향해 성큼성큼 걸어갔다. 예의를 차리고는 있지만, 그의 몸에서 발산되는 기운은 처음과는 사뭇 달랐다. 왜 저렇게 과민 반응을 하는 거지? 그저 일반적인 질문을 한 것뿐인데……. 지 형사는 여전히 손에 쥐고 있는 윤석민의 명함을 한 번 더 들여다보았다. 저 사람 뒤를 캐 봐야겠군.

"황 형사, 고기 많이 먹어. 술 부족하면 더 시키고."

"사장 기분이 많이 상한 것 같은데요."

황 형사 역시 윤석민의 기분 변화에 민감하게 반응했다.

"사장 대응도 지켜볼 겸 우리 천천히 먹자고."

그러나 지 형사는 맥주를 추가 주문하지 못했다. 이미 영업이 끝났고, 더 시간을 지체하는 것은 민폐였다. 두 형사는 남은 갈비를 빠른 속도로 먹어치우고 식사를 마무리했다. 대식가인 황 형사는 갈비는 물론 호박전, 두부조림, 도토리묵 등 요리 접시를 깨끗이 비웠다. 지 형사는 그가 맛있게 먹어 주어 기분이 흐뭇했다.

식사를 마친 지 형사가 카운터 앞에 섰다. 그는 윤석민에게 신용카드를 내밀었다. 그는 카드를 받아 들더니 말없이 결제를 진행했다. 신용카드를 돌려주며 윤석민이 차분한 어조로 입을 뗐다.

"식사 맛있게 하셨습니까?"

"네, 아주 잘 먹었습니다. 음식 맛이 무척 좋군요. 사장님, 제 질문이 불편하셨다면 사과드립니다. 늦은 시간까지 사장님께 폐를 많이 끼쳤네요."

지 형사는 머리 숙여 사과했다. 윤석민은 괜찮다고 미소 지었지만, 그의 눈은 웃고 있지 않았다. 잘 먹었다는 인사를 한 뒤 교와 갈비에서 나왔다.

"사장이 과민 반응을 하는 게 수상한데요."

차가 주차된 다소니 연못 쪽으로 걸어가며 황 형사가 작은 소리로 말했다.

"그렇지, 황 형사? 아무래도 저 사람 뒤를 캐 봐야겠어."

교와 갈비에서 다소니 연못까지는 채 10분도 걸리지 않았다. 지 형사는 스마트워치로 시간을 확인했다. 10시 50분, 자정이 되려면 한 시간여가 남았다.

"황 형사, 열두 시가 될 때까지 차 안에서 기다리자고. 주민들의 통행량도 살펴볼 겸."

"넵."

두 형사는 차 안에 편안하게 자리를 잡았다. 건너편 편의점 불빛과 군데군데 켜진 보안등 탓에 그리 어둡지는 않았으나 인적이 뜸했다. 차들이 간간이 지나갈 뿐 걸어 다니는 사람은 없었다. 한 시간 동안 지켜보고 있었으나 편의점을 찾은 손님 서너 명이 고작이었다. 택시에서 내린 사람이 편의점에 들러 뭔가를 산 뒤 집으로 들어가는 식이었다.

"생각보다 사람이 없네."

"그러게요. 여름밤인데요."

"강우혁 일행 말고는 밤중에 편의점 오는 사람은 드문 모양이군. 황 형사, 슬슬 나가 볼까?"

"그러죠."

시간은 이미 자정에 가까웠다. 차에서 내리는 지 형사의 손에는 라이트가 들려 있었다. 야간 현장을 조사할 때 쓰는 성능 좋은 라이트였다. 근방에는 두 개의 보안등이 있었는데, 그중 다소니 연못을 비추는 쪽으로 걸어갔다.

"이쪽 보안등이 꺼졌다는 말인데."

지 형사는 보안등을 자세히 살펴보았다. 불빛이 다소니 연못과 뒤편의 어치산 초입까지 비추었다. 그는 비로소 범인의 심리가 이해되었다. 자, 이제 가설이 맞는지 실험해 볼 차례다.

"내가 보안등의 주광 센서에 라이트를 비춰 볼게."

지 형사는 보안등의 센서가 부착된 부위에 라이트를 비쳤다. 과연 보안등이 꺼질 것인가? 그는 마른침을 꿀꺽 삼켰다. 라이트를 켜는 위험 부담을 안고라도 보안등을 끌 만한 이유가 충분했다. 라이트를 켜도 어치산 쪽만 밝아질 뿐, 도로 쪽은 영향을 받지 않는다. 즉, 행인이나 차량의 주의를 끌지 않는다는 의미다. 범인이 아파트 주민이라면 자정 무렵의 통행량도 미리 파악해 두었을 것이다.

"지 형사님, 보안등이 꺼졌어요."

황 형사가 낮게 환호하며 박수를 쳤다. 주광 센서가 라이트의 불빛을 감지해 보안등이 꺼진 것이다. 이것으로 지 형사가 세운 가설은 사실로 판명되었다. 보안등이 꺼지자 다소니 연못은 눈에 띄게 어두워졌다. 라이트를 계속 비추고 있어야만 보안등의 꺼진 상태가 유지되지만, 그래도 그 편이 범행에 유리하다.

순간 머릿속에 스치는 것이 있어 지 형사는 목을 길게 빼고 인근의 아파트를 올려다보았다. 보안등을 꺼야만 하는 이유가 하나 더 있었다. 고층 주민들의 시선을 차단하려는 목적이다. 세대수가 많은 고층 아파트의 특성상 누군가는 창밖을 내다볼 수도 있다. 보안등이 켜진 다소니 연못은 고층 주민의 시야에 고스란히 노출될 것이다.

다만 라이트를 주광 센서에 비추는 번거로운 방법을 택한 것이 인상 깊었다. 보안등을 깨트리는 편이 주의를 더 끈다고 여겼을까? 라이트를 보안등에 비추면서 범행을 저지른다? 혼자서는 절대 할 수 없는 방법이다. 그렇다면 공범이 있다는 뜻인데? 강우혁에게 피해를 입었던 사람들이 의기투합한 것일까? 지 형사와 황 형사는 피해자와 가해자가 되어 범행 과정을 재현해 보았다.

"자, 내가 강우혁이고 황 형사가 범인이야. 내가 화장실에 다녀왔다고 치자. 강우혁은 연못에 들를 필요가 없었어. 연못은 편의점까지도, 강우혁의 집까지도 최단 동선이 아니야. 강우혁은 불필요하게 연못으로 간 거라고. 범인은 어떻게 강우혁을 유인한 걸까? 공범 두 명이 완력으로 끌고 간 걸까?"

지 형사는 피해자가 되어 공중화장실에서 걸어 나오는 연기를 했다. 그는 술에 취한 사람처럼 비틀거리며 걸었다.

"자, 황 형사가 범인이야. 어떻게 할래? 그냥 두면 나는 금방 가 버릴 거라고. 보안등 공작과 CCTV 훼손까지 한 놈이야. 놈이 강우혁을 다소니 연못으로 유인한 게 틀림없어. 완력으로 끌고 가면 크게 소란이 벌어질 테니 그건 배제해도 돼. 자, 몇 초면 기회가 날아가 버려. 황 형사가 범인이라면 어떻게 할래?"

황 형사는 연못 주위에 펜스처럼 둘러진 바위 뒤에 몸을 숨기고 있었다. 그의 커다란 몸이 불쑥 나타나더니 휘청거리는 것처럼 불안정한 동작을 취했다. 이어 다급한 외침이 들렸다.

"도와주세요."

도움을 요청하는 목소리는 금방이라도 죽을 것처럼 긴박하고 위태로웠다. 지 형사는 강우혁의 입장이 되어 생각해 보았다. 연못 근처를 지나는데, 누군가 도움을 요청한다. 강우혁처럼 남의 눈을 의식하는 사람이 그걸 무시하고 제 갈 길을 갈까? 그는 아닐 거라고 확신했다.

"왜 그러세요?"

지 형사가 한달음에 다소니 연못으로 달려갔다. 위급한 상황에 처한 사람을 어서 도와야 한다. 연못가 바위에 걸쳐진 자세로 남자가 쓰러져 있다. 그의 생명이 위태로워 보인다. 심정지가 온 걸까?

"괜찮으세요?"

강우혁은 허리를 굽히고 남자를 들여다본다. 거기까지 유인했으면 80프로는 성공한 셈이다. 쓰러져 있던 남자가 강우혁의 발목을 잡아채고, 뒤로 접근한 공범이 그의 뒤통수를 둔기로 내려치는 것은 거의 동시다. 강우혁은 연못 물속에 머리를 처박은 자세로 엎어진다. 그는 일어서려고 하지만 상대는 둘이다. 또한 넘어지면서 바위에 머리를 부딪쳤을 가능성도 있다. 실제로 강우혁의 전두부와 후두부에 타박 흔적이 있었다. 그는 머리를 부딪친 충격으로 물속에서 의식을 잃고 그것이 사망으로 이어진다.

"황 형사, 강우혁과 맥주를 마셨던 여자들의 진술도 들어봐야 해. 강우혁이 화장실에서 돌아오지도 않았는데 바로 흩어졌거든. 이상하지 않아?"

"여자들과 작별 인사를 한 뒤 화장실에 간 거 아닐까요?"

"그럴 수도 있겠군."

지 형사가 수긍했다.

"그런데 물속에 빠트린 정도로 사람이 죽진 않잖아."

"어쩌면 놈들이 강우혁의 머리를 물속에 처박고 있었을지도 모릅니다."

"하긴 상대는 둘이니 항거하기 어려웠겠지. 부검 결과가 기다려지는군. 우리 예상이 맞을 거야. 황 형사, 이제 정리하고 가자고."

그들은 라이트를 챙겨 자동차로 돌아왔다. 지 형사는 대리기사를 부르기 위해 스마트폰을 꺼내 들었다.

부검 결과가 강력 1팀에 전해졌다. 강우혁의 사인은 익사였고, 사망 시간은 8월 4일 자정 전후로 추정되었다. 시체의 전두부와 후두부에 타박흔이 있었으나 사망에 이를 만큼 위중한 상처는 아니었다. 중앙경찰서 강력 1팀에서 수사 회의가 열렸다. 지 형사가 브리핑을 맡았다. 그는 라이트를 보안등에 비췄던 한밤의 실험에 관해 보고했다. 강력 1팀장이 혼란스러운 듯 머리를 한쪽으로 기울였다.

"익사면 사고로 결론 내릴 수도 있는데, CCTV나 보안등에 장난을 친 이유가 뭐지? 그것 때문에 타살로 판정 났고, 공범의 존재 또한 알아차렸잖아. 그게 이상하다고. 완전범죄를 노리다가 너무 가 버린 걸까?"

"철저하게 계획을 세워도 일이 예상대로 흘러가진 않잖아요. 너무 잘하려다 보니 꼬리를 잡힌 거 아닐까요?"

손 형사가 신중론을 펼쳤다.

"왜 쓸데없는 짓을 해서 일을 키우지?"

강력 1팀장은 범인이 CCTV에 래커 스프레이를 뿌리고 보안등을 끈 행위에 매몰돼 있었다. 형사들이 앞다투어 수사 결과를 보고했다.

"강우혁은 공공의 적이었습니다. 그렇다면 공범의 존재도 이해가 가지 않습니까?"

지 형사가 자신의 추리를 조목조목 설명했다.

"지 형사 말은 강우혁이 유부녀들과 불륜을 저질렀고, 그 사실을 알게 된 남편들이 공모해 살해했다는 거지?"

"그렇습니다. 동기는 치정과 복수입니다."

지 형사는 자신 있게 대답했다.

"팀장님, 강우혁은 전에 살던 아파트에서도 말썽을 일으켰다고 합니다."

강우혁의 신상을 조사했던 형사가 보고를 이어 갔다. 그는 수사한 내용을 자세히 설명했다.

"강우혁이 유부녀들과 불륜을 저지른 뒤 돈을 갈취했답니다. 유부녀들 두세 명이 연관되어 고생깨나 했대요. 그중에는 이혼한 여자도 있고요. 결국 강우혁은 아파트에서 이사 나올 수밖에 없었답니다. 교와 포레스트 유부녀들도 강우혁한테 엮인 것 같습니다."

"하여간 제 버릇 개 못 준다니까."

팀장이 못마땅하다는 듯 혀 차는 소리를 냈다.

"강우혁 스마트폰이랑 노트북에서 뭐 좀 나왔어?"

"강우혁이 어떤 인간인지 여실히 알겠더군요. 성관계 동영상이 다수 보관돼 있었습니다. 잠금이 쉽게 풀려 다행이었죠."

"강우혁은 얼굴깨나 알려진 배우잖아. 착실하게 배우 일 하면서 살면 되지, 왜 그렇게 돈을 밝혀? 연예인은 돈도 잘 벌 텐데."

강력 1팀장이 탄식조로 말했다.

"그건 팀장님이 모르셔서 하는 말씀입니다. 제가 알아본 바에 의하면 돈 잘 버는 연예인은 상위 10프로에 국한되고, 그 외는 연소득 천만 원도 안 되는 사람들도 많답니다."

손 형사가 연예계에 관해 빠삭하게 아는 사람처럼 대답했다.

"정말이야? 너무 과장해서 말하는 것 같은데."

팀장이 깜짝 놀란 투로 반응했다.

"강우혁이 살고 있는 아파트도 월세입니다."

강우혁의 재정 상태를 조사했던 형사가 보고했다.

"강우혁, 재산은 얼마나 가지고 있어?"

"재산이랄 것도 없습니다. 매달 집세로 상당한 액수를 지불했고, 고급 수입차를 굴리는 데다 명품 등 겉치레도 심했습니다."

"그 돈을 다 여자들한테서 갈취했던 거야?"

"그런 것 같습니다. 이 사건, 의외로 쉽게 풀리겠는데요."

지 형사가 만면에 희색을 띤 채 말했다.

"성관계 동영상에 등장하는 여자들 위주로 캐 보는 겁니다. 여자들의 남편들이 유력하지 않겠습니까."

"좋아, 그쪽으로 수사를 진행시키자고. 동영상에 찍힌 여자들 금융거래도 조사해 봐. 강우혁한테 돈을 준 증거가 있겠지. 근방 CCTV는 확보했어?"

"네, 강우혁이 움직였던 동선상에 있는 CCTV 전부 확보했습니다."

CCTV를 담당한 형사가 대답했다.

"팀장님, 마음에 걸리는 점이 있는데요. 범인들은 그날 강우혁이 편의점에 갈 걸 어떻게 알았을까요?"

내내 침묵을 지키고 있던 황 형사가 의문을 제기했다.

"매일 강우혁을 미행했을까요? 게다가 범인은 한 명이 아닙니다. 누군가를 날마다 미행한다는 건 상당히 힘든 일입니다. 생업도 있을 텐데 말이죠."

"강우혁은 편의점에 자주 들렀다고 하나?"

"편의점 직원한테 물어봤는데요. 봄부터 일주일에 한두 번씩 들르긴 했다는데, 그래도 매일 미행하지 않는 한 가는 날을 예측하긴 어렵잖아요?"

황 형사는 여전히 납득이 가지 않는 표정이었다. 팀원들 역시 그의 말에 공감했다. 형사들 사이에 웅성거림이 번져 갔다.

"자자, 의문은 접어 두고 수사부터 진행하자고. 수사를 하다 보면 의문은 저절로 풀릴 수도 있는 거니까. 거 동영상에 나온 여자들부터 파 봐."

"네."

형사들이 우렁차게 대답했다. 팀장의 지휘로 수사 목표가 확실해진 것이다. 그들이 일제히 밖으로 달려 나갔다.

지 형사와 황 형사는 교와 포레스트에 막 도착한 참이었다. 강우혁의 성관계 동영상에 등장하는 여자들을 만나 보기 위해서였다. 그 여자들 중 하나가 전상미였다. 전상미와는 전화로 미리 약속을 잡았고, 그녀는 오전 11시쯤 집으로 와 달라고 요청했다. 황 형사는 그녀가 거주하는 동의 지하 주차장에 차를 댔다. 주변에는 고급 수입차들이 즐비해 과연 잘나가는 아파트라는 실감이 들었다. 그녀의 집은 고층 건물의 20층에 자리 잡고 있었다.

아파트는 타워형으로 20층 복도 창으로 내다보이는 전망이 수려했다. 창밖으로 선명한 진초록의 나무숲이 끝없이 펼쳐져 있었다. 어치산의 짙은 숲이 지 형사의 눈을 시원하게 씻어 주었다. '전원 속의 궁전'이란 콘셉트가 딱 들어맞는 광경이었다. 파란 하늘과 흰 구름, 짙푸른 녹음의 조화가 한시도 눈을 뗄 수 없게 만들었다.

황 형사가 전상미의 집 도어 벨을 눌렀다. 딩동딩동…….

"누구세요?"

"중앙경찰서에서……."

황 형사가 말끝을 채 맺기도 전, 대문 쪽에서 철컥 소리가 났다. 전상미는 현관 앞에 서 있었다.

"실례하겠습니다."

황 형사는 전상미에게 경찰 신분증을 보여 주었다. 전상미는 신분증을 보는 둥 마는 둥 하더니 형사들을 거실로 안내했다. 그녀는 마음고생이 심했는지 안색이 매우 나빴다. 집은 60평으로 쾌적하고 실용적으로 꾸며져 있었다. 세 식구가 살기에는 다소 넓은 감이 있지만, 그만큼 벌이가 좋은 모양이라고 지 형사는 속으로 생각했다. 족히 100인치는 돼 보이는 TV가 인상적이었다. 두 형사는 전상미가 가리키는 가죽 소파에 나란히 자리를 잡았다.

"커피 드시겠어요?"

지 형사는 괜찮다고 말하려다가 진술을 효과적으로 끌어내고 그녀의 긴장을 풀어 주기 위한 도구로 커피를 이용하는 것도 좋겠다고 판단했다.

"그럼 한 잔 주시겠습니까."

전상미는 큰 키에 다소 야윈 듯한 체형이었다. 웨이브 단발을 하나로 묶었는데, 특별히 외모에 신경을 쓰는 타입은 아닌 듯했다. 그녀는 마흔두 살로 자영업을 하는 남편과 중학생 딸과 함께 살았다.

주방 쪽에서 달콤 쌉싸름한 커피 향이 넘어왔다. 그윽하고 풍부한 향이 매우 맛있는 커피일 거라는 예감이 들었다. 따뜻한 김이 피어오르는 커피 쟁반을 조심스레 든 전상미가 고요히 거실로 걸어 들어왔다. 그녀는 탁자 위에 쟁반을 내려놓았다. 머그잔에 담긴 커피와 케이크 접시가 눈에 들어왔다. 황 형사가 케이크 접시에 눈길을 고정한 채 코를 벌름거렸다. 점심시간이 가까워 배가 많이 고픈 모양이다.

"식기 전에 드세요."

전상미는 그렇게 말한 뒤 자기 몫의 커피를 한 모금 마셨다. 지 형사는 그녀에게 명함을 내밀었다. 그녀는 잠자코 지 형사의 명함을 받아 들었다.

"잘 마시겠습니다."

두 형사도 커피잔을 들었다. 지 형사는 조용히 커피를 마시는 그녀를 응시하며 대화를 이끌 방법을 속으로 찾고 있었다. 커피를 한 모금 마신 황 형사가 케이크를 포크에 찍어 한 입 크게 베어 물었다. 그가 두 번 베어 물자 케이크는 흔적도 없이 사라졌다. 황 형사는 빈 접시를 원망하듯 노려봤다. 누가 다 먹었냐는 듯이.

"형사님, 제 것도 드시겠어요? 저는 생각이 없어서."

그녀가 자신의 케이크 접시를 내밀며 황 형사에게 권했다.

"아닙니다. 잘 먹었습니다."

황 형사가 황급히 손사래를 쳤다. 지 형사는 내심 가슴을 쓸어내렸는데, 황 형사의 식탐이 폭발할까 염려가 됐던 탓이다.

"전상미 씨, 저희가 왜 왔는지는 아시죠?"

전상미가 느릿하게 머리를 위아래로 움직이며 수긍의 뜻을 나타냈다. 그녀의 낯빛은 더욱 어두워졌다.

"강우혁 배우와 있었던 일을 말씀해 주시겠습니까?"

그러나 그녀는 지 형사와 눈을 맞추려 하지 않았다.

"그 얘기를 꼭 해야만 하나요?"

"변사 사건 수사입니다. 협조 부탁드립니다."

지 형사는 일부러 살인이라는 단어를 입에 올리지 않았다.

"그 사람과는 운동하면서 조금 어울렸던 것뿐이에요."

그녀는 진실을 말할 의지가 없어 보였다. 형사들이 아무것도 모른다고 여기는 걸까? 이런 식으로 나온다면 충격요법을 쓸 수밖에.

"강우혁 배우의 PC에서 동영상 파일이 나왔습니다."

지 형사는 일단 그렇게 운을 떼었다. 전상미가 커피잔을 탁자에 내려놓는 소리가 들렸다. 잔이 미끄러지지 않은 것이 이상할 만큼 그녀의 손은 떨리고 있었다. 떨림이 멈추지 않자 그녀는 두 손을 맞잡았다. 그녀의 눈동자에 물기가 돌기 시작했다.

"전상미 씨, 무슨 일이 있었습니까? 강우혁 배우가 협박을 하던가요?"

 그녀의 무릎 위로 눈물이 뚝뚝 떨어졌다. 눈물은 쉴 새 없이 흘러내렸고, 마침내 그녀는 큰 소리를 내며 울음을 터트리고야 말았다. 전상미는 두 손으로 얼굴을 감싼 채 안방으로 달려갔다. 안방에서 흐느껴 우는 소리가 들려왔다. 이럴 때는 실컷 울게 놔두는 편이 낫다. 두 형사는 말없이 기다렸다. 10분쯤 지나자 토끼처럼 눈이 빨갛게 충혈된 그녀가 거실로 나왔다.

"형사님, 비밀은 지켜 주실 거죠?"

 전상미는 울먹이는 목소리를 쥐어짜듯 물었다. 지 형사는 그녀의 울음보가 또 터질까 봐 조마조마했다.

"최선을 다해 비밀을 지켜 드리겠습니다."

"저는 강우혁이 그런 걸 찍었는지 꿈에도 몰랐어요. 아무래도 제 눈에 뭐가 씌웠었나 봐요. 지금 생각하면 말도 안 되는 짓인데……, 그 사람이 죽었다는 소식을 듣고 얼마나 안심이 되던지……."

 전상미의 가슴이 크게 들썩였다. 그녀가 힘겹게 얼굴을 들어 지 형사와 눈을 맞추었다. 눈빛은 불안정하게 흔들렸으나 눈물은 이미 말라 있었다.

"형사님, 저한테 이런 말씀을 하시는 이유가……, 혹시 저를 의심하시는 거예요?"

"진정하세요, 전상미 씨. 지금은 정보를 모으는 단계입니다. 형사들은 증거 없이 누구도 의심하지 않습니다."

지 형사는 신뢰감을 주도록 애쓰며 대답했다.

"강우혁 배우와의 일을 있는 그대로 말씀해 주시면 됩니다. 저희한테 부끄러워하실 필요는 없습니다."

그녀는 작은 고갯짓으로 대답을 대신했다.

"처음 강우혁을 봤을 때 저는 황홀했어요. TV에서 보던 배우와 대화를 하고, 밥을 먹고, 운동을 하고……, 그 모든 게 꿈만 같았죠. 그 사람과 보내는 시간이 너무나 행복했어요. 가슴이 얼마나 설레던지……, 다시 이십 대로 돌아간 것 같았어요. 그런데 강우혁이 친절하게 대해 주니까 그 사람도 절 좋아한다고 착각해 버린 거예요. 함께 시간을 보낼 수만 있다면 돈은 얼마가 들어도 상관없다고 생각했어요. 그 사람을 제 곁에 붙들어 두지 않으면 다른 여자한테 뺏길 것만 같았죠. 저는 강우혁한테 절박하게 매달렸어요."

말을 하면서 진정이 되었는지 전상미의 어조는 차츰 차분해졌다. 이제 그녀는 머그잔을 들어 식어 버린 커피를 마실 정도로 여유를 되찾았다.

"돌이켜 보면 그때는 마약에 중독된 상태와도 같은 거였어요. 강우혁 말고는 그 어떤 것도 눈에 들어오지 않았으니까요. 우리 예린이마저 귀찮게 여겨질 정도였죠."

"남편분이 눈치채지 못했습니까?"

그 정도로 강우혁에게 푹 빠졌다면 남편이 알아차리지 못할 리 없었다.

"남편은 아침에 나갔다 밤늦게 들어오기 때문에……."

"남편분은 어떤 일을 하시죠?"

"자영업이에요. 아파트 상가에서 식당을 해요. 교와 갈비라고."

그녀의 입에서 교와 갈비라는 상호가 나온 순간 지 형사는 흠칫 놀라 숨을 삼켰다. 교와 갈비에서 겪었던 일들의 퍼즐 조각이 마침내 맞춰졌다. 사장 윤석민이 과도하게 반응했던 속내가 보이는 듯했다. 역시 그는 아내의 불륜 사실을 눈치채고 있었던 것이다.

"그런 중에 강우혁이 돈을 요구하기 시작했어요. 데이트 비용을 대는 정도가 아니라 아예 대놓고 돈을 뜯어 갔어요. 월세를 내야 한다, 차를 수리해야 한다, 생활비가 부족하다, 때론 품위를 유지하기 위해서도 돈이 필요하다고 했어요."

"그래서 돈을 주셨습니까?"

"돈을 주었죠. 감당할 만한 액수라 그 정도는 지원해 줘도 괜찮다고 생각했어요."

"그래서 어떻게 됐습니까?"

진행 과정이 훤히 보였지만, 지 형사는 물어보지 않을 수 없었다.

"시간이 많이 흐르지도 않았는데, 강우혁의 태도가 180도 달라졌어요. 돈의 단위도 껑충 뛰었고, 요구하는 간격도 점점 짧아졌어요. 막판에는 거의 매일 돈을 달라고 졸라 댔어요."

그녀의 입술 사이로 무거운 숨결이 흘렀다.

"저는 그 사람에 대한 분노보다 제 자신의 어리석음에 더 화가 나요."

그녀는 양어깨를 두 팔로 감싸안았다. 마치 어리석은 자신을 다독이는 것 같았다.

"저는 돈을 구하기 어렵다는 말을 꺼낼 수밖에 없었어요. 그런데 그날 밤 강우혁이 저한테 동영상 파일을 보내왔어요. 그걸 보고 저는 까무러칠 만큼 놀랐어요. 그 사람, 언제 그런 걸 찍어 놨는지……, 저는 짐작조차 못 했어요. 뉴스에서나 봤던 일이 저한테도 일어난 거예요. 그제야 정신이 와락 들면서 상황 파악이 되더군요. 그 사람의 본업은 배우가 아니라 공갈 협박범이었던 거예요."

"강우혁 씨가 배우 일은 하지 않았습니까?"

"일 안 하냐고 물어보면 재충전 기간이라면서 늘 운동시설에서 노닥거렸어요. 말로는 좋은 작품을 고른다고 하는데, 제가 봤을 땐 열정도 노력도 없는 사람이었어요."

"두 사람 관계를 아는 사람은 없었습니까?"

그녀가 세차게 머리를 흔들었다.

"누구한테 그런 얘길 하겠어요?"

"남편분이 모르는 건 확실합니까?"

"어쩌면 분위기는 눈치챘을지도 모르죠. 하지만 내막은 절대로 몰라요. 형사님, 남편이 알면 전 끝장이에요. 비밀 지켜 주실 거죠?"

그녀의 두 손이 가슴 앞에서 천천히 포개졌다.

"전상미 씨, 남편분 귀에 들어가지 않도록 최선을 다하겠습니다. 대신 사실대로 말씀해 주셔야만 합니다."

"강우혁 배우한테 돈을 줄 때 계좌로 송금하셨습니까?"

내내 입을 다물고 있던 황 형사가 전상미에게 물었다. 그녀가 황 형사 쪽으로 몸을 돌렸다.

"송금도 하고 현금으로 주기도 했어요."

"액수는 얼마나?"

"제가 가지고 있던 비상금 전부요. 그게 수억이에요."

그녀의 음성이 심하게 떨렸다.

"남편한테 너무 미안해요. 아무래도 제가 정신이 나갔었나 봐요. 우리 예린이한테도 미안하고요. 예린이가 절 많이 응원해 줬거든요."

수억이라……, 많이도 뜯어냈군. 강우혁은 질 나쁜 제비의 표상격인 인물이었다. 지 형사는 그에게 걸려든 여자들이 안

타깝기도 하고, 어이가 없기도 했다.

"전상미 씨, 8월 4일 밤 강우혁 배우와 편의점 야외 테이블에서 캔 맥주를 마셨습니까?"

그녀의 두 눈이 커다랗게 뜨였다.

"벌써 거기까지 조사가 끝난 거예요? 물론 저도 함께 있었어요. 형사님, 그게 문제가 되나요?"

전상미가 절박한 어조로 물었다. 지 형사는 표정을 부드럽게 누그러뜨리고 그런 일은 없을 거라고 그녀를 안심시켜 주었다.

"편의점에서 캔 맥주를 마실 때, 전상미 씨가 계산했습니까?"

"네, 제가 팬클럽 회장이라 모임 카드를 갖고 있어요. 그래서 제가 계산을 했던 거예요."

"좋습니다. 그럼 8월 4일에 있었던 일을 순서대로 말씀해 주세요."

"우린 평소처럼 아파트 체육시설에서 운동을 했어요. 그 뒤 저녁 식사를 하고, 노래방에 들렀다가 한잔 더 하자는 말이 나와 편의점으로 몰려간 거예요."

"편의점을 자주 이용했습니까?"

"일주일에 한두 번 정도요. 강우혁이 야외 테이블에서 맥주 마시는 걸 좋아해요. 마치 소풍 나온 것 같다고요."

"강우혁 배우가 화장실에 갔다가 돌아오지도 않았는데, 왜 다들 헤어진 겁니까?"

"우린 이미 작별 인사를 한 뒤였어요. 강우혁은 화장실에 들렀다가 바로 집으로 가겠다고 했고요."

지 형사는 그제야 납득이 되었다. 여자들이 곧장 집으로 돌아갔는지의 여부는 CCTV로 확인하면 된다.

"그날 모임에서 특별한 일은 없었습니까?"

그녀는 눈매를 좁히며 기억을 짚어 내려 애썼다.

"특별한 일은 없었는데요."

"전상미 씨, 강우혁 배우한테 협박까지 받으면서 굳이 팬클럽 탈퇴를 안 한 이유가 뭡니까?"

전상미가 깊디깊은 한숨을 내뱉었다. 그녀의 안색 나쁜 얼굴에 분노의 기운이 서렸다.

"강우혁이 팬클럽 탈퇴를 막았어요. 회장인 제가 빠지면 팬클럽이 와해될 수도 있다고 걱정했어요. 저는 즐거운 척 모임에 참석할 수밖에 없었죠. 정말 죽을 맛이었어요."

"전상미 씨, 강우혁 배우한테 원한을 가질 만한 사람이 있었을까요?"

그녀의 표정이 의미심장하게 바뀌었다.

"두 달 전 105동에서 자살한 여자가 있었어요. 이정화라고 정말 착한 애예요. 정화가 투신했다는 말을 들었을 때, 저는 바로 직감했어요. 정화도 강우혁한테 협박당했을 거라고."

그녀는 이정화의 남편이 의심스럽다는 말은 굳이 꺼내지 않았다. 강우혁이 가지고 있던 동영상 파일에는 이정화도 등장한다. 이정화가 자살한 이유는 분명했다. 지 형사는 이렇게 상상해 보았다. 동영상 파일에 나오는 이정화, 전상미, 정현아의 남편들이 공모한 살인이 아닐까? 두 명은 살인, 한 명은 CCTV와 보안등을 맡았다면 딱 들어맞는다. 그는 허황된 망상만은 아니라고 생각했다.

정현아는 강우혁 팬클럽의 부회장이었다. 그녀는 지 형사의 전화를 받은 뒤 한참이나 말이 없었다. 그녀의 망설임이 전화기를 통해 고스란히 전해졌다. 하지만 결국 그녀는 집에 와도 된다고 허락했다. 커피숍에서 대화할 내용은 아니라고 판단한 모양이었다.

정현아는 다소 어두운 표정으로 형사들을 맞았다. 그녀는 마흔 살이지만 이십 대로 보이는 외모를 가진 여자였다. 긴 생머리에 작은 얼굴, 봉긋한 이마와 볼, 순정만화에서 튀어나온 것 같은 이목구비는 딱 봐도 의학의 힘을 많이 빌린 듯했다.

"형사님들이 찾아오실 줄 알았어요."

정현아가 작은 얼굴에 결기를 내비치며 말했다. 그녀는 고풍스러운 식탁으로 형사들을 안내하고, 냉장고에서 비타민 음료를 꺼내 권했다.

"감사합니다."

두 형사는 꾸벅 머리를 숙이고 음료를 받아들었다. 그녀의 집 역시 60평으로 럭셔리한 화랑 같은 분위기로 꾸며져 있었다. 거실과 주방 곳곳에 미술품들이 걸려 있거나 세워져 있었는데, 문외한인 지 형사가 봐도 꽤나 고가품들인 것 같았다.

"정현아 씨, 불편한 질문이더라도 양해 바랍니다. 그럼 직설적으로 묻겠습니다. 강우혁 배우한테 협박받은 사실이 있었습니까?"

지 형사가 날린 직격탄에 그녀가 헉, 숨을 들이켰다.

"결국 그것이 나왔군요."

그녀는 거기까지 얘기하고 더 말을 잇지 못했다.

"저희는 정현아 씨의 사생활을 캐러 온 게 아닙니다. 부끄러워 마시고 솔직하게 말씀해 주세요."

정현아가 길게 한숨을 내쉬었다. 그러나 그녀는 판단이 빠른 사람이었다.

"동영상 파일이 나온 거 맞죠?"

"그렇습니다."

꽤나 고민했던 듯 그녀의 표정이 복잡했다.

"전부 제 탓이에요. 제가 어리석어 그런 실수를 저지른 거예요."

정현아 역시 전상미와 마찬가지로 스스로를 탓했다. 남편과 자녀가 있는 입장에서 잘못된 선택을 한 것을 자책하고 뒤늦게 후회하는 것이다. 그러나 범죄자들은 바로 이런 인간의 가장 연약한 틈을 파고든다. 외로움과 욕망, 나약함 같은 감정의 틈새를 비집고 들어가 결국 파멸의 길을 걷게 만든다.

"남편분은 어떤 일을 하십니까?"

"공연기획사 대표예요."

"남편분이 강우혁 배우와의 일을 아십니까?"

모양 좋게 솟은 그녀의 이마에 보일 듯 말 듯 균열이 번졌다.

"강우혁과 어울린다는 사실은 알아챘을지 몰라도 협박까지 당한 줄은 몰랐겠죠. 남편은 눈치가 빠른 사람이에요. 게다가 아이들을 끔찍이 사랑하죠. 남편이 강우혁과의 일로 저를 추궁하지 않은 건 아이들 때문이에요. 아이들이 엄마 없이 자라는 건 용납하지 못할 테니까요. 그땐 제가 왜 그랬는지 모르겠어요. 꼭 뭐에 홀린 사람처럼 강우혁을 쫓아다녔어요. 그러다가 멍청하게 돈까지 뜯기고."

그녀의 진술은 세부적인 표현만 다를 뿐 전체 맥락은 전상미와 유사했다.

"모르긴 해도 상미 언니도 저랑 똑같은 처지일걸요. 안색도 나쁘고 죽지 못해 사는 사람 같았거든요."

지 형사는 전상미에 관해 굳이 언급하지 않았다.

"돌아가신 이정화 씨를 아십니까?"

그녀의 도톰한 입술이 금방이라도 울음을 터트릴 사람처럼 일그러졌다.

"형사님이 생각하시는 그대로예요. 정화는 강우혁 때문에 죽은 거예요. 정화처럼 착하고 순수한 아이를……, 그 순둥이를 얼마나 괴롭혔으면 투신자살까지 했겠어요. 강우혁은 죽어도 싼 놈이에요. 그 새끼 죽었다고 슬퍼할 사람은 단 한 명도 없을걸요."

"정현아 씨, 8월 4일 밤 강우혁 배우와 편의점에서 맥주 마셨죠? 강 배우를 싫어하면서 왜 같이 있었습니까?"

그녀의 선이 또렷한 입술이 경련하듯 푸르르 떨렸다.

"강우혁이 팬클럽 여자들을 전부 협박한 건 아니에요. 그 인간, 돈 나오는 구멍은 귀신같이 알아서 아무 여자한테나 힘 빼지 않아요. 돈 나올 구멍이 아니면 작업도 걸지 않는다고요. 강우혁은 팬클럽을 유지하고 싶어 했어요. 팬클럽에서 매달 후원금을 지급했으니까요. 저랑 상미 언니는 내색도 못 하고 계속 참여할 수밖에 없었죠. 강우혁이 팬클럽 탈퇴를 막았거든요."

정현아는 굳은 표정으로 설명했다. 표정이 경직되니 그녀의 얼굴에서 나이가 느껴졌다.

"형사님, 타살이라고 결론이 났나요?"

"그렇습니다. 혹시 짐작 가는 인물이라도 있습니까?"

그녀는 거센 고갯짓으로 부정을 표시했다.

"정현아 씨, 8월 4일의 행적을 알려 주세요."

황 형사가 수첩을 펴든 채로 그녀에게 질문을 던졌다.

"강우혁이랑 상미 언니, 영현이, 저, 넷이서 저녁 식사를 하고 2차로 노래방에 갔어요. 편의점은 3차였죠."

전상미의 진술과 동일했다.

"편의점에 가자고 한 사람은 누굽니까?"

"강우혁이에요. 강우혁이 헤어지기 섭섭하니까 한잔 더 하자고 했어요."

그녀는 망설이지 않고 대답했다. 지 형사는 화장실에 갔던 강우혁이 돌아오지도 않았는데 모임을 끝낸 이유를 물어보았다. 전상미한테도 똑같이 했던 질문이다. 같은 질문에 같은 답변이 나오는지를 알아보기 위함이었다.

"화장실에 간 사람을 굳이 기다릴 필요 있나요? 이미 작별 인사도 마친 뒤라 우린 각자 집으로 흩어졌어요."

지 형사는 정현아에게 협조해 주어 고맙다는 인사를 했다. 그녀에게 명함을 건네고 진술할 내용이 있으면 언제라도 전화해 달라고 당부했다.

"지 형사님, 잠깐만요."

정현아는 명함을 들여다보더니 다급하게 그를 불렀다.

"왜 그러시죠?"

"지 형사님, 부탁이 있어요. 제 동영상 파일을 삭제해 주세요. 그게 남편 손에 들어가지 않도록 해 주세요. 제발 부탁드려요."

"남편분 손에 들어갈 일은 없을 겁니다."

그녀는 간절함이 뚝뚝 떨어지는 눈빛을 형사들에게 쏘더니 허리를 90도로 굽혀 인사했다.

두 형사는 아파트 밖으로 걸어 나왔다. 강우혁이란 남자에 대해 알면 알수록 혐오감이 차올라 기분이 좋지 않았다.

"강우혁, 꽤나 악질이었네요."

"그러게. 강우혁은 공공의 적이었어. 남편들이 힘을 모아 공공의 적을 처단한 게 아닐까? 황 형사, 이제 남편들을 만나 보자고."

편의점 출입문 위에 달린 CCTV 분석이 끝났다. 강우혁과 캔 맥주를 마시던 여자들의 동선 또한 파악되었다. CCTV 확인 결과, 그녀들은 곧장 집으로 돌아갔다. 강우혁과는 작별 인사를 한 뒤에서 바로 귀가했다는 것이다. 여자들의 진술이 완벽히 일치했다.

지 형사는 배우 한재빈을 만나 보았으나 유의미한 단서를 얻을 수는 없었다. 한재빈은 연예인 특유의 폐쇄성을 드러내며 소극적인 태도로 형사들을 대했다. 그는 용의자도 아닐뿐더러 도움도 될 것 같지 않아 지 형사는 바로 철수했다.

"지 형사님, 양혜숙을 만나 보죠."

한재빈의 진술을 듣고 돌아오는 중에 운전대를 잡은 황 형사가 제안했다.

"주민들의 입길에 오르는 여자니까 참고할 게 있을 거예요."

"역시 우리는 찰떡궁합이라니까. 나도 그 여자 만나 보려고 했어."

양혜숙은 형사들의 요청에 순순히 응했다. 그녀는 카페테리아를 만남의 장소로 지정했다. 오후의 카페테리아는 목가적인 분위기로 주민들이 한가롭게 앉아 티타임을 즐기고 있었다. 에어컨이 켜진 실내는 쾌적했고, 주민들은 즐겁게 환담을 나누는 중이었다. 마치 전원마을 별장에서 느긋하게 휴가를 보내는 사람들 같았다.

"선생님, 시간 내주셔서 감사합니다."

지 형사는 벌떡 일어나 양혜숙을 맞았다. 주민들의 촘촘한 묘사 덕분에 한눈에 그녀를 알아볼 수 있었다. 땅딸막한 체형에 넙데데한 얼굴, 인위적인 헤어스타일의 70대 여자. 화려한 원색의 골프복을 착용한 양혜숙은 거만한 표정이었다.

"안녕하세요."

형식적인 인사를 의무처럼 내뱉은 양혜숙은 고개를 젖힌 채 느긋하게 자리에 앉았다. 카페테리아는 주민이 아닌 외부인이 주문을 할 수 없다. 어떻게 해야 하나? 지 형사가 고민 아닌 고민을 하고 있을 때, 그녀가 시원하게 답을 주었다.

"내가 주문할 테니까 돈은 따로 줘요. 나는 댁들이 불러서 나온 거니까 내 찻값도 내줘야 해요."

"지당하신 말씀입니다."

"나는 카페오레로 주문해 줘요."

그녀가 가방에서 주민카드를 꺼내 대뜸 내밀었다. 주문을 하고 오라는 의미였다. 황 형사가 주민카드를 받아 들고 주문대로 달려갔다. 그녀는 얇은 입술을 꽉 다문 채 눈알을 또록또록 굴리며 지 형사를 관찰했다. 그 시선이 어찌나 집요한지 지 형사의 얼굴이 벌겋게 달아올랐다.

황 형사가 음료 쟁반을 들고 자리로 돌아오자, 양혜숙의 눈길이 그에게로 옮겨 갔다. 시선 테러에서 해방된 지 형사는 그제야 안도의 한숨을 뱉어 냈다. 양혜숙은 듣던 대로 만만치 않은 여자였다. 주민들은 물론 직원들까지 압도했던 그녀의 카리스마가 제대로 느껴졌다. 지 형사가 음료 비용을 지불하려고 지갑을 꺼냈다.

"계좌 이체해 줘요. 요즘 누가 현금 들고 다녀요?"

그녀의 말투엔 남을 깔보는 기색이 섞여 있었다.

"아, 네네."

지 형사는 그녀가 알려 준 계좌로 음료 비용을 이체했다. 카페테리아는 주민들을 위한 시설이라 값이 매우 저렴했다.

"날 보자고 한 이유가 뭐예요? 나는 그렇게 한가한 사람이 아니에요. 일정이 빽빽이 짜여 있다고요."

"죄송합니다. 양 선생님, 강우혁 배우 잘 아시죠?"

"물론이죠."

그녀의 눈이 야릇한 광채를 띠었다. 먹잇감을 찾는 까마귀의 눈빛을 닮았다고 할까? 그녀는 감도 높은 안테나를 세우고 동네의 추문을 쫓는 하이에나 같았다. 형사가 진술을 받는 건지, 반대로 양혜숙에게 취조를 당하는 건지 알 수 없었다.

"양 선생님, 강우혁 배우는 어떤 사람이었습니까?"

상대의 내장마저 흡입할 듯 집요한 시선을 거두며 그녀가 교활하게 응수했다.

"그럼 나한테도 수사 상황을 말해 줄래요?"

참으로 어이없는 여자다. 그녀의 레이다 망에 포착되는 먹잇감의 범주에는 형사도 포함되는 모양이다.

"막 수사를 시작한 참이라 알려 드릴 게 없습니다."

"그럼 앞으로 알게 되는 사실을 말해 줘요."

지 형사는 알았다고 대답했다. 그녀에겐 공표해도 되는 사실만을 알려 주면 된다.

"약속할 수 있어요?"

지 형사는 약속하겠다면서 그녀를 안심시켰다.

"강우혁은 여자깨나 밝히는 개차반 같은 인간이었어요. 강우혁이 이사 오면서 아파트 여자들이 미쳐 돌아갔죠. 물론 하나같이 나사 빠진 년들이지만요."

양혜숙은 굉장한 정보라도 방출하는 듯 침방울을 튀겼지만, 지 형사가 이미 알고 있는 내용들이었다. 그녀는 강우혁 팬클럽에 대해 늘어놓았다.

"강우혁하고 그렇고 그런 사이였던 여자들이 누군지 알려줄까요?"

지 형사는 아무것도 모르는 척 알려 달라고 굽실거렸다. 연기가 필요하다는 점에서 형사라는 직업은 배우와 닮았다. 그녀는 이정화, 전상미, 정현아를 언급했다. 지 형사는 양혜숙의 정보력에 감탄하지 않을 수 없었다. 동영상 파일을 보기라도 한 사람처럼 날카롭게 집어냈기 때문이다.

"양 선생님, 정보력이 대단하십니다."

그녀는 한심하다는 듯 지 형사를 곁눈으로 보더니 흥, 하고 코웃음을 날렸다.

"이정화만 해도 그래요. 내가 그 여자, 위태위태하다고 진즉에 경고했어요. 아무도 내 말 안 듣더니 결국 투신해 죽었잖아요. 나는 척 보면 사태를 파악할 수 있는 직관력을 가졌다고요. 지금까지 내 예감이 틀렸던 적은 단 한 번도 없었어요."

"정말 대단하십니다. 양 선생님, 저한테도 한 수 가르쳐 주시죠."

지 형사는 한껏 추켜세웠다. 형사의 칭찬에 기분이 좋아졌는지 그녀가 흥흥, 코를 울리며 웃었다. 넓게 퍼진 코가 어수룩해 보이는데 성질은 정반대인 모양이다. 양혜숙은 강우혁의 주변에서 떠돌던 소문이나 다소니 연못을 둘러싼 갈등에 관해 꽤나 장황하게 이야기를 늘어놓았다. 지 형사는 처음 듣는 내용인 것처럼 고개도 주억거리고 감탄도 하며 반죽 좋게 장단을 맞췄다.

"양 선생님, 강우혁 배우는 누가 죽였다고 생각하십니까?"

그녀의 눈이 심술궂은 빛을 띠며 번들거렸다. 그녀가 무언가를 터트리려 한다는 것을 그 눈빛만 봐도 알 수 있었다. 이 여자는 왜 이런 반응을 하는 거지? 양혜숙은 다루기 쉬운 부류가 절대 아니었다. 지 형사의 애절한 눈빛도 이 여자에게만은 통하지 않았다.

"안녕하세요, 양 여사님. 골프 치러 안 가세요?"

"양 여사님, 오늘 패션 멋지신데요."

"아 양 여사님, 너무 아름다우시다."

한 무리의 여자들이 출입문 쪽으로 걸어가며 양혜숙에게 인사를 했다. 카페테리아에 새로 들어온 손님들은 아니었고, 아마도 돌아가는 중에 알은척을 하는 것 같았다.

"이제 골프 연습하러 갈 거야."

그녀가 여자들에게 손을 흔들어 주었다.

"젊은 사람들이 나를 좋아해요. 내가 언니 같은가 봐."

그녀는 형사들에게 자랑하듯 뽐내는 투로 말했다. 아무리 봐도 딸뻘인데 언니라고? 지 형사는 양혜숙의 성정을 웬만큼 파악할 수 있었다.

"내가 어디까지 얘기했더라?"

"강우혁 배우를 살해한 범인에 관해 제가 여쭤봤었죠."

"형사 양반, 명함 한 장 줘 봐요."

양혜숙은 대뜸 명함을 요구했다. 그녀는 지 형사의 명함을 커다란 가방 안에 챙겨 넣었다.

"범인을 지목하는 건 조심스러워서……, 생각 좀 정리하고 알려 줄게요."

그녀는 뭔가를 알고 있는 눈빛이었지만, 형사들 앞에서는 침묵을 택했다. 지 형사는 자신이 가볍게 던진 질문에 예상치 못한 대어가 걸려든 느낌이었다. 혹시 뭔가 숨기는 건가? 이 여자, 이상한데? 그는 마음이 조급해졌다.

"양 선생님, 아시는 게 있으면 지금 알려 주셔야죠."

지 형사는 애원하듯 머리를 조아리며 목청을 높였다. 양혜숙의 태도에서 심상치 않은 뭔가를 포착한 까닭이다. 그녀가 하는 말이 단순한 허풍 같지는 않았다. 여기저기 캐고 다니는 것이 취미인 그녀가 단서를 잡은 것일까? 뭘 생각해 보고 알려 준다는 거지? 그러나 양혜숙은 지 형사의 간절한 눈빛도 아랑곳하지 않고 가방을 챙겨 자리에서 일어났다.

"난 바빠서 이만 가 볼게요."

"양 선생님, 아시는 게 있으면 말씀해 주셔야 합니다. 언제라도 좋으니까 전화 주세요."

지 형사는 멀어져 가는 그녀의 뒤통수에 대고 소리쳤다.

강력 1팀은 전상미의 남편 윤석민과 정현아의 남편 박상철을 경찰서로 소환해 참고인 조사를 마쳤다. 동기 면에서 그들은 유력한 용의자들이었다. 지 형사와 황 형사가 그들의 대면 조사를 맡았다. 전상미의 남편 윤석민은 대놓고 불쾌한 기색을 드러내진 않았지만, 표정이 밝지는 않았다. 하긴 경찰서에 출석을 요구받고 기분 좋을 사람은 없다.

윤석민은 교와 갈비에서 대면했을 때와 비교해 나이가 다섯 살은 더 들어 보였다. 이마는 더 넓어진 것 같았고, 눈 밑으로 처진 지방은 더욱 두드러졌다. 왜지? 지 형사는 한층 초췌해진 그의 외모 변화가 수상쩍었다. 범행을 한 뒤여서 마음고생이 심했던 탓일까?

"윤 사장님, 출석해 주셔서 감사합니다. 참고인 진술을 받는 것뿐이니까 부담 갖지 않으셔도 됩니다. 신분이 바뀌면 바로 고지해 드립니다."

"신분이 바뀐다고요?"

그는 당혹스러운 표정으로 조심스럽게 물었다.

"예를 들어 참고인에서 피의자로 바뀌는 경우를 말합니다."

"그런데 제가 왜 참고인 조사를 받아야 하죠? 저는 강우혁 씨와 친분 관계가 없습니다."

윤석민은 얼굴에 불만을 드러내며 반박했다.

"사모님이 강우혁 팬클럽 회장이었던 건 아시죠?"

지 형사가 전상미를 언급하자 그도 더는 토를 달지 않았다.

"윤 사장님, 8월 4일의 행적을 말씀해 주세요. 22시부터 자정 이후로요."

그는 스마트폰을 꺼내 일정을 확인했다.

"8월 4일은 저녁 아홉 시부터 배드민턴을 쳤습니다. 다소니 연못 뒤에 있는 실내 배드민턴장에서요."

"그렇게나 늦은 시간에요?"

"지 형사는 깜짝 놀라며 되물었다.

"자영업은 퇴근이 늦습니다. 요즘 운동을 게을리했더니 배가 점점 나오는 것 같아 한 시간 일찍 퇴근해 배드민턴을 쳤습니다."

다소니 연못 뒤의 실내 배드민턴장은 공중화장실 바로 옆이다. 지 형사의 눈초리가 매서워졌다.

"배드민턴은 누구와 치셨습니까?"

그는 함께 배드민턴을 쳤던 멤버들의 이름을 댔다. 이름을 받아 적던 지 형사의 귀가 번쩍 뜨였다. 정현아의 남편 박상철, 이정화의 남편 장민규가 그 안에 들어 있었기 때문이다. 지 형사의 머릿속이 온갖 생각으로 뒤엉켰다.

"배드민턴장에 CCTV는 달려 있겠죠?"

"그렇겠죠. 저는 그런 데 신경 쓰지 않아서 잘 모르겠습니다."

황 형사가 조용히 조사실을 빠져나갔다. 배드민턴장의 CCTV를 확보하려는 것이다.

"저녁 아홉 시부터 배드민턴을 치셨으면 그 이후는요?"

"아홉 시부터 치기 시작해서 열한 시 무렵 끝났습니다. 이후로는 목도 마르고 해서 호프집으로 몰려갔습니다."

"출근도 해야 하는데, 그렇게 늦은 시간에 술을 마시러 갑니까?"

"형사님, 여름 아닙니까? 여름밤에는 누구나 늦게까지 놀고 싶죠."

윤석민은 태연하게 대꾸했다.

"함께 배드민턴을 쳤던 멤버들과는 친한 사이입니까?"

"배드민턴 동호회 회원이니까 친하게 지내죠. 모여서 밥도 먹고, 술도 마시고, 운동도 하고 그럽니다."

지 형사의 의심은 더욱 깊어졌지만, 살인의 증거를 확보하지 못하면 아무 소용없다.

"호프집에선 새벽 한 시 가까이 돼서 나왔습니다. 그 후로는 집으로 돌아갔고요."

지 형사는 호프집 상호를 받아 적었다.

"윤 사장님, 강우혁 배우에 대한 감정이 어땠는지 솔직하게 말씀해 주세요. 사모님이 강우혁 팬클럽 회장이었는데, 활동을 반대하진 않으셨습니까?"

황 형사가 소리 없이 들어와 자리에 앉았다. 그는 지 형사를 향해 OK 사인을 그렸다. 배드민턴장 CCTV를 확보했다는 의미다. 교와 포레스트에 나가 있는 다른 형사에게 부탁한 모양이다.

"와이프는 제가 반대한다고 들을 여자가 아니에요."

무조건 아니라고 발뺌할 줄 알았는데, 꽤나 의외의 반응이라 지 형사는 내심 놀랐다.

"팬클럽 활동 핑계로 와이프가 매일 오밤중에 들어왔습니다. 딸아이 밥 좀 챙기라고 그렇게 일렀건만 밖으로만 나돌더라고요."

"그래서 화가 나셨습니까?"

"와이프가 내 말 듣지 않는다고 화를 내면 결혼 생활은 접어야죠. 마누라가 내 부하 직원도 아니고."

잘 나가다가 뒷걸음질을 친다. 지 형사는 속에서 치밀어 오르는 한숨을 억지로 눌렀다.

"강우혁 배우에 대한 감정이 좋지 않았던 건 사실이죠?"

"사람을 죽일 만큼 감정이 나쁘진 않았습니다."

"강우혁 배우는 팬클럽 회원들로부터 후원금을 받았다고 합니다. 아시는 바가 있습니까?"

당신 아내는 강우혁한테 협박당하고 돈을 뜯겼다. 그래서 죽였어, 라고 묻고 싶었지만 지 형사는 그렇게 하지 못했다. 한 가정이 파괴될 수도 있는 중대한 문제였다. 그의 말투가 조심스러워졌다.

"팬클럽에서 후원회도 겸하고 있다고 들었습니다. 와이프가 가능한 만큼 지원했겠죠."

액수를 알면 그런 말이 나오지 않을 것이다.

"윤 사장님, 강우혁 배우는 왜 죽었다고 생각하십니까?"

"그런 걸 왜 저한테 묻습니까? 형사님의 질문 의도를 알 수가 없네요."

"강우혁 배우와 친하게 지냈던 유부녀들이 몇 명 있습니다."

"그래서요? 그 여자들의 남편들 중 하나가 범인이라고 말하고 싶은 겁니까?"

"그 여자들의 남편들이 공모해서 벌인 범행일 수도 있죠."

지 형사는 의도적으로 한마디를 덧붙였다. 그러나 윤석민은 지 형사의 도발에 걸려들 만큼 만만한 상대가 아니었다. 그의 얼굴은 무표정 그 자체였다.

"그걸 밝힐 사람은 형사님입니다. 저는 더 할 말이 없습니다."

지 형사는 윤석민을 노려보았으나 증거를 들이밀지 않는 한 그를 옭아맬 방법이 없었다. 강력 1팀은 눈물을 머금고 그를 집으로 돌려보냈다.

정현아의 남편 박상철은 마흔세 살로 공연기획사 대표였다. 출석 요구에 흔쾌히 응한 사람답게 박상철은 지 형사에게 명함을 건네며 소탈한 태도로 악수를 청했다. 그는 크지 않은 키에 다부진 몸매가 돋보이는 남자였다. 까무잡잡한 피부는 윤기가 났고, 헤어스타일 또한 깔끔했다. 의복에도 신경을 쓰는지 몸에 맞춘 여름 정장이 썩 잘 어울렸다. 한마디로 자기 관리를 잘한 사람이었다.

"박 사장님, 사업은 잘되십니까?"

지 형사는 그의 명함을 들여다보며 가볍게 근황을 물었다.

"공연기획은 계절 장사입니다. 여름철은 비수기라 한 해 중에서도 매출 꼴찌입니다. 해변 콘서트도 하고 여름 축제 같은 이벤트도 벌이지만, 아무래도 여름은 수입이 줄죠. 그래도 직원들 월급 주고 먹고살 만큼은 법니다. 형사님, 그 정도면 충분하지 않습니까. 하하하."

박상철은 호방하게 웃어 젖혔다. 그의 태도, 눈빛, 걸음걸이 하나하나에 성공한 사람의 자신감이 묻어났다. 이런 사람일수록 자신의 세계를 지키려는 의지가 강한 법이다. 강우혁은 그의 세계에 함부로 뛰어든 침입자였다. 그가 침입자를 대하는 태도는 어떤 것일까?

"교와 갈비 윤석민 사장님과는 친하십니까?"

"그렇습니다. 석민이 형과 저는 각별한 사이죠. 부부 동반으로 만나기도 하고, 운동도 같이하고……, 술도 마시고, 허물없이 지냅니다."

"8월 4일 자정 무렵에는 뭘 하고 계셨습니까?"

"8월 4일이 강우혁 씨가 죽은 날입니까?"

그의 물음에 지 형사는 그렇다고 대답했다. 대놓고 알리바이를 묻는데도 그는 불쾌감을 드러내지 않았다. 박상철은 스마트폰을 꺼내더니 캘린더를 화면에 띄우고 지나간 일정을 눈으로 훑어 내렸다.

"8월 4일이라……, 여기 있네요. 그날은 저녁 아홉 시부터 열한 시 무렵까지 배드민턴을 쳤어요."

그 말은 사실이었다. 배드민턴장에 설치된 CCTV로 확인했다. CCTV에는 윤석민, 박상철, 장민규, 배성수, 네 사람이 배드민턴을 치는 모습이 찍혀 있었다. 시간도 진술과 딱 맞았다.

"박 사장님, 월요일 늦은 밤에 배드민턴을 친다는 게 일반적이지 않은데요."

"멤버 중에 자영업자가 있어서 늦게 만났습니다. 그런데 한번 몸을 풀고 나니까 탄력이 붙더라고요. 여럿이 모이기도 힘든데 한 게임만 더, 한 게임만 더, 하다 보니 그렇게 됐습니다. 복식 게임도 하고, 단식 게임도 하고 그랬습니다."

박상철의 대답은 거침이 없었다. 그는 시원시원하게 말을 이어 나갔다.

"배드민턴을 치다 보니 목이 마르더군요. 끝나고 다 같이 우르르 호프집으로 갔죠. 다들 술을 좋아하기도 하고요."

그 말은 강우혁의 사망 추정 시간에 알리바이가 있다는 뜻이다. 모임에 참석했던 네 사람의 알리바이는 성립된다. 호프집 CCTV로 확인하면 될 테지만, 지 형사는 박상철의 매끄러운 진술에서 말로 설명하기 힘든 불편함을 느꼈다.

"호프집에서 나온 뒤로 바로 집으로 돌아갔습니까?"

"그 시간에 뭘 하겠습니까. 각자 집으로 돌아갔죠."

그들의 귀가는 아파트 CCTV로 이미 확인을 끝냈다. 강우혁을 죽이는 데는 단 몇 분이면 충분하다. 공중화장실에서 나온 강우혁을 연못으로 유인해 살해하고 호프집으로 돌아갔다고 해도 전혀 이상하지 않았다. 담배를 피우러 나갔다거나 화장실에 갔다거나 핑곗거리는 많다. 쉽게 풀릴 것이라 예상했던 사건이 이상하게 꼬이는 느낌이 들어 지 형사는 불안해졌다. 심증을 입증할 수가 없는 것이다.

"박 사장님, 사모님이 강우혁 팬클럽 부회장인 건 알고 계셨죠?"

"물론입니다. 아내가 집에만 있기 무료해해서 제가 전폭적으로 지원해 주었습니다."

"사모님이 남자 배우와 어울려 다니는데 불쾌하지 않았단 말씀입니까?"

"형사님, 의외로 꽉 막히셨군요. 방탄소년단, 임영웅, 싸이 등 남자 가수들의 팬들은 대부분 여성이에요. 팬클럽 활동도 못 하게 막으면서 결혼 생활을 어떻게 유지합니까? 게다가 저는 공연기획사 대표예요. 연예인 팬들이 없으면 먹고 살 수도 없는 직업입니다."

박상철은 의자 등받이에 느긋하게 몸을 기댔다. 그는 완벽한 대답을 내놨다고 스스로 만족하는 것 같았다.

"사모님이 배우한테 돈을 줘도 괜찮다는 말씀입니까?"

"저는 아내를 믿습니다. 아내가 가난한 배우 후원 좀 해 줬기로 타박할 일은 아니잖습니까. 저, 그 정도의 재력은 됩니다. 제가 공연기획 쪽 일을 하다 보니 연예계에 대해선 좀 알죠. 스타급은 억 소리 나게 잘나가지만, 일반인들보다 못 버는 연예인들도 많아요."

흥, 자선가라도 되는 양 떠벌이지만 아내가 강우혁에게 어떤 대접을 받았는지 알고도 그럴 수 있을까?

"박 사장님은 강우혁 배우에 대한 감정이 나쁘지 않았다는 말씀입니까?"

"저야 뭐, 좋을 것도 없고 나쁠 것도 없었습니다."

"강우혁 배우가 여자들을 협박했다는 제보가 있었습니다."

지 형사는 그렇게 운을 떼고 그의 반응을 지켜보았다.

"형사님, 저한테는 직설적으로 질문하셔도 됩니다. 제 아내가 강우혁한테 협박당했다는 말씀입니까?"

지 형사는 굳이 대답하지 않았다.

"설혹 그런 일이 있었다고 해도 저는 눈감아 주었을 겁니다. 저는 그만한 일로 살인을 벌일 만큼 무모하지 않습니다. 아이들도 두 명이나 있고요. 잃을 것이 많은 사람이란 뜻입니다. 게다가 CCTV가 사방에 설치된 나라에서 무슨 수로 살인을 저지릅니까? 우리나라 과학수사, 세계 최고 수준 아닌가요? 저는 절대로 그런 짓 안 합니다."

박상철은 마치 무대 위 배우처럼 손짓을 크게 하며 과장된 동작을 취했다. 그의 손목에서 명품 시계가 반짝였다. 그래, 좋다. 지금은 추리의 얼개를 세우는 과정이다. 내가 꼭 증거를 찾고 말 테다. 지 형사는 이를 악물었다.

"장민규 씨의 부인 이정화 씨가 투신자살한 건에 대해서는 어떻게 생각하십니까? 장민규 씨한테 들은 얘기는 없었습니까?"

"민규는 될수록 아내 얘기를 꺼내지 않아요. 우리도 거기에 대해선 언급하지 않고요. 큰 상처를 입은 사람인데 배려해 줘야죠."

"상처가 큰데 배드민턴은 쳤나 보네요."

"그날은 우리가 억지로 불러내서 나온 거예요. 그런 때일수록 사람들과 어울려야죠. 운동도 하고요. 집에만 처박혀 있으면 안 돼요."

박상철은 거침없는 말솜씨를 한 번 더 뽐냈다. 지 형사는 매우 불편한 심정으로 그를 돌려보냈다.

강력 1팀은 투신자살한 이정화의 남편 장민규에게 경찰서 출석을 요구했으나 그는 거절했다. 초등학생 아들을 돌봐야 하기 때문에 집을 비울 수가 없다는 이유에서였다. 아들이 초등학교 저학년인데, 엄마의 갑작스러운 죽음으로 충격을 많이 받았다는 것이다. 납득할 만한 사정인지라 지 형사는 받아들였다. 대신에 그의 집에서 만나기로 약속을 정했다.

저녁 7시, 장민규의 집에 도착했다. 그는 지글거리는 팬

소리와 함께 주방에서 바삐 움직이고 있었다. 주방은 식사 준비로 생기가 가득했다. 거실에 들어서자 소파에 앉아 책을 읽고 있던 남자 초등학생이 벌떡 일어났다.

"안녕하세요?"

살이 통통하게 오른 귀여운 남자아이가 형사들을 향해 꾸벅 머리를 숙였다. 지 형사는 어린 나이에 엄마를 잃은 아이가 안쓰러웠다. 그래서인지 아이의 동그란 어깨가 축 처진 것처럼 보였다.

"안녕, 책 읽고 있었구나."

장민규가 형사들을 방으로 안내했다. 그곳은 가구가 별로 없는 간소한 방이었다. 그는 잠시만 기다려 달라고 형사들에게 양해를 구했다. 아들에게 저녁을 차려 주고 오겠다는 것이다.

"네, 얼마든지요."

지 형사는 아이의 똘망똘망한 눈망울을 떠올렸다. 장민규가 아들과 대화를 나누는지 방 밖에서 두런거리는 소리가 들렸다. 10분가량 지났을까, 그가 머그잔이 담긴 쟁반을 손에 들고 나타났다.

"죄송합니다. 많이 기다리셨죠?"

장민규는 쟁반을 탁자에 내려놓으며 형사들에게 사과했다.

"형사님들, 아직 저녁 식사 전이시죠? 시장하실 것 같아 두유를 데워 왔어요."

쟁반 위에는 김이 모락모락 오르는 두유가 담긴 머그잔 세 개가 놓여 있었다. 그는 형사들에게 두유를 권했다. 지 형사와 황 형사는 고맙다고 인사한 뒤 두유를 한 모금 마셨다. 알맞게 데워진 두유는 고소한 맛이 일품이었다. 따뜻한 두유가 형사들의 시장기를 달래 주었다. 그들은 마치 두유를 마시기 위해 모인 사람들처럼 묵묵히 따뜻한 음료를 음미했다. 지 형사는 머릿속으로 대화의 흐름을 그려 보았다.

그는 불과 두 달 전에 아내를 잃은 사람이다. 즉, 자살 유족이다. 지 형사는 자살 유족이 심리적, 신체적, 사회적 스트레스가 매우 크다는 기사를 읽은 적이 있었다. 더욱이 그는 배우자를 잃은 사람이다. 자살 생존자 장민규는 현재 충격과 망연자실 단계일 것이다.

"장 선생님, 오늘 저희가 찾아뵌 건……."

"강우혁 사건 때문이라고 이미 말씀하셨잖아요."

그의 어조는 담담했고, 얼굴은 하얀 캔버스처럼 아무것도 떠올라 있지 않았다.

"장 선생님께 상처가 되는 질문을 해야 하니 제 마음이 괴롭군요."

"괜찮습니다. 어차피 지나가야 하는 과정이니까요."

"그렇게 말씀해 주시니 한결 마음이 편해집니다."

"형사님, 아내와 강우혁의 관계에 대해 이미 조사하고 오셨을 테죠. 저는 굳이 부인하고 싶지 않습니다. 뭐 새로운 단서라도 나왔습니까?"

이정화와 강우혁의 성관계 동영상이 나왔다는 말은 차마 전할 수 없었다. 그녀가 강우혁에게 송금한 내역도 금융거래 조사를 통해 드러났다. 이정화는 강우혁의 겁박 때문에 자살한 것이 분명했다.

"장 선생님, 강우혁 배우와 관련해서 해 주실 말씀은 없습니까?"

지 형사는 질문 하나에도 신중을 기하지 않을 수 없었다.

"명랑하던 아내가 말수가 없어졌을 때부터 눈치를 챘어야 했는데……, 제가 무심했습니다."

"이정화 씨가 우울해했습니까?"

장민규는 조용히, 천천히 수긍의 고갯짓을 했다. 그의 여윈 얼굴 위로 늦가을 바람 같은 쓸쓸함이 흘렀다. 그는 아내가 죽은 뒤로 살이 많이 빠진 듯했다. 책장에 놓인 사진 액자보다 한결 여위어 보인다. 가족 세 사람이 환히 웃고 있는, 보는 이의 기분까지 좋아지는 그런 행복한 사진이었다.

개굴개굴개굴……, 열어 둔 창문을 통해 개구리 소리가 들려왔다. 한 마리가 울면 무리도 따라 우는 것인지 개구리 소리는 점점 더 크게 들렸다. 야단스럽게 울어 대다가도 한순간에 뚝 소리가 그친다. 그는 한참이나 개구리 소리에 귀를 기울이더니 불쑥 말을 꺼냈다.

"아내가 개구리 소리를 무척 좋아했습니다. 다소니 연못에 물을 넣게 하려고 얼마나 애를 썼는지 모릅니다. 지인들을 동원해 시청에 민원 전화를 걸게 할 만큼 아내는 진심이었죠. 그렇게 순수했던 사람이었는데……, 아내 바람대로 다소니 연못에 물을 넣게 됐는데…….″

장민규는 격정에 차 더 말을 잇지 못했다. 그는 손바닥으로 눈가를 누른 채 미동도 없이 앉아 있었다. 지 형사는 채근하지 않고 조용히 기다렸다. 황 형사 역시 슬픈 눈으로 그를 지켜볼 따름이었다.

"개구리 소리만 들으면 아내가 그리워서……, 죄송합니다. 이런 모습을 보이고 말았네요."

"별말씀을요. 다소니 연못에 물을 넣는 문제로 주민들 사이에 갈등이 깊었다고 들었습니다. 강우혁 배우도 찬성파 쪽이라고 하던데요."

"아내가 강우혁과 어울리게 된 계기도 그것 때문이었습니다. 아내는 진실한 의도로 부탁을 했던 것인데…….″

"장 선생님, 좀 자세히 설명해 주시겠습니까."

"아내는 강우혁이 유명인이니까 반대파를 설득하기 용이

하다고 생각한 것 같습니다."

"사모님의 판단이 맞았군요. 결과적으로 연못에 물을 넣게 됐으니까요."

"저는 강우혁이 다소니 연못에 관심을 가졌다고 생각하지 않습니다. 그저 여자들을 꾀기 위한 수단일 뿐이죠. 천진한 아내가 거기에 걸려든 겁니다. 아내는 강우혁한테 협박을 당하고 있었을 테죠. 아내가 죽은 뒤에 계좌를 살펴봤습니다. 적금도 깨고, 잔액도 바닥났더군요. 아내가 저한테 상의를 해 줬으면 얼마나 좋았을까요. 혼자서 끙끙 앓다가 그릇된 선택을……, 전부 제 잘못입니다. 제 부주의로 아내를 챙기지 못했습니다. 아내의 행동 하나하나가 절박한 메시지였는데, 저는 무심히 흘려보냈습니다."

장민규가 두 눈을 감았다. 그의 눈에서 두 줄기 눈물이 흘러내렸다. 진심이 느껴지는 남편의 진한 눈물이었다. 그가 범인이라면 동기는 뚜렷하다. 아내를 자살하게 만든 상간남에 대한 복수 및 단죄.

"장 선생님, 8월 4일 저녁부터 자정 이후의 행적을 말씀해 주시겠습니까."

황 형사가 장민규의 알리바이를 물었다.

"경찰서 출석 요구를 받은 뒤 확인해 두었습니다. 8월 4일 저녁 아홉 시부터 배드민턴을 쳤습니다. 함께 친 사람들은……, 이름을 말씀드려야겠죠. 윤석민, 박상철, 배성수 씨입니다. 우린 밤 열한 시까지 배드민턴을 친 뒤 근처 호프집으로 갔습니다. 교와 호프라고 아파트 상가에 있습니다. 맥주를 마시다 보니 시간이 금방 흐르더군요. 교와 호프에서 나온 게 새벽 한 시 무렵이었습니다."

윤석민, 박상철의 진술과 판박이처럼 똑같다. 교와 호프 CCTV를 확인한 결과 그들의 진술은 사실이었다.

"장 선생님은 교와 호프에 머물렀던 밤 열한 시부터 새벽 한 시까지, 두 시간 동안 자리를 뜬 적이 있습니까?"

교와 호프 CCTV에 의하면 그들은 몇 번이나 자리를 비웠다. 강우혁의 사망 추정 시간인 자정 무렵에는 배성수 혼자 자리를 지키고 있었다.

"화장실도 가고, 담배를 피우러 나가기도 했습니다. 술을 마시니까 담배가 더 당기더군요. 다들 애연가라 함께 나가서 담배를 피웠습니다."

담배를 피운다는 핑계로 살인을 저지르고 돌아와도 충분한 시간이다.

"아드님 혼자 집에 있었는데, 걱정되지 않으셨습니까?"

지 형사의 허를 찌른 질문에 그는 완벽한 답변을 돌려주었다.

"그날은 어머니가 집에 오셨습니다. 어머니가 유성이를 돌봐 주고 계셨습니다. 유성이가 할머니를 잘 따르거든요."

"장 선생님은 강우혁 배우의 죽음에 대해 짚이는 점이 있습니까?"

"형사님이 하신 질문의 의미를 모르겠습니다. 혹시 저를 염두에 두고 물어보시는 겁니까?"

지 형사는 대답하지 않고 그를 지그시 응시했다. 그러나 장민규는 지 형사의 예리한 시선을 피하지 않았다.

"그날 배드민턴을 쳤던 네 분의 공통점이 뭔지 아십니까?"

"글쎄요."

"부인들이 강우혁 배우와 친밀한 관계였다는 것입니다."

그는 대답을 회피한 채 손가락으로 콧등을 긁었다.

"저는 더 드릴 말씀이 없습니다."

지 형사는 물러나는 편이 좋겠다고 판단했다.

"오늘은 이만 가 보겠습니다. 장 선생님의 도움이 필요할 때 다시 연락드리겠습니다."

장민규에게 인사한 뒤 방에서 나왔다. 유성이는 그새 밥을 다 먹었는지 소파에 앉아 책을 읽고 있었다. 형사들을 본 유성이가 소파에서 일어났다.

"안녕히 가세요."

유성이가 허리를 굽혀 인사했다. 인사성이 참 밝은 아이다. 가정교육을 잘 받은 아이의 예절 바른 행동이 왠지 짠하게 느껴졌다. 지 형사는 유성이의 반짝이는 눈을 바라보며 부드럽게 시선을 맞췄다.

"유성아, 잘 있어. 아빠랑 저녁 먹는 데 방해해서 미안해."

두 형사는 장민규의 배웅을 뒤로한 채 그의 집에서 나왔다.

"지 형사님, 감이 좋지 않은데요."

황 형사의 미간에 깊은 세로 주름이 잡혀 있었다.

"그렇지?"

지 형사 역시 찜찜한 마음을 금할 수 없었다.

지 형사와 황 형사는 마지막 멤버 배성수를 만나 보았다. 배성수는 윤석민, 박상철, 장민규가 했던 진술과 동일한 답변을 내놓았다. 그는 강우혁의 사망 추정 시간에 교와 호프에서 혼자 자리를 지키고 있었다. 즉, 범행에 가담하지 않은 것이다. 다소니 연못을 비추는 CCTV에 래커 스프레이가 뿌려진 사실이 못내 안타까웠다. CCTV가 없는 한 그들의 범행을 밝혀낼 수가 없다. 범인을 특정하고도 잡아넣지 못한다? 지 형사는 절망의 깊은 수렁에 빠져 허우적거렸다.

강우혁의 부검감정서가 강력 1팀에 전달되었다. 강우혁의 사인은 타인에 의한 익사로 최종 확인되었다. 시체의 안면에는 울혈 증상이 있었으며 눈꺼풀 결막에 점출혈, 목빗근과 갑상선 바깥쪽에 출혈, 목, 어깨, 가슴, 옆구리, 팔다리에 둔력이 작용한 흔적이 발견되었다. 폐와 나비뼈 곁굴에서 물이 나온 것으로 보아 누군가 코와 입을 억지로 물속에 넣어 익사시켰을 것으로 추정되었다. 강우혁의 폐에서는 다소니 연못에 서식하는 플랑크톤이 검출되었고, 목, 쇄골 골막, 어깨 출혈이 관찰되었다.

 지 형사는 부검감정서를 손에 들고 고심했다. 범인은 강우혁의 목과 어깨, 가슴 등을 온몸으로 짓누르며 억지로 물속에 밀어 넣었을 것이다. 강우혁의 신체 조건이라면 만취 상태였다 해도 가만히 당할 리는 없었다. 이것은 단독 범행이 아니다. 강우혁의 팔다리를 잡아 준 공범이 반드시 존재한다.

 지 형사는 교와 호프 CCTV를 한 번 더 확인했다. 윤석민, 박상철, 장민규의 옷을 살펴보기 위함이었다. 강우혁을 익사시켰다면 그들의 옷은 젖을 수밖에 없다. 살인 후 미리 마련해 둔 옷으로 환복을 했을지도 모른다. CCTV 분석 결과 환복은 하지 않은 것으로 드러났다. 그렇다면 우비를 준비했을까? CCTV 영상만으론 옷이 젖었는지 명확히 확인하기 어려웠다. 공중화장실 옆에는 비품 창고가 있어 우비를 숨겨 두기 어렵지 않았을 것이다.

 이럴 땐 교와 호프에 직접 가서 물어보는 수밖에 없다. 지 형사는 무턱대고 물어보는 것보다 매상을 올려 주며 자연스럽게 진술을 끌어내는 편이 유리하다고 판단했다. 지 형사와 황 형사는 퇴근 후 한잔을 즐기는 직장 동료처럼 밝은 표정으로 교와 호프의 출입문을 열었다. 오후 5시, 업장이 한가한 시간을 택했다. 형사들의 예상대로 교와 호프는 손님이 하나도 없었다.

"어서 오세요."

사장으로 보이는 40대 남자가 스마트폰을 들여다보고 있다가 형사들을 반겼다. 두 형사가 자리를 잡자 남자 직원이 주문을 받으러 왔다. 남직원이 메뉴판을 건네주었다. 무인기기가 점령한 세상에서 사람이 직접 주문을 받으니 반가웠다. 지 형사가 대뜸 남직원에게 물었다.

"이 집 주력 메뉴가 뭐예요? 제일 잘나가는 걸로 먹고 싶은데요."

남직원은 지 형사에게 배가 고픈지를 물었다. 손님 입장에서 세심하게 배려하는 직원이 믿음직했다. 지 형사가 그렇다고 대답하자, 그는 프라이드치킨과 골뱅이소면을 추천했다. 꽤나 괜찮은 조합이다. 이런 것이 바로 대면 주문의 장점 아닌가.

"생맥주 두 잔과 프라이드치킨, 골뱅이소면 주세요."

남직원은 차게 식힌 잔에 따른 생맥주와 손가락과자를 가져다주었다. 음식이 나올 때까지 요기를 하라는 의미다. 살얼음이 낀 맥주는 보기만 해도 더위가 날아가는 느낌이 들었다.

"황 형사, 시원하게 한잔 마시자고."

수사에 지친 두 형사는 찬 맥주를 들이켜며 긴장의 끈을 잠시 내려놓았다. 황 형사가 손가락과자 서너 개를 입에 넣고 아작아작 씹었다.

"이 맛에 맥주 마시는 거지."

지 형사가 맥주 거품을 손등으로 닦으며 만족스럽게 웃었다. 황 형사 역시 특유의 무구한 미소로 선배의 말에 호응했다.

"맥주 정말 시원한데요. 그런데 초저녁부터 이렇게 마셔도 되는지 모르겠네요."

말은 그렇게 해도 황 형사의 입가에는 기분 좋은 미소가 감돌고 있었다. 이것이 바로 맥주 한 잔의 기쁨이다. 맥주 한 잔으로도 이렇게 행복해질 수 있다니……, 그러나 피해자는 더는 이런 기쁨을 누릴 수 없다. 그 누구도 타인의 생명을 빼앗을 권리는 없는 것이다. 범인을 잡아야 한다는 욕구가 지 형사의 내부에서 끓어올랐다.

남직원이 골뱅이소면을 쟁반에 받쳐 들고 왔다. 서빙 로봇이 아니라 더욱 정겨웠다. 첨단 시설의 아파트 단지에서 아날로그식 서비스를 추구하는 주점이다. 신선한 채소를 듬뿍 넣어 빨갛게 버무린 골뱅이무침이 먹음직스러웠다. 지 형사는 소면과 골뱅이를 집게로 싹싹 비벼 황 형사의 접시에 덜어 주었다.

"황 형사, 배고프지? 어서 먹으라고."

"지 형사님도 드세요."

두 사람은 사이좋은 형제처럼 서로 권하며 식사를 나눴다. 직원이 프라이드치킨을 담은 바구니를 들고 왔다. 막 튀긴 치킨에서 김이 모락모락 올라왔다. 침이 꼴깍 넘어갈 만큼 유혹적인 모양새다. 고소한 치킨 냄새가 형사들의 후각을 자극했다. 지 형사는 살얼음생맥주 두 잔을 추가 주문했다.

"지 형사님, 지금 물어볼까요?"

황 형사가 기다림에 조급한 아이처럼 엉덩이를 들썩이며 물었다.

"황 형사, 일단 배 좀 채우고 물어보자고. 치킨은 식으면 맛없어."

지 형사와 황 형사는 모처럼 한가하게 음식과 술을 즐겼다. 교와 갈비에서 맥주를 마신 뒤로 처음이다. 수사에 매달리느라 후배와 술 한 잔 기울일 틈도 없었다. 지 형사는 이런 자리를 종종 마련해야겠다고 결심했다. 그러나 황 형사는 바늘방석에 앉은 사람처럼 여전히 안절부절못하고 있었다.

"지 형사님, 지금 물어보죠. 다른 손님 들어오면 곤란해져요."

"그래, 그러자고."

지 형사의 사인이 떨어지기 무섭게 황 형사는 얼른 일어나 카운터로 걸어갔다. 그가 사정을 설명하자 사장이 궁금한 기색을 감추지 못한 채 그들 자리로 왔다. 지 형사는 그에게 인사한 뒤 정중한 태도로 명함을 건넸다. 황 형사가 스마트폰에 네 남자의 사진을 띄워 사장에게 보여 주었다. 그러고는 8월 4일 교와 호프 CCTV에 녹화된 영상을 재생시켰다. 사장은 흥미로운 눈길로 사진과 영상을 차례로 보았다.

"제가 제공한 CCTV 영상이군요."

"그렇습니다. 이분들 기억이 나십니까?"

"기억이 납니다."

사장은 그렇게 대답하더니 대뜸 직원을 불렀다. 남직원이 달려왔다.

"영준아, 이 사람들 기억나지?"

영준이라 불린 직원은 한참이나 영상을 들여다보더니 그렇다고 대답했다. 그는 늦은 시간에 찾아온 손님들이라 기억이 난다고 덧붙였다.

"이분들이 왔을 때 주목할 만한 일이 있었습니까?"

"우리 주점에 가끔 오시는 분들이에요. 아파트 주민들이라 낯이 익죠. 그날은 평소보다 늦은 시간에 오셨어요. 우리 주점은 새벽 네 시까지 영업하지만, 손님이 없으면 일찍 문을 닫고 들어가요. 요즘은 불경기라 자정 무렵이면 대체로 손님이 끊기거든요. 이분들 열한 시를 넘겨서 오신 걸로 알고 있는데. 그렇지, 영준아?"

사장은 영준에게 또 물어보았다. 그는 뭐든 영준의 동의를 얻어야만 안심이 되는 사람 같았다.

"손님이 없어 일찍 퇴근하겠구나, 좋아하고 있을 때 그분들이 오셔서 기억나요. 일찍 집에 가긴 글렀네, 라고 투덜거리며 시간을 확인했죠. 열한 시가 넘은 시간이었어요."

직원의 정직한 발언에 사장의 눈매가 사나워졌다. 뭔가 잘못됐단 걸 느낀 영준은 민망한 표정으로 머리를 긁적였다. 지 형사는 솔직한 영준이 귀엽다는 생각을 했다.

"이분들 CCTV 상으로는 새벽 한 시쯤 나갔던데, 두 시간 동안 안주와 술은 많이 시켰습니까?"

지 형사는 지나가는 투로 물어보았다.

"그분들 안주를 몇 개나 시켰는데, 통 먹지를 않더라고요. 그렇지, 영준아?"

영준은 그렇다고 대답했다.

"안주를 몇 개나 시켰다는 건 배가 고프다는 뜻인데, 왜 남겼을까요?"

지 형사의 물음이 의외였던지 사장은 이마에 손을 대고 생각에 잠겼다.

"듣고 보니 그렇군요. 그런 생각은 해 본 적이 없는데, 왜 그랬을까요?"

그는 되레 지 형사에게 반문했다. 탐문을 하다 보면 별의별 사람들을 다 만나게 되는데, 지 형사는 그 다양한 개성에 매번 놀라고는 한다.

"그분들 목적이 술은 아닌 것 같더라고요."

영준의 돌발 발언에 지 형사가 와락 놀라 그를 보았다.

"그럼 왜 왔다고 생각하시죠?"

"그건 모르겠는데, 왠지 안절부절못한다는 느낌을 받았거든요. 너무 자주 담배를 피우러 나가기도 했고요. 앉아 있는 시간보다 나가 있는 시간이 더 많았어요. 술과 안주를 시켜 놓고 거들떠보지도 않더라고요. 뭔가 기다리는 것 같기도 하고, 초조해 보이기도 했어요. 그분들이 가실 때 제가 남은 안주를 포장해 드리겠다고 했는데, 됐다고 하시더라고요."

"우리 영준이가 고객들한테 무척 친절하거든요."

사장은 또 분위기 파악을 못 하고 생뚱맞게 직원 자랑을 했다. 그러나 영준을 칭찬하고 싶은 마음은 지 형사가 더했다. 그의 관찰력 덕분에 지 형사의 추리에 개연성이 더해졌다. 그들은 살인을 계획한 사람들이다. 강우혁을 감시하려면 밖으로 나가야만 했을 것이다. 그날을 놓치면 언제 다시 기회를 잡을지 모른다. 편의점과 교와 호프는 한 건물에 있었다. 강우혁을 감시하기에 더할 나위 없는 곳이다.

"자정이 지나고 나서는 자주 나가지 않았죠?"

지 형사의 물음에 영준의 눈이 두 배로 커졌다.

"형사님이 그걸 어떻게 아셨어요?"

영준의 눈에 경외감 비슷한 빛이 서렸다. 형사의 직감이 대단하다고 감탄하는 걸까? 지 형사는 쓴웃음을 지으며 넘겨짚었다고 대답했다. 영준은 그들의 행동이 기묘해 눈여겨보았다고 털어놓았다.

"자정 이후의 일도 말씀해 주시겠습니까?"

"열두 시가 넘으니까 자리를 뜨지도 않고 생맥주를 거푸 비웠어요. 그때부터 한 시간 동안 맥주를 꽤 많이 마셨어요. 물론 안주는 손도 대지 않았지만요. 말도 별로 하지 않고 맥주만 마셨어요. 저는 참 이상한 모임이구나, 생각했죠. 그러다가 새벽 한 시가 되니까 주섬주섬 짐을 챙겨 나가셨어요."

"영준 씨, 한 가지 더 질문하겠습니다. 그분들이 밖에 나갔다 왔을 때, 옷이 젖어 있지는 않았습니까?"

지 형사는 살짝 몸을 앞으로 기울이며 영준에게 물었다. 무대 밖으로 밀려난 사장은 어안이 벙벙한 얼굴로 두 사람을 지켜볼 따름이었다. 영준은 머리를 갸웃거리며 대답했다.

"옷이 젖은 건 보지 못했는데요."

"옷을 갈아입고 왔다거나 그런 일은 없었습니까?"

영준이 그렇다고 대답했다. 비품 창고에 우비를 숨겨 뒀다가 범행 후 챙겨 간 것이 분명했다. 자정 무렵 범행을 저지른 뒤 한 시간가량 호프집에 더 머물다가 돌아간다. 범행 직후 움직이는 것보다 그 흐름이 훨씬 자연스럽지. 문제는 그들의 범행을 어떻게 입증하느냐다. 지 형사는 생각할수록 머릿속이 욱신거렸다.

"사장님, 영준 씨, 협조 감사합니다."

사장과 영준에게 머리를 숙여 감사를 표했다. 두 형사는 남은 안주와 술을 비우고 교와 호프에서 나왔다. 두 사람이 나오는데 중년 남자 두 명이 몸을 스치듯 교와 호프로 들어갔다. 슬슬 손님들이 입장하는 시간대인 모양이다. 지 형사가 시계를 보니 저녁 여섯 시 반이었다. 교와 호프에서 수확이 있어 그나마 다행이었다.

04 개구리 작전

[명현기]

●

"사람이 죽었어요. 빨리 좀 와 줘요. 여기는 교와 포레스트……."

양혜숙의 남편 명현기는 정신이 반쯤 나간 상태로 112에 신고했다. 그는 스마트폰을 손에 쥔 채 무너지듯 소파에 주저앉았다. 창문을 열고 싶었으나 언젠가 본 형사 프로그램에서 그런 사소한 행위가 현장을 훼손할 수도 있다는 말을 들은 기억이 나 자제했다. 정신이 반쯤 나갈 정도로 놀랐는데, 그런 것이 생각난다는 자체가 신기했다.

명현기는 지인들과 무안으로 2박 3일 골프 여행을 다녀온 참이었다. 도어 록을 해제하고 집 안으로 들어섰을 때부터 그는 이상한 기운을 감지했다. 평소 맡아 보지 못했던 고약한 악취가 집 안쪽에서 풍겨 온 탓이다. 마누라가 쓰레기를 안 버렸나? 그는 머리를 갸우뚱거렸다.

"여보, 나 왔어."

그는 먼저 아내부터 불렀다. 늘 저녁때는 집에 있던 아내가 보이지 않았다. 어딘가 이상했다. 2박 3일 동안 부부간에 연락은 없었다. 늘 그래 왔듯 여행 중엔 안부 전화 없이 다녀왔기에 이번에도 아내가 무탈하리라 믿었다.

거실에는 코를 의심할 만큼 낯설고 기분 나쁜 악취가 떠돌고 있었다. 여행 가방을 바닥에 내려놓고 악취의 근원을 따라 움직였다. 주방으로 갈수록 기이한 냄새는 더 심해졌다. 그는 뒷주머니에서 손수건을 꺼내 코를 싸쥐었다.

양혜숙은 주방 바닥에 쓰러져 있었다. 그녀가 살아 있는 사람이 아니라는 사실은 집 안에 퍼진 악취만으로도 알 수 있었다. 시체는 변색되었고 부패가 상당히 진행된 상태였다. 부패액도 흘러나와 머리 부분을 적시고 있었다. 에어컨이 켜져 있지 않아 부패가 빨리 진행된 듯하다. 식탁 위에는 카페테리아 커피 컵이 덩그러니 놓여 있었다. 그녀가 카페테리아에서 산 것이리라. 아내는 골프연습장에 갈 때 커피를 사고, 운동 중에 마시다가 절반을 남겨 집으로 가지고 왔다. 그러고는 식은 커피를 집에서 마셨다.

'아내는 커피를 마시다가 죽은 걸까? 아니 왜?'

그는 큰 혼란에 빠졌다. 양혜숙은 역류성 식도염으로 위산 억제제를 복용하긴 했지만, 대체로 건강한 편이었다. 하긴 위염으로 고생해 잘 체하고 복통을 호소하기는 했었다. 그래도 일흔둘의 나이답지 않게 기운 넘치고, 운동도 빠짐없이 하며 잘 지내던 중이었는데……. 아내가 돌연사할 이유는 손톱만큼도 없었다.

'그렇다면 혹시?'

명현기는 식탁 위의 커피 컵을 노려보았다. 컵으로 손을 뻗으려다 그는 움찔하며 뒤로 물러났다. 컵에 손을 대면 안 된다는 자각이 들었다. 대신에 그는 자세를 낮춰 컵 안을 들여다보았다. 커피가 바닥에 조금 남아 있다.

'아내가 커피에 독을 타서 마신 걸까?'

그는 시체 쪽으로 눈길을 주었다. 아내가 대체 왜, 라는 질문을 던지는 순간 혼란은 가중되었다. 아내가 왜 자살을 한단 말인가? 아내는 자살할 이유가 없다. 그녀는 누구보다 삶을 사랑하던 여자였다. 의욕이 넘치다 못해 남의 일까지 궁금해하던 소문난 오지라퍼가 아닌가. 하지만 저 커피 컵은 뭐지? 명현기는 식탁 위의 커피 컵이 신경 쓰여 견딜 수가 없었다. 양혜숙은 커피를 마시다 죽은 것 같은 모양새로 쓰러져 있었다. 그의 두뇌는 아내의 죽음에 대한 해답을 찾으려

빠르게 회전했다.

딩동딩동딩동, 도어 벨이 세차게 울렸다.

"신고받고 나왔습니다."

제복 경관 두 명이 집 안으로 들어오더니 일사불란하게 움직였다. 그들은 시신을 확인하고 발견 경위와 인적사항, 사망자와의 관계 등을 물었다. 경관들 역시 역한 냄새에 손수건으로 코를 틀어막고 있었다.

"사망한 지 꽤 되셨네요. 강력팀 사건이라 조금 기다리시면 형사들이 출동할 겁니다."

"밖에 나가 있어도 될까요? 속이 좋지 않아서요."

"그렇게 하세요."

엘리베이터를 타고 1층으로 내려갔다. 잠시라도 맑은 공기를 쐬고 싶었다. 제복 경찰에게 전화번호를 알려 주었으니 형사들이 도착하면 부를 것이다. 그는 다소니 공원 쪽으로 천천히 발걸음을 옮겼다. 단지 곳곳에 조성된 화단에서 꽃향기가 풍겨 왔다. 녹음이 흐드러진 숲의 향도 코끝에 달라붙었다. 아아, 살 것 같다. 시취에서 해방되자 공기는 더욱 달콤하게 느껴졌다.

그는 마주한 현실이 도무지 믿어지지 않았다. 일흔이 넘은 고령이니 죽음을 염두에 두지 않은 건 아니지만, 아내가 하루아침에 주검으로 변한 현실은 받아들이기 어려웠다. 하필

이면 내가 골프 여행을 갔을 때, 가사도우미가 오지 않는 날에 맞춰 아내가 죽었다. 그로선 이해가 되지 않는 것투성이였다.

  나이 일흔셋, 한가롭게 골프나 즐기는 복받은 인생이었다. 아들딸은 모두 혼인하여 가정을 이루었고, 경제력도 넉넉해 걱정이라곤 없는 행복한 팔자였다. 아내와의 사이도 나쁘지 않았다. 아내와 라운딩을 나가는 일은 드물지만, 그녀는 그녀대로 아파트 부대시설에서 운동하며 나름 즐겁게 보냈다. 청소와 세탁은 일주일에 두 번 가사도우미가 해결해 주었고, 식사 준비는 아내가 직접 했다. 부부가 부딪칠 일은 거의 없었다.

  아내는 종종 아파트 주민들의 흉을 봤으나 그는 건성으로 맞장구를 쳐 줄 뿐 귀담아듣지 않았다. 본시 그녀는 남의 말을 좋게 하는 타입이 아니었다. 누굴 만나도 단점부터 찾는 사람이었다. 험담도 잘하고 소문도 잘 물어 온다. 여기저기 말을 옮기는 악취미도 가졌지만, 그는 마음에 두지 않았다. 나한테 피해를 끼치지 않는 한 아내의 취미 활동을 방해할 의사는 없었다.

  언젠가는 이런 일도 있었다. 저녁을 먹은 뒤 부부가 나란히 앉아 TV를 시청하던 중이었다. 드라마를 보던 아내가 불현듯 웃음을 터트렸다. 웃음이 나올 만한 장면이 아니었기에 그는 의아해하며 아내에게 물었다.

"갑자기 왜 웃어? 당신은 저게 웃겨?"

아내는 배를 잡고 낄낄거리는 중이었다.

"내가 웃긴 얘기 하나 해 줄까?"

간신히 웃음을 멈춘 아내가 그에게 제안했다.

"그래, 해 봐."

"근데 더러운 이야기야. 감안하고 들어."

그렇게 경고하고 그녀가 풀어낸 이야기는 결코 웃긴 내용이 아니었다.

"내가 변비 심한 건 당신도 알지? 변비약을 먹어도 며칠이나 소식이 없어서 고생하잖아. 그런데 오늘 골프연습장에서 신호가 오더라고. 사흘 전에 먹은 변비약 효과가 그때 나타난 거야. 배가 살살 아프면서 화장실에 가고 싶더라고. 부리나케 화장실로 달려갔지. 그리고 시원하게 볼일을 봤어. 십 년 묵은 체증이 한방에 내려간 것처럼 후련하더라고."

그는 더러운 이야기를 장황하게 늘어놓는 아내의 의도가 궁금했지만, 가만히 듣고 있었다. 이럴 때 토를 달면 매우 피곤해진다는 사실을 그는 잘 알고 있었다.

"그래서?"

그는 자못 흥미가 동한다는 투로 물었다.

"시원하게 볼일을 봤는데 문제는 그다음이었어. 며칠 묵은

게 한꺼번에 쏟아진 탓에 이게 내려가질 않는 거야. 물을 아무리 내려도 요지부동이더라고. 큰일 났다 싶었지. 마침 화장실엔 나 혼자뿐이었어. 누구라도 들어오면 망신살이 뻗치겠다 싶어 난 당황했어. 그래서 일단 변기 뚜껑을 덮어 놓고 개인실에서 나와 화장실 밖을 내다봤어. 다행히 지나가는 사람이 없더라고. 나는 얼른 화장실에서 나왔어. 그러고는 기둥 뒤에 숨어 동정을 살폈지. 그때 여자 하나가 화장실로 들어가더라고. 평소 인사성도 없고 고분고분하지 않은 게 마음에 들지 않는 여자였어. 이 여자를 편의상 A라고 하자. 나는 기막힌 기회다 싶었지."

"기막힌 기회?"

그는 아내의 말이 잘 이해되지 않아 되물었다.

"잠자코 들어 봐. 화장실 일은 까맣게 잊은 채 열심히 운동하고 있는데, 여자들이 투덜거리는 소리가 들리는 거야. 내가 또 궁금한 건 못 참잖아. 그래서 물어봤더니 누군가 변기를 막아 놨다는 거야. 뱀이 똬리를 튼 것처럼 변기가 똥으로 꽉 찼대. 구역질 나는 짓을 해 놨다고 마구 욕들을 하는 거야. 몰상식하다니, 뭐니, 말들이 많더라고."

아내는 이 대목에서 또 웃음을 터트렸다. 그녀가 겨우 웃음을 멈추고 다시 입을 열었다.

"내가 여자들한테 은근슬쩍 흘렸지. 아까 봤는데 A가 범인이라고. A가 화장실에서 나와 도망치듯 사라졌다고 알려 줬어. 여자들이 A 욕을 얼마나 해 대던지 나중에는 내가 더 미안해지더라니까. 낄낄낄. 그러니까 A년, 이 양혜숙 님한테 반기를 들지 말았어야지."

아내가 기세등등하게 외쳤다. 이 사람 소시오패스인가? 그간 떠올려 보지 않은 생각은 아니지만, 그날은 더욱 그런 느낌이 들었다.

그는 과거의 기억 속에서 빠져나왔다. 분명 좋은 추억이라고는 할 수 없는 에피소드다. 그렇다고 아내가 단점만 있는 사람이냐 하면 그건 아니었다. 괜한 간섭만 하지 않으면 그녀와 갈등이 생길 일은 없었다. 아내는 깔끔한 데다 부지런하고 요리도 잘했다. 자녀 교육에도 억척스러워 남매는 모두 전문직으로 자리를 잡았다. 남편에게 집안일을 하라고 강요하지도 않았다. 그는 은퇴한 처지임에도 마누라 밥을 얻어먹고, 가사에서도 자유로운 축복받은 남자였다. 또한 아내는 남편의 자유를 침해하지도 않았다. 그가 멋대로 여행을 다녀도 전혀 타박하지 않았다. 타박은커녕 되레 좋아하는 것 같았다. 나름 행복한 노후를 보내고 있다고 자부하고 있었는데……

그의 발길은 어느새 다소니 연못으로 향하고 있었다. 경찰 출입통제선이 사라진 다소니 연못은 평화로웠다. 연못에서 물을 빼지도 않았다. 개굴개굴개굴……, 한 마리가 울면 무리가 따라 울고 주변은 온통 개구리 소리로 가득 찬다.

'너희들은 짝을 찾으려고 울지만, 나는 오늘 아내를 잃었다.'

그는 개구리 소리를 들으며 그런 생각을 했다. 그런데 이상하게 슬프지는 않았다. 실감이 나지 않아서일까? 사람의 마음은 참으로 알 수 없다. 그는 벤치에 걸터앉아 개구리 소리에 귀를 기울였다. 그 소리를 듣고 있자니 희한하게 마음이 평온해졌다. 바지 주머니에서 스마트폰이 큰 소리로 울었다. 벌써 형사들이 도착한 걸까?

"명현기 선생님이시죠? 중앙경찰서 강력 1팀 황정현 형사입니다."

젊은 남자의 굵직한 음성이 명현기의 귀를 파고들었다. 드디어 형사가 도착했구나. 그는 서둘러 집으로 향했다.

[지택근]

●

중앙경찰서 강력 1팀 지택근 형사는 퇴근했다가 바로 불려 나왔다. 현장에 도착하니 파트너 황정현 형사가 그를 맞았다. 사건 현장은 공교롭게도 교와 포레스트였다. 교와 포레스트에서 두 번째 변사 사건이 터졌다. 강우혁의 죽음과 어떤 연관성이 있을까?

"선배님, 오셨습니까."

"양혜숙이 죽었다고?"

"그렇습니다."

양혜숙의 집에서는 증거를 수집하고 사진을 찍는 등 과수팀 활동이 한창이었다. 지 형사는 시체를 흘긋 본 뒤 바로 물러 나왔다. 과수팀의 작업에 방해가 될까 우려해서다. 불과 며칠 전에도 대화를 나눴던 여자가 시체가 되어 누워 있다니……. 시체는 아무리 많이 봐도 익숙해지지 않는다. 그는 거실 소파에 앉아 있는 남자에게 눈길을 보냈다. 선배의 시선을 알아챈 황 형사가 눈치 빠르게 언질을 주었다.

"양혜숙 씨의 남편 명현기 씨입니다. 지난 금요일에 무안으로 골프 여행을 갔다가 오늘 저녁 돌아왔답니다. 집에 돌아와서 아내의 시체를 발견했고요."

"2박 3일 동안 아내와 통화를 안 했던 거야?"

"그렇다고 하네요. 명현기 씨는 대기업 은퇴자입니다. 현재 한가하게 노후를 보내고 있다고 합니다."

그는 집 안을 둘러보았다. 50평 아파트는 노부부가 살기에 다소 넓어 보였으나 결혼한 자녀들의 방문을 고려했을 수도 있다. 민트 컬러로 통일된 클래식한 공간에 조화롭게 배치한

앤티크 가구와 간접조명이 세련된 인상을 풍겼다. 벽에는 유화 서너 점이 걸려 있었는데, 꽤나 고가품으로 보인다. 집 안은 깔끔하게 정리돼 있었고, 침입흔이나 물색흔은 없었다.

 주방 통창 앞 의자 위에 놓인 예사롭지 않은 물건이 지 형사의 시선을 잡아끌었다. 벽면 전체가 유리로 마감된 창을 향해 안락의자가 놓였고, 그 위에 커다란 쌍안경이 올려져 있었다. 그는 쌍안경의 용도가 궁금했다. 노부부가 쌍안경으로 밤하늘의 별이라도 관측했던 걸까? 쌍안경은 가로 20㎝, 세로 30㎝ 정도의 크기로 한눈에 보아도 고배율, 고화질을 자랑하는 장거리용이었다.

 지 형사는 창밖으로 시선을 주었다. 창문 너머로 다소니 연못과 편의점은 물론 어치산까지 한눈에 들어온다. 넓게 터진 시야 저편에 밤하늘이 끝없이 펼쳐져 있었다. 그때 불현듯 한 가지 깨달음이 그의 머릿속을 내달렸다. 어쩌면 양혜숙은 알고 있지 않았을까? 쌍안경과 창밖의 전경이 그의 추리를 뒷받침했다. 양혜숙은 범인을 알았고, 그의 손에 의해 제거된 게 아닐까?

 "범인을 지목하는 건 조심스러워서……, 생각 좀 정리하고 알려 줄게요."

 지 형사가 범인에 관해 물었을 때, 양혜숙은 그렇게 대답했었다. 그것은 허세로 한 말이 아니었다. 그날 밤 양혜숙이 쌍안경으로 살인 장면을 지켜보고 있었다면? 그런데 그녀는 왜 경찰에 신고하지 않은 걸까? 그는 소파에 오도카니 앉아 있는 명현기에게로 다가갔다.

"명 선생님, 잠시 말씀 좀 나눌 수 있을까요?"

그는 낮고 가라앉은 목소리로 애도를 표하고, 명함을 꺼내 조용히 내밀었다. 얼떨떨한 얼굴로 멍하니 앉아 있던 명현기는 지 형사에게 조심스레 소파를 권했다. 그는 머리숱이 드문드문한, 키 작고 평범한 인상의 남자였다. 체격이 땅딸막하고 단단하다는 점에서 부부는 닮아 있었다.

"저 쌍안경 말인데요."

지 형사는 안락의자 위의 쌍안경을 손가락으로 가리켰다.

"누가 사용하는 겁니까?"

명현기는 쌍안경 쪽으로 눈길을 주더니 우물쭈물 대답했다.

"집사람이 밤하늘의 별을 관측한다고……."

"별이 하나도 보이지 않던데요."

지 형사가 의심하는 투로 묻자 그는 쓴웃음을 지었다.

"그렇죠. 별이 잘 보이는 장소는 고도가 높고 맑은 날씨가 유지되는 곳입니다. 아파트에서 별을 관측한다는 건 말이 안 되죠. 집사람은 남들을 관찰하는 취미가 있었습니다. 종종 쌍안경으로 창밖을 내다보곤 했어요."

통창에서 누군가의 집이 들여다보이지는 않았다. 쌍안경

의 용도는 다소니 연못과 편의점을 지켜보기 위해서였을까?

"사모님이 쌍안경을 구입한 시기를 알 수 있을까요?"

"그리 오래되지는 않았어요. 올해 3월에 샀을 거예요."

올봄부터……, 쌍안경 관찰은 양혜숙의 새로운 취미가 된 셈이다. 문득 강우혁이 봄부터 편의점에 들렀다는 직원의 말이 떠올랐다. 그럼 양혜숙은 편의점을 관찰했던 것일까?

"명 선생님, 골프 여행을 다녀오셨다고요?"

"그렇습니다."

"여행을 자주 다니십니까?"

"한 달에 한 번꼴로 골프 여행을 갑니다. 약속이 잡힐 때는 더 자주 가기도 하고요. 체력이 따라 줄 때 열심히 다니려고요."

"사모님과는 함께 가지 않으십니까?"

"멤버가 전부 남자들뿐이라……, 집사람은 제 여행에 일절 관여하지 않았습니다. 제가 없으면 홀가분하다고 외려 반기는 것 같았어요. 하긴 남자가 집에 있어 봐야 손만 가고 도움도 안 되죠. 그래서 전 적극적으로 여행을 다녔습니다. 골프도 치러 갔지만, 사진 여행을 떠나기도 했죠. 지인 중에 사진에 취미가 있는 사람이 있어서요."

지 형사는 참으로 부러운 팔자구나 싶었다.

"명 선생님은 아파트 체육시설을 이용하지 않으셨습니까?

골프연습장이라든가."

"가끔 이용하기는 하죠. 그런데 저는 필드에 나가는 것을 더 좋아해서."

"명 선생님, 시신 발견이 늦었습니다. 사모님과 매일 통화하는 사람은 없었습니까?"

그는 명현기의 반응을 살피며 신중하게 질문을 던졌다.

"아들과 딸이 있는데 매일 통화를 하는 건 아니라……, 사나흘에 한 번 정도 안부 전화가 옵니다. 우리 부부가 아직 건강에는 이상이 없어서요. 집사람과 매일 통화하는 사람은 없었어요. 그 사람 성격이 모난 데가 있어서 친구가 별로 없거든요. 그래도 날마다 운동하러 다니며 잘 지냈었는데……."

가족이라 해도 그 사람을 속속들이 알 수는 없다. 남편은 아내에 대해 모르는 부분이 많았던 듯하다. 지 형사는 양혜숙의 방약무인한 행태에 불평을 쏟아 내던 주변인들의 진술을 떠올렸다.

"사모님 가방에 생수가 여러 병 들어 있던데, 평소 물을 많이 드셨습니까?"

식탁 아래에 양혜숙의 가방이 놓여 있었다. 그것은 지 형사의 눈에 익은, 그녀가 전부터 들고 다니던 큼직한 가방이다. 안에는 소지품과 생수 여러 병이 들어 있었다. 명현기의 얼굴에 당혹스러운 기색이 스쳤다. 그는 잠깐 망설이더니 하는 수 없다는 듯 입을 열었다.

"피트니스센터나 골프연습장에 주민들 마시라고 비치해 둔 생수가 있어요. 집사람이 그걸 집으로 가져오는 겁니다."

본인의 찻값까지 이체해 달라던 양혜숙의 생전 모습이 떠올랐다. 그것은 시간을 내준 대가로 정당하지만, 부대시설에 비치된 생수를 집으로 가져오는 일은 얌체 짓이다. 지 형사는 양혜숙의 사람됨을 짐작할 수 있었다.

"가사도우미가 일주일에 두 번 옵니다. 월요일과 목요일에요. 공교롭게 제가 금요일에 여행을 갔고……, 집사람이 혼자 있던 때 이런 일이……. 형사님, 집사람은 왜 죽은 겁니까? 그 사람, 매년 검진도 빠트리지 않았고 건강관리에도 열심이었습니다. 몸에 나쁜 건 아예 입에 대지도 않았어요."

"부검을 해 봐야 정확하게 말씀드릴 수 있습니다."

"형사들 말이 시체에 외상이나 출혈이 없다던데, 집사람은 자연사한 걸까요? 외부 침입 흔적도 없다면서요? 그렇다면 자살일까요?"

명현기의 질문은 갈피를 못 잡는 마음을 그대로 드러냈다. 그는 아내의 죽음을 실감하지 못하고 있었다.

"조사를 더 해 봐야죠. 그런데 명 선생님, 식탁 위에 있는 커피 컵 말인데요. 양혜숙 씨가 카페테리아에서 포장해 온 거 맞죠?"

명현기는 커피에 관련된 아내의 습성을 들려주었다. 지 형사는 수첩을 펼치고 그의 진술을 자세히 기록했다. 그것은 매우 흥미로운 내용이었다. 그런 습성을 지녔다면 집에 침입하지 않고도 양혜숙을 독살할 수 있다. 역시 범인은 아파트 주민……? 강우혁이 냉혈한 남자 악당이었다면 양혜숙은 그에 상응하는 여자 악당이다. 그러나 스케일 면으로 따지자면 강우혁과는 비교가 안 된다. 강우혁이 중범죄자라면 양혜숙은 소소한 동네 빌런에 불과하다. 밉살스럽기는 해도 살인의 동기로는 맞지 않는다.

"사모님이 우울해하거나 신변을 비관했던 일이 있었습니까?"

그의 대답은 단연코 '노'였다. 생각할 것도 없다는 식으로 아니라고 단언했다.

"집사람은 우울증에 빠질 유형이 아닙니다. 누구보다 삶을 사랑했던 사람이었어요. 신변 비관이라니 당치도 않습니다."

"그럼 사모님한테 원한을 가질 만한 사람은요? 그런 사람은 없었습니까? 금전 문제라든가, 뭐 어떤 이유라도 좋습니다."

"그건 형사님이 집사람 성격을 몰라서 하시는 말씀입니다. 집사람한테 금전 문제라뇨? 상상할 수도 없습니다. 집사람은 돈을 빌리지도 않고 빌려주지도 않았어요. 종일 아파트 단지에서 시간을 보내는데, 원한 살 일이 뭐가 있겠습니까?"

명현기야말로 뭘 모르고 하는 소리다. 아파트 단지에서만 생활해도 원한은 쌓일 수 있다. 범인은 아파트 주민이란 의심이 점점 짙어졌다.

"명 선생님, 실례되는 질문을 해도 되겠습니까?"

순간 그의 안색이 어두워졌다. 무엇을 물어보려나 걱정이 된 듯하다.

"두 분 부부 사이는 어땠습니까?"

지 형사의 어조에는 미안함이 가득 담겨 있었다. 방금 아내의 주검을 목격한 남편에게 물어볼 내용은 아니었다. 양혜숙은 8월 30일 토요일 새벽 무렵 사망한 것으로 추정되었다. 커피 컵에 독을 탔다면 효과가 금방 나타나는 종류는 아닐 것이다. 금요일 아침 골프 여행을 떠났던 명현기는 알리바이가 명확했다. 남편을 의심해서 한 질문은 아니었다.

"집사람은 단순한 성격이었습니다. 저는 그냥 그 사람 말을 들어주기만 하면 됐어요. 집사람이 하는 말에 장단만 맞춰 주면 되었죠. 우리 부부는 싸움 한번 안 했습니다."

남편의 진술 하나하나가 지 형사로 하여금 양혜숙이라는 여자의 윤곽을 그리게 했다. 주변인들의 평가와 사뭇 다른 것이 흥미로웠다.

"명 선생님, 사모님은 에어컨을 사용하지 않으셨습니까? 창문은 닫혀 있는데, 에어컨이 켜져 있지 않아서요."

"그 사람은 늘 아꼈어요, 절약 정신이 투철한 사람입니다. 한여름 아니면 에어컨은 켜지 않아요. 아마도 창문은 먼지 들어올까 봐 열지 않았을 겁니다."

지 형사의 의문이 풀렸다. 즉각적인 반응이 없는 독이라면 숨이라도 돌리기 위해 창문을 열 법도 한데, 그러지 않은 것이 마음에 걸렸었다.

"명 선생님, 사모님 휴대전화 비밀번호를 아십니까? 록이 걸려 있어서요."

"모릅니다. 우리는 핸드폰을 공유하지는 않았어요. 부부 간에도 지켜야 할 선이 있으니까요."

지 형사는 명현기에게 한 번 더 애도의 말을 전한 뒤 그를 놓아주었다. 그는 여전히 아내의 죽음을 받아들이지 못하는지 혼란스러운 표정이었다.

강력 1팀에서 수사 회의가 열렸다. 고령의 시신에 뚜렷한 외상이 없어 자연사로 치부될 수도 있었으나 양혜숙이 독에 의해 사망한 것은 부인할 수 없는 사실이었다. 커피 컵 분석 결과 미량의 보툴리눔 A형 독소 단백질이 검출되었다. 사망 추정 시간이 늦다는 점에 착안해 정밀 분석을 진행한 결과였다. 보툴리눔 독소 투여 후 급성으로 사망하지는 않은 것으로 확인되었다. 조사 결과, 그녀는 8월 29일 금요일 오후 독을 섭취한 뒤, 다음 날 새벽 5시에서 7시 사이에 사망한 것으로 추정되었다. 지 형사는 양혜숙의 커피 습관에 관해 보고했다. 강력 1팀 형사들 사이에 술렁임이 퍼졌다.

"그런 습관을 가지고 있었다면 주민들 누구라도 커피 컵에 독을 넣을 수 있잖아. 지 형사, 골프연습장에 CCTV는 달려 있겠지?"

"CCTV는 이미 확보했습니다. 그런데 범행 장면이 CCTV에 찍혔을까요? 범인이 그렇게 허술할 것 같지는 않은데요."

지 형사는 다소 회의적으로 대답했다.

"아파트 엘리베이터 CCTV에서도 나온 게 없다면서."

팀장의 말 그대로였다. 금요일 오전부터 일요일 저녁 시체가 발견된 시점까지 그녀의 집을 방문한 사람은 없었다.

"방문자가 비상계단을 이용했을 수도 있습니다."

손 형사가 의견을 내놓았다. 그의 말대로 비상계단에는 CCTV가 달려 있지 않았다. 공동현관 CCTV를 통해 아파트를 출입했던 사람들을 확인할 수 있지만, 범인이 같은 동 주민이라면 CCTV에 찍혀도 의미가 없다.

"양혜숙의 폰이나 컴퓨터에선 뭐 좀 나왔어?"

"폰은 록이 걸려 있는 상태고요. 통화 내역에는 특이점이 없습니다. 양혜숙은 친밀하게 지낸 사람이 없었어요. 남편과 자녀, 마트, 배달 음식점과 통화한 게 전부예요."

담당 형사의 보고를 들은 팀장이 미간을 한껏 찌푸렸다.

"그 정도로 고립돼 있었다면 우울증 아냐? PC는 어때?"

"컴퓨터는 남편과 공용으로 사용해서 살펴볼 수 있었는데요. 양혜숙 부부는 독에 관해 검색하거나 입수한 정황이 아예 없습니다. 자살을 암시할 만한 내용도 없었고요."

담당 형사가 어쩔 줄 몰라 하며 말끝을 흐렸다. 단서가 나오지 않아 괜스레 미안해진 것이다. 그러나 양혜숙이 친하게 지낸 사람이 없었다는 이유만으로 그녀가 고립됐다고 단정할 수는 없다. 양혜숙은 노년기에 접어든 여성이므로 인간관계도 자연스럽게 소원해지기 마련이다.

"양혜숙은 강우혁 사건과 관련되어 살해된 것 같습니다."

황 형사가 당당하게 의견을 내세웠다.

"나도 그런 생각이 들어. 황 형사, 자세히 설명 좀 해 봐."

"양혜숙이 강우혁 사건의 범인을 알아낸 게 아닐까요? 양혜숙은 여기저기 캐고 다니고 참견하기를 좋아했습니다. 소문도 잘 물어 오고 말 옮기기 선수죠. 범인은 양혜숙이 입을 놀리면 곤란하다고 여겼을 겁니다."

황 형사의 주장은 지 형사의 가설과 정확히 일치했다. 그녀의 죽음은 쌍안경과 연관된 게 아닐까?

"팀장님, 황 형사의 의견에 전적으로 동의합니다. 골프연습장 CCTV 분석하고, 주민들 탐문하면 답 나올 겁니다."

"증거를 잡아야지. 강우혁 사건도 CCTV가 훼손돼서 해결 못 하고 있잖아."

형사 입장에서 증거가 없어 검거하지 못하는 것만큼 화나는 일이 있을까? 지 형사는 윤석민, 박상철, 장민규의 일관된 진술을 떠올리고는 이를 뿌드득 갈았다. 이번에는 양혜숙까지……, 그의 내부에서 범인을 향한 강한 적개심이 불타올랐다. 범인을 잡으려면 어떻게든 증거를 확보해야 한다. 그는 두 주먹을 불끈 움켜쥐었다.

지 형사와 황 형사는 아파트 부대시설인 골프연습장을 둘러보는 중이었다. 전에 봤던 문수윤 티칭 프로가 형사들의 질문에 성실히 답해 주었다. 양혜숙은 오전에 피트니스센터에서 운동을 하고 사우나를 마친 후 집으로 돌아가 휴식을 취한다. 그녀는 오후에 다시 나오는데, 카페테리아에 들러 커피를 포장한 뒤 골프연습장으로 간다. 골프 연습을 하면서 커피를 절반쯤 마시고, 나머지는 집으로 가지고 돌아간다. 그녀가 골프연습장에서 머무는 시간은 오후 3시에서 5시까지로 일과가 도장을 찍듯이 똑같아 운동시설을 이용하는 주민이라면 누구나 알고 있는 사실이라고 했다.

"여기가 양혜숙 씨가 이용했던 자리군요."

"그렇습니다. 지정석 같은 건 본래 없지만, 양혜숙 씨가 본인 자리라고 고집을 부렸습니다."

"그게 가능합니까?"

"돌아가신 분을 나쁘게 말하고 싶지는 않지만, 양혜숙 씨는 막무가내 스타일이라……, 무조건 본인 자리라고 우겨 대니 그분이 계실 땐 아무도 여기를 쓸 수 없었죠."

선착순으로 이용하는 골프연습장에서 지정석을 고집했다니 안하무인도 그런 안하무인이 없다.

"아아아……."

CCTV 위치를 확인하던 지 형사의 입에서 절망 어린 탄식이 새어 나왔다. 불길한 예감은 늘 들어맞는지 양혜숙의 지정석은 CCTV에 찍히지 않는 위치였다. 황 형사 역시 우거지상을 짓고 있었다. 그들은 골프연습장 입구에 설치된 CCTV를 확보하는 것으로 만족해야만 했다. 금요일 오후 3시부터 5시까지 골프연습장을 이용했던 사람들을 추리기 위해서다.

황 형사가 문수윤 프로에게 도움을 요청했다. 그가 CCTV에 찍힌 주민들의 얼굴을 일일이 확인하고 인적 사항을 알려 주었다. 평일 오후 시간대라 이용객은 대부분 여성들이었다. 황 형사가 출입자 명단을 받아 들고 안주머니에 소중히 챙겨 넣었다.

"문 프로님, 양혜숙 씨에 대해 더 해 주실 말씀은 없습니까?"

그는 수려한 이마를 살짝 찌푸리며 생각에 잠겼다.

"고인에 대한 예의 때문이라면 고민하지 않으셔도 됩니다. 양혜숙 씨도 빨리 범인이 잡히길 바라실 테니까요."

"형사님, 양혜숙 씨는 살해된 게 맞습니까?"

그의 눈빛이 자못 심각하다.

"문 프로님, 살인사건이 맞습니다. 협조 부탁드립니다."

지 형사와 황 형사는 그에게 간곡히 부탁했다.

"양혜숙 씨가 소문에 관해 언급하는 것을 들은 적이 있습니다."

문수윤의 입이 어렵사리 열렸다. 지 형사가 황급히 그의 말을 낚아챘다.

"강우혁 배우와 관련된 일입니까?"

"이런 말을 해도 되려나?"

그는 또다시 망설이며 지 형사의 애를 태웠다. 특기가 발휘될 시점이었다. 지 형사의 눈망울이 사슴처럼 선하게 변하더니 애처로운 빛이 감돌았다. 말하지 않고는 못 배길 간절한 눈빛이 문수윤에게 발산되었다. 지금까지 그의 눈빛 공세에 넘어가지 않은 사람은 없었다. 아차, 단 한 명 있었는데 그 사람이 바로 양혜숙이다. 양혜숙이 그때 말을 해 줬다면 그녀는 살해되지 않았을까? 지 형사는 그 점이 못내 아쉬웠다. 문수윤 역시 곧 백기를 들고 말았다.

"전상미 씨와 정현아 씨에 관련된 일이었어요."

강우혁의 동영상 파일에 등장하는 여자들이다.

"양혜숙 씨가 뭐라고 했습니까?"

"유부녀들이 몸을 함부로 굴린다고 했어요. 남편들은 뭐 하고 있는지 모르겠다면서 자기가 알려 줘야 할지 고민이라고 하더군요."

그는 너무 적나라한 표현을 썼다고 여겼는지 살짝 얼굴을 붉혔다.

"저는 양혜숙 씨가 했던 말을 그대로 말씀드린 겁니다."

지 형사는 납득했다는 표시로 머리를 힘주어 끄덕였다.

"양혜숙 씨의 대화 상대는 누구였습니까?"

"양혜숙 씨는 안면이 있는 사람이면 누구든 붙들고 그 이야기를 했어요."

"전상미 씨와 정현아 씨도 그 사실을 알았을까요?"

"그분들 귀에 들어가지 않았다면 그게 더 이상하죠."

문수윤이 작성한 명단에는 전상미와 정현아도 포함돼 있었다. 범인은 둘 중 하나? 아니면 두 사람이 공모한 걸까? 전상미와 정현아가 독을 입수한 증거만 찾으면 되는데……. 영리한 그녀들이 결정적인 증거를 남겼을까? 다만 걸리는 점이 있다면 불륜 폭로는 살인의 동기로 미약하다는 것이다. 지 형사는 왠지 뒷골이 당기는 느낌을 받았다.

지 형사는 배성수의 처 나영현의 이름을 명단에서 확인했다. 배성수는 윤석민, 박상철, 장민규와 호프집에 함께 갔던 인물이다. 나영현 역시 강우혁 팬클럽 회원으로 편의점에서 맥주를 마셨던 여자다. 다만 강우혁의 동영상 파일에는 등장하지 않는다.

"문 프로님, 사건 당일 전상미, 정현아 씨의 자리가 어디였는지 기억이 나십니까?"

역시 무리였을까? 그는 미안한 기색이 역력한 얼굴로 조심스럽게 눈치를 살폈다.

"죄송합니다. 그날 초등학생들의 레슨을 진행하고 있어서요. 정신이 하나도 없었습니다."

"아닙니다, 문 프로님. 협조 정말 감사합니다."

CCTV가 무용지물이 된 이상 기대할 것은 목격자밖에 없었다. 전상미와 정현아가 커피 컵에 독을 넣었다면 본 사람이 존재하지 않을까? 지 형사는 출입자 명단에 있는 전원을 만나 보리라 마음먹었다. 문수운에게 감사 인사를 하고 골프 연습장을 나왔다. 그나마 출입자 명단을 확보한 것으로 마음의 위안을 삼을 수 있었다.

"지 형사님, 양혜숙은 입을 잘못 놀려 죽은 걸까요?"

"그 이유밖에 더 있겠어? 여자들 입장에서 비밀을 들춰내고 소문을 퍼트리는 양혜숙이 죽이고 싶을 만큼 미웠겠지.

손쉽게 살인을 저지를 기회도 있겠다. 여자들이 망설이지 않고 실행한 거야."

"남편들은 강우혁을 익사시켰고, 아내들은 양혜숙을 독살했을까요?"

"나는 틀림없다고 봐. 황 형사, 이왕 온 김에 목격자가 있는지 찾아보자고."

그러나 지 형사의 기대는 보기 좋게 무너졌다. 출입자 명단에 있는 전원을 만나 보았으나 그들은 약속이라도 한 듯 아무것도 보지 못했다고 대답했다. 수상쩍은 낌새 따위 전혀 없었다고 한목소리로 진술했다. 골프 레슨을 받았다는 초등학생들을 붙들고 물어보아도 모른다는 답변들뿐이었다.

주민들의 태도는 분명했다. 성가신 일에 끼고 싶지 않다는 무심한 눈빛, 불필요한 증언은 하지 않겠다는 냉담한 침묵, 지 형사는 그 안에서 불길한 공포의 기운을 느꼈다. 그는 벽을 마주한 사람처럼 외로웠다. 교와 포레스트에서 진실을 말하는 이는 오직 그 하나였다.

강력 1팀은 전상미와 정현아, 나영현을 소환하기로 결정했다. 첫 번째 타자는 전상미였다. 지 형사와 황 형사는 경찰서 조사실에서 전상미와 마주 앉았다.

"전상미 씨, 8월 29일 금요일 오후 4시부터 5시 30분까지 골프연습장을 이용하셨죠? 그때 양혜숙 씨를 보셨습니까? 그날 양혜숙 씨가 어땠는지 말씀해 주세요."

그녀는 지 형사의 물음에 거부감을 드러내지 않았다. 다만 경찰서 출석에 부담을 느껴서인지 변호사를 선임해야 하느냐고 물었다. 그는 피의자 신분이 아니니 변호사를 선임할 필요는 없으나 원하면 언제든지 부르라고 대답해 주었다.

"양혜숙 씨는 평소와 다름없이 본인 지정석에서 연습하고 있었어요. 역시나 선풍기를 자기 쪽으로 돌려놓았더군요. 제 버릇 개 못 준다니까, 라며 속으로 투덜댔던 기억이 나요."

"그날 일을 상당히 세세하게 기억하고 계시네요."

과도하게 상세한 진술은 숨기고 싶은 의도가 있을 때 나오기도 한다.

"돌아가신 분을 욕하고 싶지는 않지만, 단지에서 양혜숙 씨를 좋아했던 사람은 없었어요. 그 할머니, 강우혁과 말로가 같잖아요. 행실이 옳지 못했던 사람들의 말로는 그런 거예요."

전상미는 양혜숙과 강우혁을 싸잡아 비난했다. 집에서 만났을 때와는 다르게 그녀의 발언 수위는 꽤 높았다.

"전상미 씨, 양혜숙 씨가 어떤 방식으로 죽었다고 생각하십니까?"

"그건 제가 묻고 싶던 질문인데요. 지 형사님, 양혜숙 씨는 음독한 게 아닌가요?"

"양혜숙 씨는 보툴리눔 독소 중독으로 사망하셨습니다. 부검 결과 밝혀진 사실입니다."

부검 결과 양혜숙의 사인은 보툴리누스 중독사였다.

"보툴리눔 독소가 뭐죠?"

그녀의 갈라진 목소리가 마치 모래를 긁는 소리처럼 지 형사의 신경을 건드렸다. 그는 진실을 알려 준 뒤 전상미의 반응을 지켜보기로 마음먹었다.

"양혜숙 씨가 카페테리아에서 포장해 간 커피 컵에 보툴리눔 독소가 들어 있었습니다."

"그럼 카페테리아에서 독을 넣은 거예요?"

그녀는 아무것도 모른다는 듯 순진한 얼굴로 물었다.

"보툴리눔 독소는 매우 소량으로도 사람을 사망에 이르게 할 만큼 치명적인 신경독입니다. 양혜숙 씨는 운동하면서 커피의 절반을 마시고, 나머지 반은 집으로 가지고 돌아간다고 하더군요. 매우 독특한 습관이죠. 그런데 골프연습장을 이용하는 주민이라면 누구나 알고 있는 사실입니다. 안 그렇습니까?"

그는 폐부를 찌르듯 날카로운 눈길로 전상미를 응시했다. 그러나 그녀는 얼굴색 하나 변하지 않고 태연히 지 형사의 시선을 받아 냈다.

"물론 알고 있었죠. 꼴 보기 싫은 할망구의 하찮은 습관 따위 알고 싶지 않지만, 매번 제 입으로 외워 대니 별수 없잖아요."

"양혜숙 씨의 습관을 알고 있는 사람이라면 누구든 컵에 독을 넣을 수 있었습니다. 게다가 양혜숙 씨의 자리는 CCTV의 사각지대죠. 이건 너무 쉬워서 범행이라는 자각조차 들지 않았을 거예요."

"……."

"골프연습장 입구에 설치된 CCTV를 확인해 보니 양혜숙 씨는 두 번이나 자리를 비웠더군요. 그야말로 절호의 기회 아닙니까?"

"그 할망구 보기 싫으면 운동시설을 이용하지 않으면 돼요. 굳이 손을 더럽힐 필요가 없다니까요."

"양혜숙 씨는 빅 마우스입니다. 목소리가 크고 수다스럽고 악의적으로 험담을 하죠. 양혜숙 씨가 여기저기 찌르고 말을 퍼트리면 누군가는 두려워집니다."

그는 범인은 바로 당신이야, 라는 의미를 담아 말했다. 그러나 그녀는 눈썹 하나 까딱하지 않았다. 남편에게 비밀로 해 달라며 두 손을 포개던 사람이 맞나 싶을 정도였다.

"그런데 지 형사님, 보툴리눔인가 뭔가를 어디서 구한단 말씀이죠? 그런 걸 구할 루트라도 있나요?"

"중국 업체를 이용하면 보툴리누스 원액을 구할 수 있습니다."

"가정주부인 제가 중국 업체를 어떻게 이용하죠?"

"방법이야 찾으면 됩니다."

보툴리누스 원액을 제조하거나 수입하려면 질병관리청, 산업통상자원부, 농림축산검역본부 등 관련 부처에 신고 및 승인을 받아야 하지만 재중동포를 통해 구입한 사례가 실제로 있었다.

"제가 그것을 구입한 증거라도 있나요?"

그 질문에는 대답할 수 없었다. 경찰은 전상미가 보툴리누스 원액을 구입한 증거를 찾지 못했다.

"경찰은 왜 쉬운 답을 채택하지 않고 살인 쪽으로 억지로 꿰맞추려 들죠?"

그녀가 불편한 심기를 감추지 않은 채 물었다.

"양혜숙 씨가 보툴리누스 원액을 구입한 흔적은 없습니다. 자살이라고 단정할 근거가 전혀 없어요. 그래서 우리는 살인으로 보고 수사하는 겁니다."

"제가 강우혁과 불륜 관계였던 건 맞아요. 하지만 살인범으로 의심받아야 될 이유는 없어요. 정말 터무니없군요."

"양혜숙 씨와 강우혁 씨의 죽음은 연결돼 있습니다."

"……."

"8월 29일 금요일, 골프연습장에서 양혜숙 씨 자리에 간 적이 있습니까?"

"없어요. 제가 왜 그 할머니 자리로 가겠어요? 굳이 싫은 사람 곁으로 갈 이유가 없잖아요?"

양혜숙의 지정석이 CCTV 사각지대임을 아는 전상미는 마음대로 자기주장을 펼쳤다.

"그날 그 시간 골프연습장엔 많은 사람들이 있었습니다. 탐문하면 얼마든지 밝혀낼 수 있어요."

"그럼 그렇게 하시면 되겠네요. 다음번엔 확실한 증거를 가지고 불러 주세요."

그녀는 그렇게 쏘아붙이더니 핸드백을 어깨에 메고 의자에서 일어났다. 증거를 제시하지 않는 한 그녀를 제지할 방법은 없었다. 아무것도 할 수 없다는 무력감이 지 형사의 어깨를 짓눌렀다. 황 형사 역시 끙, 괴로운 신음 소리를 냈다.

다음 타자는 정현아였다. 그녀는 매우 화려하게 치장하고 나타났는데, 전에 봤을 때 느꼈던 어두운 기색은 완전히 사라진 뒤였다. 전형적인 성형미인으로 인공적인 아름다움이 전신에 흘러넘쳤다. 몸매 선을 강조한 타이트한 원피스 차림의 그녀는 마흔 살의 나이라고는 도저히 믿기지 않을 만큼 젊어 보였다. 베일 것처럼 날카로운 턱 선에서 도도함이 묻어났다. 무표정한 얼굴 너머로 느껴지는 자기중심적인 냉소, 지 형사는 그 안에 숨겨진 자신감을 읽었다.

"출석 요구를 거절하면 밉보일까 봐 경찰서에 오긴 왔는데요. 제가 양혜숙 씨의 죽음과 무슨 관계가 있다는 거죠?"

전상미의 취조를 반면교사 삼아 지 형사는 부드러운 작전을 쓰기로 했다.

"8월 29일 오후 골프연습장을 이용했던 주민들 전원을 조사하고 있습니다. 살인사건 수사는 주변인들한테 불편함을 끼칠 수밖에 없습니다. 양해 바랍니다."

그녀는 턱을 살짝 치켜든 채 쌀쌀맞은 표정을 풀지 않았다. 전상미와 정현아는 입을 맞춘 사람들처럼 자신만만한 태도를 유지했는데, 지 형사는 그들이 공모했다는 의심을 지울 수가 없었다.

"제가 강우혁과 바람을 피운 건 사실이지만, 그게 범법행위는 아니잖아요. 경찰이 이런 식으로 사람을 몰아붙여도 되나요? 지 형사님, 설마 저를 의심하시는 거예요?"

그는 질문에 대답하지 않았다. 그의 침묵을 긍정의 의미로 받아들였는지 정현아의 턱끝이 더 올라갔다.

"양혜숙 씨가 저를 불편하게 만든 건 사실이에요. 그렇다고 사람을 죽이나요? 저는 그렇게 무모한 사람이 아니에요. 여생을 교도소에서 보내고 싶진 않다고요."

그녀가 얼굴을 한껏 치켜들더니 아름다운 턱 선이 두드러지도록 각도를 잡았다. 이토록 눈부신 미모를 교도소에서 썩힐 수 있겠느냐는 의도로 읽혔다. 그녀의 말은 맞았다. 나쁜 소문 정도라면 이사를 가는 방법으로 해결할 수 있다. 굳이 살인을 저지를 필요가 없다. 양혜숙은 강우혁 살인에 관해 뭔가를 아는 사람처럼 여기저기 변죽을 울리고 다녔다. 그간 지 형사가 아파트를 돌며 수많은 질문과 거절을 통해 얻게 된 정보였다.

"내가 범인을 봤다면 어쩔 건데? 자기들도 머리가 있으면 생각이란 걸 좀 해 봐라. 강우혁을 죽이고 싶었던 사람이 누구겠어? 뻔히 답 나오잖아."

"양 여사님, 정말로 범인을 보신 거예요?"

"그렇다니까."

"그럼 왜 경찰에 신고하지 않으세요?"

"글쎄 왜 그럴까? 알아맞혀 봐. 깔깔깔."

양혜숙은 아파트 주민들을 붙들고 이런 말들을 늘어놨다는 것이다. 지 형사한테도 범인을 알고 있다는 등 알쏭달쏭한 말을 했었다. 전상미와 정현아 입장에선 그것이 불편하지 않았을까? 어쩌면 불편한 정도가 아니라 엄청난 불안감을 조성했을 것이다. 그건 단순한 험담이나 속삭이는 소문이 아니다. 남편들의 손목에 수갑이 채워질 수도 있는 치명적인 단서였다.

지 형사는 머릿속에서 사건의 퍼즐을 다시 맞춰 보았다. 윤석민과 박상철, 장민규는 공모해 강우혁을 살해한다. 아내들을 농락하고 이정화를 자살로 몰고 간 포식자를 단죄하기 위함이다. 그런데 양혜숙이 살인 현장의 목격자인 양 여기저기 말을 흘리고 다니면서 경찰에 제보하려는 모양새를 취한다. 그녀의 입을 막지 않으면 강우혁 살인이 발각될 판이다. 그것을 막기 위해 전상미와 정현아가 양혜숙을 독살한다.

물론 이는 아내들이 남편들의 살인을 알고도 묵인했거나 동조했다는 것을 전제로 한다. 보툴리누스 원액 입수 경로가 관건이지만, 여러 사람이 관여된 살인이라면 인맥 또한 넓어져 의외로 쉽게 구할 수도 있다. 애초에 보툴리누스 원액을 선택했다는 것 자체가 입수가 가능했음을 뜻한다. 전상미와 정현아는 증거를 남기지 않았다고 확신하기에 모르쇠로 일관하는 것이다.

"저는 그날 양혜숙 씨 근처에도 가지 않았어요. 목격자 탐문을 하셨다니 지 형사님이 더 잘 아실 텐데요."

그녀는 위세 좋게 말하고는 의도한 듯 손목 위의 명품 시계로 눈길을 떨구었다. 이 여자의 자신감은 어디서 나오는가? 심지어 목격자의 존재조차 부정하고 있지 않은가. 아내들의 취조는 강력 1팀에 커다란 숙제만을 남긴 채 속절없이 끝나고 말았다.

 강력 1팀은 배성수의 아내 나영현을 소환했으나 전상미, 정현아의 진술과 크게 차이나지 않았다. 나영현은 강우혁의 동영상 파일에 등장하지 않는 인물이기에 범인일 가능성도 낮았다.
 부검감정서에 의하면, 양혜숙은 8월 30일 토요일 05시에서 07시 사이에 사망했을 것으로 추정되었다. 시체의 부패가 상당히 진행된 상태여서 정확한 사망 시각을 추정하기는 어려웠다. 강력 1팀에서 수사 회의가 열렸다. 회의는 내내 침울한 분위기 속에서 진행되었다. 팀원들로부터 수사 보고를 받은 강력 1팀장의 심기가 편치 않았다. 범인을 코앞에 두고도 검거하지 못한 답답함이 얼굴에 역력했다.
 "대낮에 골프연습장에서 일어난 사건인데, 목격자도 없고 너무 이상하잖아."
 팀장의 어투는 탄식조에 가까웠다.
 "강우혁 사건도 이상하긴 매한가지입니다. 다소니 연못은 열린 공간인데, 목격자가 단 한 명도 없었습니다."
 "그래도 그때는 한밤중이었으니 그렇다 쳐도……."
 팀원들의 사기가 바닥으로 떨어지고, 무거운 적막이 사무실을 에워쌌다. 팀장이 가라앉은 분위기를 깨부수기라도 하듯 손뼉을 짝짝 쳐 형사들의 주의를 집중시켰다.

"증거를 잡을 수 없다면 다른 방법을 써 보자고."

"다른 방법이요?"

형사들의 시선이 일제히 팀장에게 쏠렸다.

"공범들 중 제일 약한 고리를 공략하는 거야. 공범인 공동피고인의 진술은 다른 공동피고인에 대한 범죄 사실을 인정하는 증거로 사용할 수 있어."

"하지만 공범이 수사 단계에서 자백을 해도 피고인이 재판에서 부인하면 유죄의 증거로 쓸 수 없다는 대법원 판례도 있는데요."

항시 법전을 곁에 두고 찾아보는 손 형사가 반론을 펼쳤다.

"피의자가 법정에서 부인하지 못하도록 공범의 진술을 확실하게 받아야지."

지 형사는 팀장의 말이 이해되었다. 공범 중에는 약한 고리가 있게 마련이다. 약한 고리의 자백을 강한 고리의 유죄 증거로 사용하는 것이다.

개 구 리   정 원 의   살 인

05 개굴개굴 개구리들

[김영은]

●

 김영은은 전상미와 정현아를 돕기 위해 적극적으로 움직였다. 그녀는 공동체를 위하는 일이라면 누구보다 열심이었고, 교와 포레스트의 위신이 달린 문제엔 몸을 사리지 않았다. 전상미와 정현아가 강우혁 팬클럽 활동을 한답시고 몰려다닐 때부터 그녀는 크게 우려를 표명했었다. 아니나 다를까 강우혁은 마각을 드러냈고, 아파트는 커다란 위기에 봉착했다.

 이정화가 자살했을 때 그녀는 누구보다 큰 충격을 받았다. 다소니 연못에 대한 견해는 달랐지만, 김영은은 그녀를 좋아했었다. 무엇보다 그녀의 꾸밈없는 소박함에 끌렸다. 그때 정화를 도왔어야 했다. 그랬으면 그녀를 잃지 않았을 텐데……, 또다시 그때와 같은 상황이 벌어지게 놔둘 수는 없었다.

"영은 씨, 나 부탁할 게 있는데……."

김영은이 한창 퍼팅 연습을 하고 있는데, 양혜숙이 쪼르르 달려와 그녀에게 말을 걸었다. 김영은이 탐탁지 않은 눈길로 돌아보자 그녀는 입가에 비굴한 미소를 달고 작은 소리로 속삭였다. 오만방자한 양혜숙도 김영은에겐 함부로 대하지 못했다. 꼬리를 내린 강아지처럼 다소곳하고 나긋나긋했다.

"자기야, 차 한잔할까? 내가 살게."

양혜숙은 내키지 않아 하는 김영은을 끌고 억지로 스카이라운지로 갔다.

"무슨 부탁인데 그러세요?"

싫은 여자와 차까지 마시게 된 김영은은 애써 불쾌감을 감추며 낮은 소리로 물었다. 역겨운 느낌에 그녀의 말끝이 미세하게 떨렸다. 김영은은 빨리 용건을 듣고 자리에서 일어나고만 싶었다. 그러나 조심해야 한다. 그녀의 심기를 거스르면 귀찮아진다. 여기저기 다니며 험담을 하고 헛소문을 퍼트릴 게 뻔하다. 질이 좋지 않은 사람은 피하는 게 상책이다.

"자기 남편, 유명한 성형외과 원장이잖아."

무슨 말이 나올지 대충 짐작이 갔다. 최근 양혜숙이 정현아에게 성형수술에 관해 캐물었다는 얘기를 들었다. 정현아는 김영은의 남편이 운영하는 성형외과의 단골 고객이다.

"내가 부쩍 턱 선이 처지는 것 같아서 말이야."

양혜숙은 저렴한 비용으로 리프팅 수술을 받으려고 알랑방귀를 뀌는 것이다. 김영은의 남편은 수술 실력이 좋다고 명성이 자자한 성형외과 원장이다. 또한 비싼 수술비용으로도 유명하다. 양혜숙은 주름지고 처진 낯짝을 들이밀며 여기를 당기고 싶다, 저기를 올리고 싶다, 연방 지껄여 대며 손으로 늘어진 얼굴 살을 들어 올렸다. 그녀는 자리를 모면하기 위해 대충 얼버무리며 대화를 마무리 지으려 했다. 입에 꿀이라도 바른 듯 알랑대는 양혜숙이 너무나 혐오스러웠기 때문이다.

"제가 남편한테 말해 놓을 테니까 예약 잡고 방문하세요. 그이가 잘해 드릴 거예요."

"어머 고맙기도 해라. 영은 씨, 진짜지?"

"그럼요."

"자기가 소개서 한 장 써 주면 안 될까?"

"그런 거 필요 없어요. 제가 남편한테 얘기하면 그걸로 된 거예요."

"영은 씨 최고."

양혜숙의 못난이 얼굴에 웃음꽃이 번지더니 곧 교활한 미소로 바뀌었다.

"내가 보답도 할 겸 비밀 하나 알려 줄까?"

양혜숙의 어조에 기분 나쁜 은밀함이 배었다. 그녀는 주변을 휘둘러보며 듣는 사람이 있는지를 살폈다.

"비밀이라뇨?"

또 어디서 가십거리를 물어 와 그것을 화제로 삼는 것이다. 양혜숙이 꺼내 놓는 뻔한 스토리를 더는 듣고 싶지 않아 김영은은 중요한 약속이라도 있는 듯 손목시계를 흘끗 봤다. 그러나 양혜숙의 입에서 나온 한마디가 덫처럼 그녀를 붙잡았다.

"자기야, 놀라지 마. 내가 살인 장면을 목격했잖아."

김영은은 손바닥으로 입가를 막으며 숨을 삼켰다. 그녀는 다리 힘이 풀려 의자에 주저앉지 않을 수 없었다.

"내가 강우혁 살인범을 봤다고."

그녀는 귀 기울이지 않으면 들리지 않을 만큼 작은 소리로 말했다. 스카이라운지는 조용했고, 그들 곁을 스치는 시선은 없었다.

"어떻게 그런 일이?"

"자기니까 내가 특별히 귀띔해 주는 거야."

살인 장면을 목격했다고? 강우혁은 자정 무렵 다소니 연못에서 죽었다고 들었다. 이 할망구, 잠도 자지 않고 동네를 어슬렁거렸나? 그녀에게 가장 먼저 든 생각은 양혜숙의 입을 틀어막아야겠다는 것이었다. 그렇지 않아도 동네에 나쁜 소문이 돌기 시작했다. 이정화가 자살하고 강우혁이 살해당했다. 교와 포레스트에 비상이 걸린 것이다. 연예인 변사 사건으로 언론에서도 주목하고 있을 터였다. 강우혁을 둘러싼 추문이 퍼지기 시작하면 이미지 추락은 한순간이다. 이미지 추락은 가격 하락으로 이어진다. 가격이 하락하면 어중이떠중이가 몰려든다. 최상위 학군은 물 건너가고, 재력 있는 사람들은 단지를 떠날 것이다. 그녀가 경계하는 바가 바로 그것이었다. 살인을 목도했다면 양혜숙은 결코 조용히 있을 여자가 아니었다.

"살인범을 봤다면서 경찰에 신고하지 않으셨어요?"

"후후후……."

이 할망구가 미쳤나? 충격에 휩싸인 김영은은 뒷목으로 손이 올라갔다. 이 할망구는 이런 식으로 사람들의 관심을 모으려는 것이다. 양혜숙은 남의 약점을 잡고 야비하게 찔러대면서 기쁨을 느끼는 인간이다. 고양이가 쥐를 붙잡아 희롱하듯 실컷 가지고 논 뒤 신고하겠지.

"살인범이 누군데요?"

"나는 자기가 좋아할 정보라고 생각했는데……."

"왜 그렇게 생각하시죠?"

"내가 자기를 몰라? 아파트 문제라면 뭐든 알아야 하고,

마음대로 조종하고 싶어 하잖아. 어찌 보면 자기는 나랑 꼭 닮았다니까. 후후후."

양혜숙은 립스틱을 붉게 칠한 입술을 양쪽으로 벌려 웃었다. 립스틱이 입 주변으로 번져 무척 지저분해 보였다. 김영은은 속이 부글부글 끓었다. 하지만 정작 입으로는 아무 말도 하지 못했다. 눈앞의 늙은 여우에게 농락당했다는 굴욕감이 혀끝을 마비시킨 듯했다.

"남편한테 실비만 받으라고 말해 놓을게요. 양 여사님, 살인 장면을 직접 목격하신 게 맞아요?"

양혜숙은 득과 실을 저울질하는지 눈알을 또록또록 굴리며 입을 열었다.

"영은 씨, 우리 집에서 보면 다소니 연못이 한눈에 들어온다고."

양혜숙의 집은 15층으로 전망이 좋아 창밖을 내다보는 게 취미라는 말을 들은 적이 있었다.

"아무리 그래도 한밤중에 일어난 살인을 어떻게 봐요?"

"내가 봤다면 어쩔 건데?"

"잠도 자지 않고 창밖을 내다보고 있었다고요?"

"영은 씨도 내 나이 돼 봐. 초저녁에 잠들었다가 일찍 깬다고. 그래서 쌍안경으로 밤하늘의 별을 보는 게 낙이 돼 버렸어."

쌍안경으로 밤하늘의 별을 본다고? 김영은은 어이가 없어 말도 나오지 않았다. 별이 아니라 가십거리를 찾고 있었겠지. 강우혁이 편의점에 자주 들른다는 말을 들었음에 틀림없다.

"살인범이 누군데요?"

"영은 씨, 그건 내가 성형수술 마친 다음에 알려 줄게."

양혜숙이 한껏 가슴을 내민 채 으스대며 말했다. 그녀는 이미 꿰뚫어 보고 있었다. 김영은이 결국 자신에게 매달리게 될 것이라는 걸, 그 통제욕이야말로 그녀가 쥐고 흔들기에 가장 쉬운 손잡이라는 것을. 김영은은 아파트 내 질서를 자신이 만든 틀 속에 넣고 싶어 했고, 그 어떤 불순물도 받아들이지 못하는 성향이었다.

"그 정보, 경찰에 신고하기 전에 제게 먼저 알려 주세요."

"그야 성형 비용만 제대로 깎아 주면."

"그건 걱정하지 마시라니까요."

그녀는 가짜 웃음을 얼굴에 걸쳐 보였다. 이 할망구, 성형 비용을 깎으려고 별수를 다 쓰는구나. 양혜숙, 참으로 역겨운 인간이다.

김영은은 전상미와 정현아를 집으로 불러 입수한 정보를 공유했다.

"이를 어째?"

전상미의 얼굴이 흙빛으로 변했다. 정현아 역시 먹구름 낀 하늘처럼 순식간에 표정이 흐려졌다.

"어쩌면 좋아?"

"상미 언니, 현아 언니, 내가 왜 다소니 연못에 물을 넣는 걸 허용했는지 알아?"

절망으로 잠긴 분위기 속에서 김영은이 무겁게 입을 뗐다.

"……."

"……."

두 사람의 침묵이 길어지자 김영은이 다시 입을 열었다.

"강우혁을 없애 버리고 싶었기 때문이야. 그 인간은 교와 포레스트를 좀먹는 암적인 존재였어."

"그럼 전부 알고 있었던 거야?"

정현아가 김영은에게 물었다.

"그럼 언니는 교와 포레스트에서 일어난 일을 내가 모를 거라고 생각했어? 난 강우혁 때문에 물을 넣는 걸 허락한 거야."

여전히 상황을 이해 못 하는 둘의 기색에 김영은이 설명을 보탰다.

"정화 남편 장민규 씨가 내게 부탁하러 왔었어. 연못에 물을 채우고 싶다고. 그 사람이 왜 그런 부탁을 했겠어? 뻔한 거 아니야? 강우혁은 교와 포레스트에 거주할 자격이 없는 인간이야. 자, 이번엔 언니들 차례야."

"우리들 차례?"

"할망구가 비밀을 알아 버렸어. 다들 무사하지 못할 거야. 나는 언니들이 딱해서 도와주려는 거고."

"그래서 우리 보고 어떻게 하라고?"

전상미가 간신히 입술을 달싹이며 물음을 던졌다.

"할망구를 정리할 사람은 언니들뿐이야."

"어떻게 정리해?"

정현아가 정신을 반쯤 놓은 듯한 눈빛으로 물었다.

"현아 언니, 어리광 부릴 때가 아니야. 현실을 직시하라고. 계획은 내가 다 세워 놨어. 일단 내 말부터 들어 봐. 이건 안 저지르는 게 바보일 정도로 쉬워. 할망구의 커피 습관을 이용하는 거야."

김영은은 살인 방법에 관해 상세히 설명했다. 골프연습장에서 양혜숙이 자리를 비웠을 때, 그녀의 커피에 독을 넣는다. CCTV는 그쪽을 비추지 않지만, 목격자를 대비해 한 사람은 독을 넣고 다른 사람은 몸으로 가려 주라는 게 요지였다.

"다만 주의할 게 있어. 할망구가 커피를 절반쯤 마셨을 때 독을 넣어야 한다는 거야. 그 전에 넣으면 골프연습장에서 증세가 나타날 수도 있고, 커피 온도 때문에 독의 효과가 사라질 수도 있어. 할망구는 커피를 식혀서 마시니까 이 계획에 딱 들어맞아."

"그게 마음대로 될까? 할망구가 커피를 절반쯤 마시고 자리를 뜬다는 보장이 어디 있어?"

정현아가 불만 섞인 목소리로 따지듯 물었다.

"그야 쉽지. 커피를 반 정도 마시면 할망구가 뚜껑을 닫거든. 거기까지 마시고 집으로 가져가겠다는 표시야. 내가 보고 있다가 할망구를 불러낼게."

"그럼 커피 뚜껑을 열고 독을 넣으란 말이야? 너무 위험하지 않아?"

정현아가 앞뒤 트임을 한 눈을 크게 떴다. 그녀의 눈 크기가 비현실적으로 커졌다. 김영은은 속이 부글부글 끓어오르고 금방이라도 짜증이 폭발할 것 같았다. 일은 제가 저질러 놓고 어린아이처럼 징징거린다. 기껏 밥상을 차려 줬더니 밥까지 떠먹여 달라는 격이다.

"안 하면 어쩔 건데? 해결 방법은 있고?"

"영은아, 다 알겠는데……, 독은 어디서 구해?"

전상미가 연장자답게 차분한 어조로 물었다.

"내가 그 정도도 마련해 두지 않고 계획을 세웠을까? 남편 병원에서 보툴리누스 원액을 빼돌릴 수 있어. 형사들은 절대 꼬리를 잡을 수 없다고. 의심은 할 테지만 증거가 없거든."

김영은은 확고한 자신감을 내비쳤다. 꼴도 보기 싫은 할망구를 감쪽같이 없애 버리는 절묘한 방법이다. 습관을 이용하면 사람을 쉽게 죽일 수 있다. 강우혁은 공중화장실을 이용하는 버릇 때문에 죽었고, 양혜숙은 독특한 커피 습관이 제 목줄을 죄었다. 결국 양혜숙의 죽음은 자살로 결론 날 것이다. 아니면 영영 미궁에 빠지든지. 어차피 어떻게 되든 상관없다. 이정화, 강우혁에 이어 또 한 건의 변사 사건이 발생하겠지만, 부득이한 일이다. 남자 셋이 살인범으로 구속되고, 불륜 기사가 실리는 것보다는 이편이 백만 배는 낫다. 아파트든 사람이든 이미지가 중요한 법이다.

 그녀는 이번 기회를 통해 불순물 두 개를 제거할 수 있어 속이 후련했다. 사람이 모이는 곳엔 반드시 빈틈이 생기고, 그 틈으로 불순물이 끼어드는 것 또한 감내할 수밖에 없다. 그녀는 그런 불순물을 '사람'이라 부르지 않았다. 면접이라도 봐서 입주민을 고를 수 있다면야 좋겠지만, 현실은 그렇게 녹록지 않았다. 더욱 촘촘한 그물망을 펼쳐야겠어, 김영은은 전열을 재정비하기로 결심했다. 설계부터 통제, 불순물 제거까지, 그녀가 아파트를 위해 해야 할 일은 차고도 넘쳤다.

[전상미]

●

 모든 것이 제자리로 돌아왔다. 남편도 예린이도 가정도 지켜 낼 수 있었다. 전상미는 교와 포레스트에서 어머니의 자궁처럼 편안한 느낌을 받았다. 그녀는 옆자리에서 코를 골며 잠들어 있는 남편의 얼굴을 굽어보았다. 이 사람 이마가 언제 이렇게 넓어졌지? 남편의 이마를 살며시 쓰다듬었다. 그의 성긴 머리숱이 그녀의 마음을 붙들었다. 남편 곁엔 여전히 그녀의 자리가 남아 있었다. 솜털처럼 가녀린 남편의 머리카락들, 그녀의 가슴속에서 뜨거운 무언가가 치솟았다. 남편은 공기와도 같은 존재다. 늘 곁에 있으니 소중한 줄을 모르는 공기······.
 "자기야, 미안해."
 뺨을 타고 두 줄기 눈물이 흘러내렸다. 악질적인 제비에 홀려 비싼 수업료를 지불했다. 결국 그의 심장에 대못을 박고 말았다. 남편의 코 고는 소리가 천장을 찌를 듯 크게 울렸다. 그는 돌아누우며 방귀도 뿡 뀐다. 전상미는 그런 남편을 보면서 빙그레 미소 지었다. 그녀의 마음에 평화가 깃들었다.

[박상철]

●

 박상철은 아이들 방을 차례로 돌며 남매의 잠든 모습을 지켜보았다. 언제 봐도 사랑스러운 아이들이다. 가족을 지켜냈다는 뿌듯함이 그의 얼굴에 생기를 돌게 했다. 익숙한 동작으로 위스키와 잔, 얼음 등을 꺼내 식탁 앞에 고요히 자리를 잡았다. 한 잔 마신 뒤 푹 잠들고 싶었다. 아내는 깊은 잠에 빠졌는지 침실 쪽은 평온한 정적에 감싸여 있었다. 그는 막 집에 들어온 참이었다.
 "당신, 늦었네."
 정현아가 가운을 걸치며 침실에서 나왔다.
 "나 때문에 깼어? 조용히 마시려고 했는데."
 "위스키만 마시려고? 간단하게 뭐라도 좀 줄까?"
 정현아는 냉장고에서 햄과 치즈, 과일 등을 꺼냈다. 그녀는 본인의 잔도 가져왔다.
 "나도 한 잔 줘."
 그는 아내의 잔에 위스키를 따르고 얼음을 몇 개 넣어 주었다. 정현아가 유리잔을 돌리며 얼음을 달그락거렸다. 호박색의 액체가 잔 속에서 찰랑거린다. 아내의 눈길이 위스키의 물결치는 표면 위를 떠돌고 있다. 허황한 기운이 사라진 그녀의 눈빛이 공허해 보인다. 연애 때부터 술을 즐겼던 아내다. 둘이서 오붓하게 술잔을 기울이고 있으니 신혼 시절로 돌아간 것 같았다. 두 사람은 가볍게 술잔을 부딪쳤다.

"당신이랑 마시니까 좋은데. 우리 가끔씩 한잔할까?"

박상철이 아내의 눈에 시선을 고정하며 말했다. 그의 말에 정현아가 배시시 웃었다.

"그게 뭐 어렵다고?"

어렵지 않은 일을 지금까지 잊고 살았다. 밖에서는 의리 있고 배려 깊다는 평가를 받는 그였지만, 아내는 도통 챙기지 못했다. 일을 핑계로 날마다 밖에서 약속을 만들었고, 주말에는 지인들과 어울려 라운딩을 나갔다. 아내도 자신과 똑같은 욕망을 지닌 존재라는 생각을 한 번도 해 보지 못했다. 그는 아내를 새로운 시각으로 보았다. 성형수술로 변해 버린 그녀의 얼굴이 낯설었다. 아내가 성형에 집착하게 된 이유도 공허함 때문이 아니었을까? 마음 붙일 곳이 없었던 아내는 성형에 매달렸고, 결국 강우혁이라는 덫에 걸리고 말았다.

'나는 아내를 용서할 수 있을까?'

그는 스스로에게 묻고 또 물었다. 그러나 아내는 그를 선택해 결혼했고, 남매를 낳고 키운 여자였다. 먼저 가정부터 지키고 보자. 용서를 하고 말고는 그 뒤 천천히 생각하도록 하자.

"자기야, 나 피아노 다시 칠까 봐."

"피아노 좋지."

"오늘 사람 불러서 조율 마쳤어."

피아노라는 단어가 그의 가슴에 그리운 감정을 불러일으켰다. 완벽히 방음된 방에 그랜드 피아노를 모셔 놓고도 부부는 약속이나 한 듯이 연주를 멀리했었다.

"손가락이 굳어서 잘 쳐질지 모르겠어."

"조금만 연습하면 감 돌아올 거야. 당신 꿈 피아니스트 아니었어?"

"부끄럽게……, 그런 소리 말아."

정현아가 얼굴을 붉혔다. 박상철은 그런 아내가 귀엽다고 생각했다.

"자기야, 미안해."

"그런 말 하지 마."

"그럼 고마워."

"고맙다는 말도 하지 마."

"당신이 못하게 해도 이 말만은 할 거야. 날 지켜줘서 고마워."

두 사람의 잔이 쨍 소리를 내며 부딪쳤다. 박상철의 집에서 오랜만에 웃음소리가 났다.

[정현아]

●

　김영은의 말이 맞았다. 그녀가 이끌어 주지 않았다면 일을 성공적으로 완수하지 못했을 것이다. 김영은은 타고난 리더 기질로 주도적으로 문제를 해결한다. 특히 교와 포레스트에 관련된 일이라면 물불을 가리지 않는다. 그녀는 목표 지향적이고 뛰어난 전략가로 남을 돕기도 잘한다. 강한 카리스마 탓에 불편해하는 이들도 있지만, 이번 일은 그녀의 판단이 옳았다고 인정할 수밖에 없다.

　김영은의 말대로, 그 범행은 저지르지 않는 쪽이 오히려 어리석을 만큼 쉬웠다. 사람의 습관을 이용해 살인을 계획하다니……, 정현아는 무섭도록 영리한 그녀의 두뇌에 섬뜩한 전율을 느꼈다. 범행 날짜, 독의 입수, 실행의 흐름까지 모든 것에 그녀의 손길이 닿아 있었다. 정현아는 문득 두려워졌다. 김영은과 척을 진다는 건 목숨을 건다는 뜻이니까.

　생각보다 수월하게 범행 날짜가 정해졌다. 양혜숙이 여봐란듯이 제 입으로 나불댔기 때문이다.

　"우리 영감, 금요일 아침부터 2박 3일 동안 골프 여행 가. 덕분에 나는 자유라고. 아, 신나. 영감 밥 안 차려도 되니 굿이잖아. 히히히."

가사도우미가 월요일과 목요일에 온다는 사실도 양혜숙이 지겹도록 반복해 말했기 때문에 알고 있었다. 함량 미달의 인간은 교와 포레스트에 거주할 자격이 없다는 김영은의 주장에 그녀는 100프로 공감했다. 이제 교와 포레스트는 그녀에게 주거지 이상의 공간이 되었다. 정현아는 교와 포레스트에 살 수 있음에 감사했다.

[장민규]

●

"아빠, 오늘 엄마한테 가는 거야?"

유성이가 제 방에서 나오며 아빠에게 한 번 더 확인했다. 주말인데도 아들은 늦잠을 자지 않고 스스로 일어났다. 오늘은 토요일, 유성이와 아내의 납골당에 가기로 약속한 날이다. 아들은 엄마 보러 가자고 며칠 전부터 졸랐었다.

장례식 내내 유성이는 엄마를 다소니 연못 근처에 묻어야 한다고 졸랐다. 누구보다 개구리들을 사랑했던 엄마니까 연못 가까이에 잠들어야 한다는 것이다. 그는 어린 아들이 안쓰러워 가슴속으로 피눈물을 흘렸다.

개골개골, 창밖에서 개구리 소리가 들려올 때마다 강가에 엄마 무덤을 만들고 비만 오면 슬피 울었다는 청개구리 이야기가 떠오른다. 청개구리 이야기는 슬프다. 아내의 이야기도 그에 못지않게 슬프다. 그래도 끝은 슬프지 않게 마감했다. 장민규는 그것으로 만족했다. 아내를 지키지 못했다는 회한도 가슴속에 묻었다. 그는 이제 아들과 아내를 추억하며 살아갈 것이다.

건설 당시 교와 포레스트의 주제는 물이었다. 물이라는 주제에 맞게 단지 곳곳에 수경시설이 설치되었다. 장민규는 S대 지리학과 최경용 교수의 강의를 들은 적이 있었다. 그는 풍수에 관해 알기 쉽고 재미나게 강의를 하는 걸로 유명한 사람이었다. 입주자 대표 회의에서 최경용 교수를 초빙해 주민들을 상대로 강의를 한 적이 있었다.

그의 강의 요지는 대충 이러했다. 교와동은 본시 불의 기운이 강한 곳인데, 화의 기운 옆에는 반드시 수의 기운이 있어야 조화를 이룬다는 것이다. 주민들은 근방에서 빈번하게 일어났던 화재 사건을 떠올리며 최경용 교수의 말에 깊이 공감했다. 그는 교와동 지명에 얽힌 전설을 들려주었다.

옛날 한 남자가 과거를 보러 가던 중 어떤 마을에 들렀는데, 그만 실수로 연못에 빠지고 말았다. 연못은 매우 깊었고, 한밤중이라 인적도 끊긴 상태였다. 남자는 죽을힘을 다해 발버둥을 치지만, 연못에서 빠져나오지 못한다. 절망에 빠진 남자가 생을 포기하려는 순간, 연못 속의 개구리들이 서로의 몸과 몸을 연결해 다리를 놔주었다. 남자는 개구리들이 만들어 준 다리 덕분에 무사히 연못에서 나올 수 있었다. 후일 남자는 과거에 급제해 나라의 재상이 되었다.

그러던 어느 날 재상이 자다가 꿈을 꾸었는데, 연못 속의 개구리들이 슬피 울고 있었다. 그는 즉시 길을 떠나 예전의 그 연못을 찾았다. 그러나 마을에 도착한 재상에게는 충격적인 소식이 기다리고 있었다. 매년 물에 빠져 죽는 사람들이 많아 연못을 메우려 한다는 것이다. 이에 재상은 크게 공사를 벌여 시설을 정비하고, 이후 연못은 사람과 개구리가 함께 살 수 있는 공생의 공간으로 거듭나게 된다. 마을 사람들은 재상의 노고를 크게 칭찬하고, 그때부터 그곳은 교와(橋蛙)마을이라 불리게 되었다. 이것이 교와동 지명에 얽힌 전설이다.

최경용 교수의 강의는 사람들의 마음을 움직이는 묘한 마력을 지니고 있었다. 강의에 감동한 주민들이 그를 향해 우레와 같은 박수갈채를 보냈다. 최경용 교수는 생태 환경의 필요성을 역설하며 친환경 단지인 교와 포레스트를 추켜세웠다. 그는 교와 포레스트에서 자라는 아이들은 전설 속의 재상처럼 사회에서 큰일을 하는 재목으로 성장할 것이라며 강의를 마무리 지었다.

장민규는 아들에게 소풍처럼 유쾌한 납골당 나들이를 선물하고 싶었다. 어린 아들의 눈에서 더는 눈물이 흐르게 하고 싶지 않았다.

　"유성아, 엄마는 우리 아들이 슬퍼하는 걸 원치 않을 거야. 우리 엄마한테 소풍 갈까? 유성이가 좋아하는 간식 잔뜩 가져가자. 김밥도 사 갈까?"

　간식과 김밥이라는 말에 유성이의 입이 나팔꽃처럼 활짝 피었다.

　"아빠, 나 젤리랑 초콜릿 가져갈래. 엄마랑 먹게 돈까스김밥이랑 소시지김밥도 잔뜩 사 가자."

　한껏 기분이 들뜬 유성이가 배낭 안을 간식들로 가득 채웠다.

　"유성아, 엄마 심심하지 않게 책도 읽어 주자. 우리 아들이 좋아하는 책으로 가져가자."

　"나 엄마한테 읽어 주고 싶은 책 있어. 사이좋은 개구리 형제 이야기야."

　유성이가 환호성을 지르며 제 방으로 달려갔다. 그는 그런 아들의 뒷모습을 바라보며 남몰래 눈물을 훔쳤다.

　'정화야, 걱정하지 마. 유성이는 내가 책임지고 잘 키울 테니까.'

　장민규는 절절하게 그리운 마음을 달래며 마음속으로 아내에게 속삭였다.

개 구 리 정 원 의 살 인

06 개구리 해부

[지택근]

●

 강력 1팀장의 지휘 아래 공범들 중 약한 고리를 끊는 작전이 진행되었다. 지 형사는 그간의 수사 결과를 분석해 용의자들을 추렸다.

1. 강우혁 살인
- 사인: 익사. 강우혁을 연못에 빠뜨린 뒤 코와 입을 물속에 넣고 누르는 형태로 익사시킨 것으로 추정. 다소니 연못을 비추는 보안등을 끄는 등 최소 세 명의 공범들이 공모해 살인을 실행했을 가능성이 높음.
- 살인 동기: 아내들을 농락하고, 이정화를 자살로 몰고 간 강

우혁에 대한 보복 및 단죄.
- 용의자들
- 윤석민: 45세. 교와 갈비 사장. 처 전상미와 중학생 딸이 있음.
- 박상철: 43세. 공연기획사 대표. 처 정현아와 초등학생 남매가 있음.
- 장민규: 40세. 회사원. 초등학생 아들이 있음. 처 이정화가 투신자살함.

2. 양혜숙 살인
- 사인: 보툴리누스 중독사. 양혜숙의 커피 컵에 독을 넣었을 것으로 추정.
- 살인 동기: 강우혁 살인과 관련해 입을 막을 목적으로 죽인 것으로 추정.
- 용의자들
- 전상미: 42세. 남편 윤석민과 중학생 딸이 있음.
- 정현아: 40세. 남편 박상철과 초등학생 남매가 있음.

지 형사는 2건의 살인에 용의자들 5명이 연루됐을 거라고 추정했다. 그는 두 사건에 목격자가 한 명도 없다는 사실에 주목했다.

"지 형사, 그 아파트 사람들 되게 이상하지 않아?"

강력 1팀 손 형사가 막 탐문을 마치고 돌아온 지 형사에게 물었다.

"무슨 말이야?"

"내가 탐문한 사람들은 전부 피해자한테 우호적이지 않더라고."

"강우혁, 양혜숙, 둘 다 그렇지?"

지 형사가 공감한다는 듯 되묻자 손 형사는 그렇다고 대답했다.

"단지 안 악당들이 없어져서 되레 다행이라는 분위기더라고."

"나도 그렇게 느꼈어. 피해자들 평판이 되게 나빴잖아."

"그래서 목격자도 나오지 않은 것 같아."

손 형사는 그의 마음을 들여다보기라도 한 것처럼 똑같은 의견을 내놨다.

"손 형사, 주민들이 보고도 못 본 척했다는 말이야?"

"그렇지. 양혜숙 사건은 대낮 골프연습장에서 일어났어. 본 사람이 아무도 없다는 게 말이 돼?"

손 형사의 날카로운 지적이 그의 귀에 날아와 화살처럼 박혔다. 두 건의 살인사건을 수사하면서 지 형사의 마음을 불편하게 짓눌러 온 의문의 실체가 드러나는 순간이었다. 그것의 정체는 바로 '침묵의 유대'였다.

그는 언젠가 신문 기사에서 읽었던 미국의 콜드케이스 사건을 떠올렸다. 미국 미주리주 동북부의 스키드모어에서 1981년에 벌어진 살인사건이다. 피해자는 47세의 남자 켄 렉스 맥엘로이로, 그는 인구 450명에 불과한 작은 마을의 무법자였다. 신문 기사를 요약하면 대략 이렇다. 켄 맥엘로이는 협박부터 절도, 폭행, 방화, 스토킹, 미성년자 성폭행까지 온갖 무자비한 범행을 저지르고도 법의 심판을 피해 간 남자였다. 키 182㎝, 몸무게 120㎏에 육박하던 그는 늘 옆구리에 총을 차고 마을을 휘젓고 다녔다. 켄 맥엘로이는 각종 범죄로 22차례나 체포됐지만, 그때마다 풀려나 주민들을 괴롭혔다.

사건 당일 그는 스물세 살의 어린 아내와 동네 주점에서 오전부터 술을 마셨고, 그 뒤 트럭 운전대를 잡았다. 총 여덟 발의 총알이 그의 뒤통수를 겨눴는데, 그중 두 발이 켄 맥엘로이의 목과 머리에 명중됐다. 인근에 모여 있던 60여 명의 주민들이 대낮의 총격 현장을 목격했으나 그들은 경찰 조사에서 아무것도 보지 못했다고 진술했다. 이것이 바로 '침묵의 유대'이다. FBI는 1년 만에 수사를 종결했고, 결국 '아무도 못 본 살인사건'이 되었다. 이는 불합리한 사법 체계에 환멸을 느낀 주민들이 범죄자와 법에 맞서 직접 보복한 사건이다.

지 형사는 이 기사를 읽었을 때 매우 강렬한 인상을 받았다. 그는 강우혁, 양혜숙의 살인도 '침묵의 유대'가 작용한 사건이라고 확신했다. 그것이 목격자가 한 명도 나오지 않은 이유였다. 그가 고른 약한 고리는 정현아였다. 강력 1팀은 정현아를 경찰서로 소환했다. 경찰서에 출석한 그녀는 여유로운 미소를 지은 채 자기 확신에 차 있었다.

"왜 자꾸 저를 부르시는 거예요? 변호사를 선임해야 하나 고민하다 왔어요."

정현아는 화사하게 화장한 얼굴에 긴 머리를 포니테일로 묶었고, 몸에 딱 붙는 셔츠에 와이드 팬츠를 차려입고 있었다. 누가 봐도 이십 대의 외모와 차림이다. 지 형사는 그녀를 선택하길 잘했다는 생각이 들었다.

"정현아 씨, 매번 느끼는 거지만 정말 젊어 보이십니다. 대학생이라고 해도 믿겠는데요."

지 형사는 다소 과장되게 그녀의 미모를 칭찬했다. 정현아의 얼굴이 환히 빛나며 웃음이 꽃처럼 피어났다.

"어머나, 고맙습니다. 지 형사님께 칭찬을 들으니 기분이 너무 좋은데요. 그런데 저를 부른 용건은 뭐예요?"

지 형사는 바로 대답하지 않고 한참을 뜸을 들이며 그녀를 관찰했다. 그는 지금 도박을 벌이려는 참이다. 지 형사는 탁자에 높게 쌓아 둔 사건 자료에서 파일 하나를 꺼내 들었다. 쌓아 둔 자료 더미 높이가 상당했다. 이만큼이나 수사를 많이 해 자료를 산더미처럼 모았다는 것을 보여 주려는 의도였다. 또한 수사가 진척된 상황을 가시적으로 보여 줘 정현아의 심리를 불안하게 만들려는 작전이었다.

그는 천천히 시간을 들여 사건 철을 검토하는 척을 했다. 물론 정현아의 애를 태우려는 목적이다. 사람을 불러 놓고 용건도 말하지 않은 채 사건 자료만 검토한다? 저 많은 자료들은 어떤 내용을 품고 있을까? 그녀는 초조해질 수밖에 없다. 꽤나 긴 시간이 흐르고 마침내 그가 탁, 소리 나게 사건 철을 덮었다. 오래 침묵을 지키던 만큼 지 형사의 발언은 더욱 충격적으로 들렸다.

"정현아 씨, 결정적인 증거가 나왔습니다."

지 형사는 폭탄을 투하하고, 그것의 반향을 지켜보는 심정으로 그녀를 관찰했다. 정현아가 소리 나지 않게 숨을 들이켰다. 나름대로 평정심을 유지하기 위해 애를 쓰고 있는 것이다.

"결정적인 증거가 나왔다고요?"

그녀는 목소리를 추스른 뒤 되물었다.

"누구나 카메라를 들고 다니는 세상이잖아요."

그는 탁자 위에 놓인 스마트폰을 손가락으로 톡톡 두드리며 말했다.

"누가 뭘 촬영했다는 거죠? 그 사진, 저한테도 보여 주세요."

정현아가 반격에 나섰다. 말뿐이라면 용납하지 않겠다는 듯 기세가 등등하다.

"정현아 씨, 당신들의 행위가 양혜숙 씨의 폰에 찍혔습니다. 이렇게 젊고 아름다우신 분이……."

기나긴 수감 생활을 어떻게 감당하겠느냐는 의미를 담아 말했다. 정현아의 눈빛이 눈에 띄게 흔들렸다. 흔들리는 것은 그녀의 눈빛만이 아니었다. 그녀는 몸이 떨리는 것을 주체하지 못하겠는지 긴 팔로 자신의 어깨를 감싸안았다. 신체의 반응을 제어하는 것은 마음처럼 쉽지 않다. 프로 범죄자가 아닌 정현아가 감당할 수 있는 성질의 것이 아니었다. 그러나 그녀의 입에서 나온 말은 전혀 다른 결을 띠고 있었다.

"증거를 보여 주지 않는 한 저는 말하지 않겠어요."

"양혜숙 씨는 스윙 자세를 교정하려는 목적으로 스마트폰으로 동영상 촬영을 하고 있었습니다. 그분이 자리를 비웠을 때도 촬영은 계속되고 있었죠."

그녀가 부들부들 떨리는 음성으로 항변했다.

"자세를 교정하려는 목적이면 카메라의 방향이 타석을 향하고 있었겠죠. 타석 뒤쪽 테이블에 놓인 커피 컵이 찍힐 이유가 없잖아요."

정현아는 얼굴에 푸들푸들 경련을 일으키며 열심히 반박했다. 그녀를 지켜보는 지 형사의 심정이 복잡했다.

"타석 분리대에 달린 거울을 간과하셨군요. 스마트폰 카메라가 거울을 찍고 있었습니다. 거울이 전상미 씨와 당신 모습을 고스란히 비추고 있었고요."

"……."

"당신들은 거울의 각도까진 미처 확인하지 못했겠죠. 무리도 아닙니다. 커피 컵에 독을 넣는 데 정신이 팔려 거울의 존재는 눈에 들어오지도 않았을 겁니다."

탐문을 하던 중 양혜숙이 스마트폰으로 본인의 스윙 자세를 촬영한다는 말을 들었다. 그녀가 소지했던 폰은 여전히 록이 걸려 있었으나 지 형사는 그 사실을 숨기고 정현아를 압박한 것이다. 그녀의 몸이 크게 휘청거렸다. 그녀는 금세라도 쓰러질 사람처럼 위태로워 보였다.

"당신들은 양혜숙 씨의 커피 습관을 꿰뚫고 있었어요. 이건 명백히 계획살인입니다."

"계획살인이라고요?"

그녀의 두 눈에 눈물이 차올라 금방이라도 넘칠 듯했다.

"정현아 씨, 사건의 자초지종을 설명해 보세요."

마침내 정현아가 심적 동요를 이기지 못하고 울음을 터트렸다. 그녀는 온몸을 와들와들 떨면서 큰 소리로 울었다. 그녀의 가녀린 어깨가 위아래로 들썩였다. 지 형사는 울음이 잦아들기를 침착하게 기다렸다. 그는 티슈 몇 장을 뽑아 정현아에게 건넸다.

"저 변호사를 선임하겠어요. 변호사 없인 한마디도 하지 않을 거예요."

정현아가 갑자기 날카로운 목소리로 외쳤다. 변호사 없이 신문을 받는 것이 불안해진 모양이다. 지 형사는 무죄를 주장하는지의 여부를 물었으나 그녀는 대충 얼버무리며 대답을 회피했다. 피의자가 무죄를 주장하는 경우, 변호사가 필요하며 그 역할에 관해 설명해 주었다. 그러나 피의자가 무죄를 주장하지 않고 잘못을 전부 인정할 시에는 변호사가 할 일이 별로 없다고 알려 주었다. 즉 무죄를 주장할 때 변호사가 특히 필요하다는 말이다.

"결정적인 증거라는 그 사진을 보여 주세요. 그 사진을 보지 않고는 전 말하지 않겠어요."

정현아는 약한 고리가 아니었다. 약한 듯하면서도 끊어지지 않는, 그녀는 질긴 고리였다. 강력 1팀은 불구속 수사로 방향을 정하고 그녀를 집으로 돌려보냈다.

약한 고리를 끊는 수사가 실패로 돌아가자 강력 1팀은 크게 낙담했다. 강력 1팀장이 회의를 소집했다.

"정현아한테서 자백도 못 받았고, 폰 잠금도 못 풀었어. 보툴리누스 원액을 입수한 경로도 찾지 못했잖아. 이래서는 사건을 해결할 수가 없어."

"강우혁 사건도 입증하지 못했죠. 주민들이 똘똘 뭉쳐 범인들을 감싸 주는 느낌이 듭니다. 그들은 보고도 못 본 척하는 겁니다."

지 형사는 미국의 콜드케이스 켄 맥엘로이 사건에 관해 언급했다. 그러고는 강우혁과 양혜숙 사건에도 '침묵의 유대'가 작용했을 거라고 설명했다. 팀장을 비롯해 팀원들이 탄식을 내뱉으며 회의실은 순식간에 초상집 분위기로 바뀌었다. 푹 가라앉은 회의실의 정적을 뚫고 황 형사가 손을 번쩍 치켜들었다.

"팀장님, 양혜숙은 범인을 알고 있는 것처럼 말했습니다. 경찰에 제보할 것이 있는 사람 같았습니다."

"그래서 입막음당해 죽었잖아."

강력 1팀은 전상미와 정현아가 남편들의 범행이 밝혀질 것을 우려해 양혜숙을 독살한 것으로 추정하고 있었다.

"황 형사, 무슨 말을 하고 싶은 거야?"

팀장이 답답하다는 듯 황 형사를 다그쳤다.

"경찰에 제보하려 했다는 건 증거를 잡았다는 뜻 아닐까요?"

"그러니까 황 형사, 얼른 좀 말해 봐."

"양혜숙의 폰에 증거가 들어 있을 겁니다."

"폰에 록이 걸려 있다면서?"

양혜숙의 폰에는 록이 걸려 있었으며 여전히 비밀번호를 풀지 못한 상태였다.

"양혜숙이 살아 있을 때의 동선을 한 달간 뒤쫓으며 엘리베이터와 피트니스센터, 카페테리아, 스카이라운지, 골프연습장 등등의 CCTV를 분석해 봤는데요. 양혜숙이 스마트폰의 패턴을 푸는 장면이 CCTV에 찍혔더란 말씀입니다."

"그래서? 황 형사가 패턴을 풀었어?"

"CCTV에 찍힌 장면으로 유추해 냈습니다."

우와, 강력 1팀 형사들의 환호성이 회의실에 울려 퍼졌다.

07 개구리 탐정

[윤석민]

●

 윤석민은 지택근 형사로부터 연락을 받았다. 날짜와 시간을 정해 주며 경찰서로 나오라는 통보였다. 대개는 일시를 조율해 출석 날짜를 정하고는 했는데, 지금까지와는 사뭇 다른 태도였다. 말투는 여전히 부드럽고 상냥했으나 미묘하게 달라진 뭔가가 감지됐다. 뭘까? 그것의 정체는? 불안이라는 짐승이 그의 가슴속에서 서서히 몸을 뒤척였다.
 다 끝났다고 여겼다. 완전범죄는 몰라도 경찰에 빌미를 주지 않을 자신은 있었다. 강우혁을 몰아내고 싶다는 일념하에 살인을 모의했고, 셋이 하나가 되어 실행에 옮겼다. 한밤중이라고는 해도 다소니 연못은 열린 공간이다. 건너편에는 편의점이 영업 중이며 뒤로는 공중화장실이 있다. 편의점에 손님이 있을 수도 있고, 취객이 공중화장실을 이용할 수도 있다. 물론 그러한 점을 염두에 두지 않은 것은 아니다. 아무리 세세하게 계획을 세워도 실행 단계에서 변수가 생기게 마련이다. 그러나 일일이 변수를 따지고 체크만 하다가는 살인은 백만 년이 지나도 결행할 수 없다.

결정적인 증거만 남기지 않으면 어떻게든 빠져나갈 수 있다. 동기 면에서 의심을 사겠지만, 두려워할 필요는 없다. 그것을 대전제로 살인을 실행했다. 범행 장면을 고스란히 찍힐 수는 없었기에 CCTV에 래커 스프레이를 뿌렸고, 보안등은 라이트를 센서에 비추는 방법으로 껐다.

그러나 윤석민은 뒤늦게 그 선택을 후회하고 있었다. 교와 포레스트는 채광 좋은 통창 인테리어로 전망이 아름답기로 소문난 아파트였다. 누군가 창밖을 내다보고 있었다면 라이트를 켠 것이 주목을 끌었을 터였다. 그냥 보안등을 부숴 버리는 건데……. 보안등에 라이트를 비추자고 의견을 낸 건 장민규였다. 그는 배드민턴 동호회 회원으로 친밀한 관계였지만, 아내를 본 적은 없었기에 이정화가 투신자살했을 때 장민규가 남편이라고 확신하지 못했었다.

"석민이 형, 상철이 형, 내가 실험해 봤어. 라이트를 주광 센서에 비추면 보안등이 꺼진다고. 한밤중에 보안등을 깨면

소리도 나고 남의 이목을 끌 수 있어. 이 방법이 훨씬 효율적이야. 필요할 때만 보안등을 끌 수 있으니까."

장민규는 윤석민과 박상철을 번갈아 보며 열심히 설명했다.

"민규야, 알겠는데 이런 일은 간단하게 하는 게 최고야. 불필요한 동작을 넣으면 그게 나중에 독이 될 수 있다고."

장민규의 설명을 꼼꼼히 듣고 난 윤석민이 차분히 대꾸했다.

"석민이 형, 내가 보안등과 CCTV를 맡을게."

"이른 아침에 미리 보안등을 파손시키는 방법도 있는데?"

박상철이 한마디 거들었다.

"상철이 형, 이 동네 사람들 극성스러운 거 몰라? 당장에 민원 넣어서 전구를 교체하고 말걸. 게다가 새벽부터 운동하러 나오는 사람들이 얼마나 많은데, 그런 짓을 했다간 당장에 사진 찍히고 신고당할 거야."

듣고 보니 타당한 말이었다. 이로써 자연스럽게 역할이 정해졌다. 강우혁을 편의점으로 유인하는 것은 아내들의 몫이었다. 범행 장소는 다소니 연못으로 정했다. 술에 취해 실족했다는 핑곗거리를 만들 수도 있고, 이정화가 생전에 사랑했던 장소이기도 하다. 다소니 연못을 추악한 살인 현장으로 만드는 것에 저항감이 들었지만, 장민규가 원하는 바였다. 그는 아내의 복수는 다소니 연못에서 하는 것이 타당하다고 주장했다. 아내의 한을 풀고 싶다는 그의 절규에 윤석민도 수긍하고 말았다.

그들의 계획은 단순했다. 여자들이 강우혁을 편의점으로 유인해 밤늦도록 맥주를 마신다. 1차, 2차를 거친 강우혁은 이미 취한 상태이나 최대한 술을 권해 만취하도록 만든다. 네 명의 멤버 윤석민, 박상철, 장민규, 배성수는 저녁 아홉 시쯤 만나 배드민턴을 친 뒤 교와 호프에서 술을 마시며 알리바이를 만든다. 교와 호프는 강우혁의 동태를 감시하기도 좋고, 다소니 연못과도 가까워 여러모로 편리한 장소였다. 배성수는 강우혁에게 직접 피해를 입지는 않았지만, 예방 차원에서 가담했다. 아내 나영현이 강우혁 팬클럽의 열성 회원이기도 하다.

범행 시간은 자정쯤으로 정해 둔다. 맥주를 많이 마신 강우혁은 요의를 느낄 수밖에 없고, 그가 화장실에 가겠다고 말하는 순간 여자들은 모임을 끝내고, 휴대전화로 신호를 보내 준다. 그렇게 약속을 해 두었음에도 그들은 마음이 불안해 수시로 밖에 나가 강우혁의 동태를 감시하며 주변을 서성인 것이다. 강우혁이 화장실에 가고 나면 아내들은 조용히 흩어져 집으로 돌아간다.

한편 강우혁은 공중화장실에서 볼일을 보고 나온다. 이때 장민규가 라이트를 주광 센서에 비춰 보안등을 끈다. 박상철은 화장실에서 나온 강우혁을 다소니 연못으로 유인한다. 어떤 방식으로 유인할 것인지는 의견이 분분했으나 강우혁에게 도움을 요청하는 쪽으로 결론을 내렸다. 이미지로 먹고 사는 연예인이 절박하게 구조를 청하는 사람을 모른 체할 리 없다.

강우혁이 다소니 연못 쪽으로 왔을 때 숨어 있던 윤석민이 그의 머리를 돌로 내려친다. 윤석민과 박상철은 비품 창고에 숨겨 뒀던 우의를 걸치고 강우혁의 입과 코를 물속에 처박아 질식시켜 죽인다. 우의는 실랑이 중 피와 물을 막기 위한 계산된 선택이었다. 범행에 쓰인 돌은 연못에 던져 넣고, 강우혁을 물속에 방치한 뒤 교와 호프로 돌아간다. 의심을 사지 않도록 한 시간가량 술을 더 마시다가 귀가한다.

강우혁을 죽이기로 결심한 것은 아내의 변화 때문이었다. 그녀는 하루가 다르게 여위었고, 눈에 띄게 안색이 나빠졌다. 강우혁에게 전부를 쏟아붓던 아내는 이미 사라지고 없었다. 하루하루 피폐해져 가는 그녀를 지켜보며 윤석민은 오만 가지 감정에 시달렸다. 내 말 안 듣더니 꼴좋구나 싶다가도, 유령처럼 허청허청 걸어 다니는 꼴을 보면 금방이라도 자살할 사람처럼 위태로웠다.

아내는 늘 멍한 표정으로 다른 세상에 사는 사람처럼 예린이가 불러도 깜짝깜짝 놀라기 일쑤였다. 차라리 강우혁에 홀려 있을 때가 생기 있고 아름다워 보기 좋았다는 생각마저

들었다. 다시는 예전의 그녀로 돌아올 수 없을 것 같았다. 더는 아내를 방치할 수 없다는 위기감이 그의 결심을 굳혔다.

"당신, 강우혁한테 협박당하고 있지?"

윤석민이 그렇게 물었을 때, 전상미는 무너져 내렸다. 그녀는 남편의 발치에 엎드려 고통스러운 눈물을 쏟아 냈다.

"당신이 그걸 어떻게 알았어?"

"당신 꼴을 보면 몰라?"

"미안해, 여보. 당신한테는 죽을죄를 지었어."

"당신은 내가 어떻게 해 줬으면 좋겠어?"

그는 진심으로 그것이 궁금했다.

"그 인간이 없어졌으면 좋겠어. 그렇지 않으면 난 그 인간한테서 벗어나지 못할 거야."

"내가 다 알아 버렸다고 말해. 그러면 더 이상 협박당하지 않을 텐데."

"아니야, 여보. 강우혁은 내 피 한 방울까지 쪽쪽 빨아 마실 인간이라고."

"무슨 말이야? 나한테 폭로하겠다고 협박하는 게 아니었어?"

전상미의 어깨가 크게 들썩였다. 또 울음을 터트리려는지 끅끅 소리를 냈다. 윤석민은 또다시 눈물 바람을 하는 아내를 보자 속으로 깊은 피로감을 느꼈다. 뭘 잘했다고 우는 거야? 눈물은 자기 연민에서 나오는 부산물일 뿐이다. 게다가 그녀는 한번 울면 족히 10분은 기다려야 한다.

"그런 눈물로 뭘 바꿀 수 있다고 생각하면 오산이야. 신파 그만하고 지금은 제대로 얘기해. 강우혁 그 새끼가 뭘 가지고 협박하는 거야?"

남편의 질타가 효과를 발휘했는지 전상미는 딸꾹질 비슷한 소리를 몇 번 내더니 겨우 울음을 그쳤다.

"당신, 화내지 않겠다고 약속하면 내가 말할게."

전상미가 그의 발밑에 무릎을 꿇었다. 한심한 눈길로 아내를 내려다보던 윤석민의 가슴이 철렁 내려앉았다. 설마……, 그녀가 말하려는 것이 무엇인지 알 만했다. 아니나 다를까, 아내의 입에서 우려하던 말들이 쏟아져 나왔다.

"그 인간이 동영상 촬영을 했어. 내가 말을 듣지 않으면 그 동영상을 지인들한테 유포하겠대."

머릿속으로 그리던 것과 아내가 직접 털어놓은 말 사이엔 가늠할 수 없는 충격의 차가 있었다. 그는 격심한 분노에 사로잡혔다. 강우혁도 강우혁이지만, 눈앞의 아내가 더 끔찍하게 여겨졌다. 감히 남편 앞에서 다른 남자와의 성관계 동영상이 있다는 말을 해? 그는 아내에게 달려들어 그 가증스러운 입을 찢어 버리고 싶었다. 그녀가 강우혁과 했을 행위를 상상하면 그보다 더한 행동도 할 수 있을 것 같았다.

그러나 윤석민은 소용돌이치는 격분을 홀로 견뎌 냈다. 고통에 찬 그의 머릿속에 또 다른 자아가 목소리를 냈다.

'지금은 이러고 있을 때가 아니야. 아내의 단죄는 차후 문제고, 일단은 위기부터 극복해야 해.'

우선은 가정에 닥친 위험부터 걷어 내야 한다. 그는 딸의 얼굴을 떠올렸다. 가정이 와해되면 가장 큰 피해를 입는 사람은 예린이다. 제 몫을 하는 사람으로 성장하는 데 화목한 가정의 중요성은 새삼 말할 필요도 없다. 착하고 순진한 사랑스러운 딸이다. 어떻게든 예린이는 지켜야 해!

"당신, 강우혁이 없어졌으면 좋겠다고 했지? 그 말 진심이야?"

"당연히 진심이지. 강우혁이 살아 있는 한 난 그 인간의 마수에서 벗어날 수 없어."

"일어나서 이리 와 앉아 봐."

윤석민은 무릎을 꿇고 있는 아내의 팔을 잡아 일으켜 소파에 앉혔다. 그는 머릿속으로 사고를 정리했다. 계획은 이미 세워 두었다. 아내들이 도와주면 강우혁을 미행하는 번거로움을 피할 수 있다. 그녀들이 강우혁을 편의점으로 유인해 줄 수만 있다면······.

"당신, 내가 시키는 대로 할 수 있겠어?"

윤석민은 전상미의 눈을 들여다보았다. 그 눈에는 두려운

빛이 떠돌았다. 남편의 심중을 눈치챈 것이다.

"당신 괜찮겠어? 잘못되면 어쩌려고?"

그녀의 목소리는 긴장으로 떨리고 있었다.

"그렇게 나를 걱정해 주는 사람이 그러고 다녔던 거야? 다른 방법 있으면 어디 말해 봐."

그의 핀잔에 전상미의 몸이 움츠러들었다. 말이 예쁘게 나가지 않았다. 그녀의 고개가 힘없이 떨어졌다.

"당신이 강우혁을 유인해 줘."

전상미에게 살인 계획을 설명해 주었다. 아내들의 역할도 일러 주었다. 막다른 골목에 내몰린 그녀는 더는 물러설 곳도 없다고 여겼는지 남편의 말에 무조건 따르겠다면서 연신 머리를 주억거렸다.

"강우혁은 술에 환장한 인간이라 유인하는 건 일도 아니야. 편의점에서 한 잔 더 하자고 하면 쌍수를 들고 환영할걸."

"시간은 대략 자정쯤으로 정해 두고, 강우혁이 화장실에 가겠다고 말하면 작별 인사를 하고 헤어지는 거야. 여자들 귀가 장면이 CCTV에 잡혀야 하니까 꼭 넓은 길로 오라고. 여자들이 할 일은 그것밖에 없어. 나머지는 남자들이 알아서 할 테니까."

"당신, 정말 괜찮겠어?"

전상미는 남편의 손을 잡고 어렵사리 시선을 맞추었다. 그녀의 흔들리는 눈빛을 남편이 꽉 붙들어 주었다.

"걱정 마. 잘될 거야. 어차피 이대로는 살아도 사는 게 아니잖아."

윤석민은 전상미의 손을 꼭 쥐었다.

[전상미]

●

강우혁이 죽은 뒤 평화가 찾아왔다고 생각했다. 중앙서 형사들이 연일 아파트 단지를 헤집고 다녔지만, 우려하던 일은 일어나지 않았다. 남편은 결정적인 증거를 남기지 않았으니 체포될 일은 없을 거라고 장담했다. 과연 그의 말대로였다. 어제가 오늘 같고 오늘이 내일 같은, 지루하지만 평온한 일상이 돌아왔다. 전상미는 다시 찾아온 소중한 일상을 만끽하는 중이었다.

그런데 오늘 갑작스럽게 김영은의 호출을 받았다. 긴급히 상의할 일이 있으니 정현아와 함께 자기 집으로 오라는 것이다. 집으로 불렀다는 건 문제가 심각하다는 의미다. 듣는 귀가 많은 밖에서는 만날 수 없다? 정현아에게 전화를 걸어 아는 것이 있는지를 물었다. 그녀는 아는 바가 없다고 딱 잘라 대답했다.

김영은의 호화로운 거실에서 대접받은 홍차를 마시려는데 그녀가 충격 발언을 쏟아 냈다.

"할망구가 강우혁 살인 장면을 목격했대. 경찰에 신고하겠다는 걸 겨우 막아 놨어."

양혜숙이 살인 장면을 목격했다는 사실도 놀라웠지만, 다 알고 있는 듯한 김영은의 태도는 더욱 경이로웠다. 그녀는 어떻게 범인을 알았을까? 전상미는 김영은의 정밀한 정보력에 감탄을 넘어 경외감마저 느꼈다.

"상미 언니, 현아 언니, 이러고 있을 때가 아니야. 그 할망구 입 나불대기 전에 손을 써야 할 것 아냐."

"영은아, 무슨 소릴 하는 거야? 네가 왜 우리한테 그런 말을 해?"

정현아가 하얗게 질린 얼굴로 항변했다. 김영은은 입술을 내밀며 불만을 표시했다.

"불륜을 저지르는 사람들은 하나같이 똑같아. 자기들의 불륜 사실을 사람들이 모를 거라고 생각하지. 언니들, 강우혁하고 바람난 거 주민들 대부분이 알아. 그런데 어느 날 강우혁이 살해당한 시신으로 발견됐네. 강우혁을 가장 증오했던 사람이 누구겠어? 범인이 누군지 뻔히 답 나오잖아."

"너 지금 우리가 강우혁을 죽였다고 말하고 싶은 거야?"

전상미는 입술을 달싹이며 간신히 물었다.

"언니들이 아니라 형부들이겠지. 주민들이 뭐 바본 줄 알아? 강우혁이 워낙 해악을 끼쳤던 인간이니까 쓰레기 청소 대신해 줘서 고맙다고 입 다물고 있는 거지."

"어떻게 그런 일이……."

정현아는 정녕 믿어지지 않는지 문장을 채 끝맺지도 못했다.

"그런데 할망구가 산통 다 깨트리게 생겼다 이거야. 교와 포레스트처럼 격조 있는 아파트에 할망구 같은 저급한 인간은 어울리지 않아."

김영은은 교와 포레스트의 품격과 가치에 관해 한동안 설교를 늘어놓았다. 그녀의 아파트 사랑은 거의 집착에 가까웠다. 아니, 집착이라는 말로는 부족하다. 그녀가 아파트에 쏟는 애정은 이성의 범주를 벗어난 것으로 일종의 신앙, 혹은 숭배였다. 과연 김영은이 제시한 방법은 쉬웠다. 그녀는 습관을 이용한 살인이 얼마나 손쉬운지를 역설했다.

"그래도 어떻게?"

정현아는 시종일관 넋 나간 표정으로 몸을 벌벌 떨고만 있었다. 멘탈 약한 정현아에게 일을 맡길 수는 없었다. 전상미는 자신이 해야 할 과업이라는 자각이 들었다. 양혜숙, 정말 밉살스러운 인간이다. 그녀는 죽일 사람이 양혜숙이어서 참으로 다행이라고 여겼다.

[정현아, 전상미]

●

 중앙경찰서에서 취조를 받고 나온 정현아는 어떻게 운전을 하고 집으로 돌아왔는지 모를 정도로 충격을 받은 상태였다. 그녀는 곧장 비상 회의를 소집했다. 남편 박상철과 윤석민 부부가 그녀의 집으로 모였다.
 "할망구의 폰에 범행 장면이 찍혔다는데? 어떡하지?"
 정현아가 반은 울음 섞인 목소리로 불안과 걱정을 쏟아 냈다. 그녀의 두서없는 설명을 어렵사리 듣고 난 네 사람 사이로 음울한 기운이 감돌았다. 길게 이어진 침묵을 뚫고 박상철이 입을 열었다.
 "당신, 사진은 보고 왔어?"
 "내가 보여 달라고 했는데, 지 형사가 끝까지 내놓지 않더라고. 어떡하지, 자기야?"
 "사진을 보여 주지 않았다면 괜히 찔러 본 것일 수도 있어. 범행 장면이 찍혔는데 구속시키지 않고 풀어 준 것도 그렇고……, 난 형사들의 농간이라고 보는데."
 윤석민이 조심스럽게 말을 꺼냈다. 찌푸린 미간 너머로 그의 복잡한 심경이 엿보였다.
 "나도 형과 같은 생각이야. 결정적인 증거가 있다면 두 사람을 가만 놔둘 리 없어. 실체 없는 암시를 줘서 우릴 흔들겠단 의미지. 지 형사 그 사람, 보통내기가 아니던데. 말은 상냥하게 하니까 부드러워 보이지만 속을 알 수 없는 인간이야. 그나저나 변호사도 없이 당신이 잘 버텼네. 고생했어."

박상철은 정현아의 손을 잡아 주며 홀로 형사의 취조를 견뎌 낸 아내를 칭찬했다.

"앞으로 어떻게 대응할지 대비책을 세워야지. 다음번엔 내 차례일 것 같은데."

전상미가 떨리는 입술을 열고 초조하게 말했다. 무언가 잘못될 것만 같은 불안이 그녀의 목소리에 고스란히 녹아 있었다.

"증거를 들이밀지 않는 한 자백은 절대로 안 돼. 무조건 모른다, 난 하지 않았다고 우겨야지."

윤석민이 아내에게 용기를 불어넣어 주듯 힘주어 말했다.

"형, 우리가 시뮬레이션을 해 볼까?"

"시뮬레이션?"

"골프연습장에 가서 직접 동영상 촬영을 해 보는 거야. 할망구의 지정석에서 똑같이 촬영을 해 보는 거지. 타석 분리대에 달린 거울 각도를 돌려 가며 뒤쪽 테이블이 찍히는지 직접 실험해 보자고. 그럼 결론을 내릴 수 있을 것 같은데."

"기막힌 생각이야. 그러면 지 형사가 말한 증거의 유무도 알 수 있고. 우리 상철이 머리 좋은데."

윤석민의 칭찬에도 박상철의 미간에 잡힌 주름은 펴지지 않았다. 네 사람이 움직이면 남들의 이목을 끌 우려가 있어 윤석민과 박상철, 두 사람만 가기로 했다. 남자들이 나가 버리자 정현아는 소파에 동그랗게 몸을 만 채 훌쩍훌쩍 울기 시작했다.

"언니, 아무래도 우리가 잘못 생각한 거 같아. 영은이가 부추겨도 해서는 안 되는 일이었는데……, 우리가 그런 짓을 했다는 게 믿어져? 지 형사 말하는 거 보니까 뭐든 다 아는 눈치였어. 그 사람 눈빛이 얼마나 예리한지 눈만 마주쳐도 사지가 부들부들 떨리더라고. 아아, 어떡하지? 언니, 살인죄는 형량이 얼마나 돼? 검색해볼까?"

"안 돼, 현아야. 그런 거 검색하면 절대로 안 돼. 검색한 내용만 가지고도 범인으로 의심받을 수도 있어. 형사들이 판 함정에 걸려들면 안 돼."

"영은이가 감쪽같다고 해서……, 그년 말을 듣는 게 아니었는데. 영은이 그년은 제가 뭐라고 우리한테 살인을 강요해?"

"영은이 때문이 아니잖아. 우리가 할망구를 해치우지 않았으면 남편들의 범행이 탄로 날 판이었다고."

"언니, 말은 똑바로 하자. 난 살인한 게 아니잖아. 언니가 독을 넣을 때 몸으로 가려 준 것뿐인데, 똑같이 처벌받는 건 불공평해. 지 형사가 갖고 있다는 증거에도 그건 찍혀 있겠지? 만약에 아니라면 내가 말할 거야. 난 직접 살인한 게 아니라고."

무너진 댐처럼 정현아의 입에서 정제되지 않은 말들이 마구 터져 나왔다. 그녀의 눈빛은 공허했고 숨조차 가쁜 것이 중심을 잃은 게 분명했다. 전상미의 눈에는 공포의 발작처럼 보였다. 그녀는 정현아를 침대에 눕게 하고 이불을 꼭꼭 여며 주었다. 두려움이 뼛속까지 파고든 듯 정현아가 움찔움찔 몸을 떨어 댔기 때문이다.

"현아야, 네 말 잘 알았으니까 좀 쉬어. 형사 취조를 받는다는 게 보통 일이니? 잠깐 쉬고 나면 정신도 맑아질 거야."

전상미는 침대에 걸터앉아 정현아의 어깨를 토닥여 주었다. 그녀의 처방이 주효했는지 정현아는 금세 새근거리는 숨소리를 내며 잠이 들었다. 전상미가 거실로 나와 멍하니 창밖을 응시하고 있을 때 남자들이 대문을 열고 들어왔다.

"어떻게 됐어?"

전상미는 남편을 향해 다급하게 물었다. 말투에는 불안한 기색이 묻어 있었다. 그런데 뜻밖에도 윤석민은 웃으며 아내를 바라봤다.

"염려하지 않아도 돼. 형사들이 놓은 덫이었어. 거울을 어떤 각도로 돌려도 할망구가 스마트폰을 놓았던 위치에서는 타석 뒤쪽 테이블이 명확하게 찍히질 않아. 형사들이 없는 증거가 있다고 함정을 판 거야."

"형수, 석민이 형 말이 맞아요. 우리가 다 실험해 봤어요. 걱정하지 않으셔도 돼요."

"제수씨 풀어 줬을 때부터 알아봤다니까. 증거가 있으면 보여 줬겠지. 형사 새끼들 보통 능구렁이들이 아니라니까. 당신은 무조건 모른다고 잡아떼면 돼."

"아아아, 다행이다. 상철 씨, 현아가 스트레스를 많이 받았어요. 지금 안방에서 자고 있어요. 푹 자게 두는 게 좋겠어요."

"네, 고맙습니다."

박상철은 전상미에게 감사 인사를 했다. 정현아가 소집한 비상 회의는 그렇게 막을 내렸다. 그들은 한배에 탄 사람들이었고, 이미 돌아갈 수 없었다. 남은 건 함께 싸우는 일뿐, 어떤 압력이 들어와도 그들은 물러서지 않을 것이다.

[지택근]

●

 황 형사가 CCTV를 분석해 스마트폰의 잠금을 푸는 놀라운 쾌거를 이루었다. 그러나 양혜숙의 폰에는 기대한 만큼의 정보는 들어 있지 않았다. 그녀의 말은 역시 허세였을까? 8월 4일 강우혁 살인과 관련된 물증은 나오지 않았다. 또한 8월 29일 양혜숙 사건도 커피 컵에 독을 넣는 결정적인 장면이 찍히지는 않았다. 전상미와 정현아가 양혜숙의 자리에 접근한 것만으로는 그녀들의 범행을 입증할 수가 없다. 다만 경험칙과 논리법칙에 위배되지 않는 한 간접증거도 유죄 인정의 근거가 될 수 있다는 점에 기대를 걸었다.
 강력 1팀에서 수사 회의가 열렸다. 지 형사가 제일 먼저 발언을 했다.
 "보툴리누스 원액 입수 경로를 추적해 봤습니다. 사건 관계인 중에 김영은의 남편이 성형외과 원장이더군요. 저는 김영은이 사건에 깊숙이 관여했을 거라고 추정했습니다. 김영은은 그림자처럼 뒤에 있으면서 아파트 돌아가는 일 전반에 관여한다고 합니다. 김영은의 남편이 운영하는 성형외과에 근무하는 간호사를 만나 진술을 들어 보았습니다."
 지 형사와 황 형사는 김영은의 남편이 운영하는 성형외과에 근무하는 권 간호사를 의원 근처 커피숍에서 만났다. 지 형사는 8월 29일 양혜숙 사건 전에 김영은이 성형외과에 방문한 적이 있는지와 약품 보관실의 CCTV 설치 여부 등을 물었다.

"그날이 며칠인지 정확히 기억나진 않는데요. 아마 29일 전이었을 거예요. 사모님이 병원에 오셨어요. 지나가는 길에 들렀다고 하시면서 고급 일식집 초밥과 음료수를 사 가지고 오셨더군요. 마침 점심시간이라 다 같이 모여 식사를 했어요."

"김영은 씨도 같이 식사를 했습니까?"

"아니요. 사모님은 점심 먹고 오셔서 식사를 함께하시지는 않았어요."

"김영은 씨는 바로 돌아갔습니까?

깔끔하게 머리를 틀어 올린 여간호사는 기억을 떠올리는지 눈을 가늘게 떴다.

"사모님은 화장실에 들렀다가 바로 돌아가셨어요."

"혹시 화장실이 약품 보관실과 가깝습니까?"

"네, 화장실과 회복실, 약품 보관실이 모두 붙어 있어요."

"김영은 씨는 평소 자주 병원에 옵니까?"

"자주는 아니고요. 가끔씩 들러 먹을 것을 사다 주시기는 해요. 직원들 응원 차원에서요. 늘 비싼 걸로만 사 오셔서 사모님 오시는 날이면 직원들 입이 호강하죠."

"약품이 보관된 약장에는 별도로 잠금장치가 있겠죠? 예를 들어 보툴리누스 원액은 어떻게 보관하죠?"

"잠금장치가 달린 전용 냉장고에 보관하고 있어요."

권 간호사는 번호키로 된 잠금형 약품 보관장 안에 냉장고를 두었다고 설명했다.

"약품 보관실에 CCTV는 설치돼 있습니까?"

"CCTV는 로비에 설치돼 있고, 약품 보관실에는 따로 없습니다."

로비에 달린 CCTV로 김영은이 성형외과에 방문한 날짜를 확인할 수는 있다. 문제는 약품 보관실에 CCTV가 없다는 것인데, 의료기관에서 꼭 설치해야 될 의무는 없었다.

"보툴리누스 원액은 어떤 방식으로 사용합니까?"

지 형사는 사건과 관련된 세부 사항을 짚었다. 차분한 인상의 권 간호사는 의미를 가늠하려는 듯 잠시 그를 바라보다 이내 대답을 시작했다.

"보툴리눔 톡신은 극소량의 분말 상태로 보관돼 있고, 생리식염수로 희석해서 사용해요."

"생리식염수로 희석해서 사용한다고요?"

처음 듣는 내용이었다. 양혜숙의 사인은 호흡근 마비로 인한 질식사로, 희석하지 않은 보툴리누스 원액에 의해 사망한 것으로 추정되었다. 지 형사는 권 간호사에게 협조해 주어 고맙다는 인사를 한 뒤 그와 만났다는 사실을 아무에게도 발설하지 말 것을 당부했다. 그녀는 잠시 어리둥절한 얼굴을 하더니 알겠다고 대답했다.

"팀장님, 성형외과 로비에 설치된 CCTV를 확인해 보니 김영은은 8월 28일 목요일에 병원에 갔더군요. 화장실에 가는 척하며 약품 보관실에서 보툴리누스 원액을 빼돌린 게 분명합니다."

지 형사는 그것만이 진실이라는 듯 강한 어조로 말했다.

"김영은이 약장 비밀번호를 알고 있었다는 거야?"

"김영은은 원장 부인으로 비밀번호를 알고 있었을 가능성이 큽니다. 개인 성형외과에서는 드문 일도 아니라고 합니다. 보툴리눔 톡신이 반출돼도 허술하게 넘어갈 수도 있죠. 게다가 살인에는 희석하지 않은 보툴리눔 톡신을 사용했습니다. 희석 전의 원액은 매우 강력한 독이라고 합니다."

"팀장님, 성형외과에 의약품 관리 기록을 요청하면 어떨까요?"

황 형사가 목소리를 높여 자신의 주장을 펼쳤다.

"영장 없이 임의제출을 요청하자는 거야?"

"약품 재고 관리에 소홀했다면 원장도 일이 커지길 바라지는 않을 겁니다. 제가 부딪쳐 보겠습니다."

 강력 1팀은 윤석민, 박상철, 장민규, 전상미, 정현아, 다섯 사람을 경찰서로 불렀다. 지 형사는 그들을 회의실에 모으고 브리핑을 하듯 앞에 섰다.
 "오늘 여러분을 이 자리에 모신 건 두 건의 살인사건을 풀기 위해서입니다."
 지 형사는 그렇게 말한 뒤 좌중을 한 바퀴 휘둘러보았다. 세 남자와 두 여자는 그에게 집중하고 있었으나 불안한 기색을 띤 사람은 없었다.
 "여러분, '침묵의 유대'라고 들어 보셨습니까?"
 앞뒤 설명 없이 던진 물음에 대답하는 이는 없었다. 지 형사는 그럴 줄 알았다는 듯 고개를 두어 차례 끄덕이고는 손뼉을 짝짝 두 번 쳤다. 마치 퍼포먼스를 수행하는 배우처럼 과장된 동작이다. 뒤에서 지켜보는 황 형사는 선배가 명탐정 흉내를 낸다고 생각했다.
 "저는 교와 포레스트에서 일어난 두 건의 살인이 매우 흥미로웠습니다. 두 건의 살인 현장은 밀폐된 장소가 아니었습니다. 밤과 낮이라는 시간차가 있지만, 두 건 모두 개방된 공간에서 행해졌습니다. 그런데 목격자는 단 한 사람도 없었습니다. 두 사건의 공통점을 하나 더 말해 볼까요. 강우혁, 양혜숙, 두 피해자는 모두 평판이 좋지 않은 사람들이었습니다.

두 건의 살인은 교와 포레스트라는 아파트 단지를 이해하지 않고는 풀 수 없습니다. 교와 포레스트 주민들은 아파트를 단순한 거처 이상으로 여깁니다. 주민들한테 교와 포레스트는 삶의 중심이자 자긍심의 상징입니다. 연못에 물을 채우는 문제로 갈등을 겪은 것만 봐도 주민들의 넘치는 아파트 사랑을 짐작할 수 있습니다. 어쩌면 주민들은 강우혁과 양혜숙이 교와 포레스트에 어울리지 않는다고 판단했는지 모릅니다."

지 형사는 거기까지 말한 뒤 다섯 명의 용의자들 중 누구 하나도 놓치지 않겠다는 듯, 한 명씩 천천히 시선을 옮겨 갔다. 그러나 역시 반응을 보인 사람은 없었다. 그가 다시 입을 열었다.

"여러분, 무당개구리를 본 적이 있습니까? 무당개구리는 비단개구리라 불릴 만큼 생김새가 독특하고 도발적인 피부색, 굼뜬 움직임 등으로 유명합니다. 저는 강우혁 씨를 무당개구리에 비유하고 싶습니다. 배우라는 직업과 수려한 외모 등 강우혁 씨는 여러모로 무당개구리와 닮았습니다."

황 형사는 선배가 평소와는 다르다는 생각을 했다. 선배가 언제부터 개구리에 해박한 지식을 가졌지? 그는 고개를 갸우뚱했다. 지 형사의 설명이 이어졌다.

"2000년대 초반 상업적, 관상용 목적으로 무당개구리가 다른 나라로 수출되었습니다. 그런데 결과는 어찌 되었을까요? 무당개구리에서 전파된 항아리곰팡이가 다른 나라의 양서류들을 죽게 만들었습니다. 항아리곰팡이는 한반도에서 생겨났고, 다른 국가의 양서류들은 이 곰팡이에 면역 능력이 없었기 때문입니다. 강우혁 씨는 화려하고 멋지지만, 교와 포레스트에는 맞지 않는다고 주민들은 판단했던 것이지요. 한마디로 생태계 교란 외래종이죠.

한 가지 더 개구리 얘기를 해 볼까요. 중남미 열대우림에는 작은 몸집의 독개구리가 삽니다. 현란한 빛깔과 무늬를 가진 이 개구리는 지구상에서 가장 강력한 신경독을 분비합니다. 뱀들은 이 독개구리를 공격하지 않습니다. 뱀들이 어떻게 알고 이 개구리를 공격하지 않는 걸까요? 화려함은 언제나 독을 품는다는 걸, 그들도 알고 있을까요? 강우혁 씨 역시 보기에는 아름답지만, 치명적인 독을 가진 사람입니다. 그를 가까이하면 파멸이 찾아오지요."

지 형사는 말을 끊고 한 번 더 좌중을 둘러보았다. 그러나 그들은 정적 속에서 말없이 그를 주시할 뿐이었다. 그의 명연설에 박수를 보내는 사람도 없었다. 뒷자리의 황 형사가 마음의 응원을 보냈을 따름이다.

"다음으로 교와 포레스트 주민들이 살인에 함구한 까닭을 설명드리겠습니다. 강우혁과 양혜숙은 단지 내 공공의 적이었습니다. 주민들은 공공의 적이었던 두 사람을 말살하는 데 '침묵의 유대'로써 동의를 한 것입니다."

지 형사의 폭탄 같은 발언이 터졌지만, 그 자리에 있는 누구도 놀라지 않았다. 놀라기엔 이미 너무 많은 걸 알고 있었으니까.

뒤를 이어 지 형사는 세 남자의 살인 공모에 관해 언급했다. 그는 그들이 어떤 방식으로 살인을 저질렀는지 세세하게 설명했다. 세 남자는 긍정도 부정도 하지 않은 채 조용히 듣고만 있었다. 증거를 들이밀지 않는 한 인정할 필요가 없는 것이다.

"그런데 이 '침묵의 유대'에 동참하지 않은 자가 한 명 있었습니다. 그 사람이 바로 양혜숙 씨입니다. 양혜숙 씨는 주방 창으로 밖을 내다보는 취미가 있었습니다. 제가 그 집에 가봤더니 멀리는 어치산, 가까이는 다소니 연못과 편의점까지 훤히 조망되더군요. 양혜숙 씨는 통창 앞에 의자와 쌍안경까지 가져다 놓았습니다.

자, 지난 8월 4일로 돌아가 볼까요. 그날도 양혜숙 씨는 창밖을 내다보고 있었습니다. 늦은 밤이지만, 잠들지 않고 깨어 있었던 것이지요. 어쩌면 편의점을 관찰하고 있었을지 모르겠습니다. 강우혁 씨가 팬클럽 회원들과 자주 편의점에 갔으니까요. 양혜숙 씨는 남의 사생활 훔쳐보기를 즐기는 분이었습니다. 그런데 강우혁 씨 일행이 해산하는 것을 계기로 양혜숙 씨도 자리를 뜨려고 할 때, 일이 일어났습니다. 갑자기 어치산 쪽이 훤해지면서 다소니 연못이 어두워졌던 겁니다. 누군가 라이트를 비춰 보안등을 끈 것이지요. 호기심이 발동한 양혜숙 씨는 쌍안경으로 관찰합니다. 저도 실험을 해봤는데, 쌍안경 성능이 생각보다 좋아 깜짝 놀랐습니다. 염탐을 즐기는 양혜숙 씨는 당신들의 행위를 지켜보고 있었습니다."

지 형사는 극적인 효과를 주기 위함인지 잠깐 말을 끊었다. 그러나 그가 기대했던 반응은 나오지 않았다.

"저는 살인 장면을 목격하고도 양혜숙 씨가 신고하지 않은 까닭이 궁금했습니다. 우비를 입은 탓에 개인 식별이 어려웠을까요? 그래도 양혜숙 씨는 범인들이 누군지 짐작은 했다고 여겨집니다. 저한테 범인을 아는 것처럼 얘기했거든요. 어쩌면 양혜숙 씨는 직접 범인을 색출하려 했는지도 모르겠습니다. 그런데 그 과정이 당신들을 불안하게 만들었습니다. 도둑이 제 발 저린 격으로 당신들은 양혜숙 씨의 입을 틀어막지 않으면 범행이 발각될 거라 판단합니다. 자, 이제 여자들이 나설 차례입니다. 전상미 씨와 정현아 씨는 양혜숙 씨의 커피 습관을 이용해 교묘한 살인 계획을 수립합니다. 그리고 망설이지 않고 실행에 옮깁니다. 그런데 공교롭게 이 장면이 양혜숙 씨의 스마트폰에 찍혔습니다."

"그건 거짓말이에요. 그 여자의 폰에 그런 장면이 찍혔을 리 없어요."

정현아가 코웃음을 치며 반박했다.

"맞아요. 우리가 살인했다는 증거를 보여 주세요."

전상미 역시 목청을 높이며 외쳤다. 그녀의 얼굴은 분노와 억울함이 뒤섞인 듯 빨갛게 달아올라 있었다.

지 형사는 그들 앞에 물증을 제시하지 못했다. 핵심 증거를 내놓지 못한 형사들 앞에서 용의자들은 동요 없이 태연하게 버텼다. 그는 포아로처럼 심리전을 펼치며 용의자들을 압박하려 했으나 결국 자백을 끌어내지 못하고 작전은 실패로 돌아갔다.

"다른 건 몰라도 결속력 하나는 인정해야겠군."

지 형사는 혀를 차며 중얼거렸다. 녹취 하나, 메시지 한 줄조차 남기지 않았다. 다섯 명의 휴대전화는 말 그대로 깨끗했다.

08 개구리의 진실

[전상미, 정현아, 김영은]

●

 언제나처럼 이번에도 김영은의 도움이 결정적으로 작용했다. 그녀는 마치 자신의 일인 양 전상미와 정현아를 위해 마지막 한 조각의 힘마저도 보탰다.
 "난 그 인간 범행이 탄로 날까 봐 살인까지 저질렀는데, 이 새끼가 고마운 줄도 모르고……."
 전상미는 분노가 솟구쳐 말을 채 잇지도 못한 채 가쁜 숨을 씩씩거렸다.
 "상미 언니, 무슨 일 있어?"
 김영은의 집에서 티타임을 즐기던 중 화제가 남편들로 옮겨 가자 전상미가 화를 참지 못하고 폭발한 것이다. 그녀는 생기가 사라진 얼굴로 몸도 전보다 한층 야위어 보였다.

"할망구가 죽고 나니까 이 인간 태도가 미묘하게 달라졌어. 싸늘한 눈으로 노려볼 때는 심장에 비수를 꽂는 것처럼 섬뜩하다니까."

"언니도 그래? 나도 느꼈는데. 직접 대고 말은 안 해도 그 인간 눈빛만 봐도 알겠어. 그 인간은 날 용서한 게 아니야. 가정을 지키기 위해 그런 척한 거지. 차라리 화라도 내면 훨씬 낫겠어. 정말 생지옥이 따로 없다니까."

억눌러 온 감정이 무너지듯 정현아의 얼굴은 울상으로 변했다.

"이 인간이 매일 술에 절어 들어오면서 나한테는 그 지옥을 다시 살아 내라고 강요하는 것 같아."

분노 끝에 체념만 남은 전상미가 힘없이 말했다.

"꼬리가 잡힐 걸 막아 줬는데 배은망덕하게 나온다고?"

잠자코 이야기를 듣던 김영은이 불안한 눈빛으로 물었다.

"그렇다니까. 아무래도 나, 그 인간과 더는 못 살겠어."

"나도 그래. 이런 대우 받으면서 앞으로 몇십 년을 어떻게 살아? 이건 사는 게 아니야. 그 인간한테 이혼하자고 말해야겠어."

"현아 언니, 유책 사유가 언니한테 있는데, 이혼을 어떻게 요구해? 설사 형부가 이혼에 동의한다 해도 위자료도 언니가

지급해야 하고, 재산분할 비율도 꽤나 불리해질걸."

"정말로? 그럼 어떡하지? 하긴 그 인간은 이혼에 동의할 새끼가 아니야. 엄마 없이 애들 키우는 건 절대로 못 볼 새끼니까."

정현아가 눈동자에 번진 절망을 감추지 못한 채 말했다.

"나도 마찬가지야. 그 새끼는 예린이를 결손가정에서 키우지 못해. 전에는 강우혁이 고혈을 빨아 마시더니 이젠 그 새끼가 내 피를 말리네."

전상미는 공허한 눈빛으로 맥없이 말을 흘렸다. 이미 마음은 오래전에 무너진 듯했다. 공기가 무겁게 가라앉으며 암울한 기류가 그녀들 사이에 스며들었다.

"언니들, 내가 한 번 더 도와줄까?"

음울한 정적을 뚫고 김영은이 반가운 목소리를 냈다.

"네가? 어떻게?"

"형사들이 남편 성형외과에서 이것저것 조사하고 갔어. 지 형사는 내가 약을 반출했다고 의심하는 모양이야."

"저런, 어떡하니?"

"어머나……."

"난 괜찮으니까 염려 마. 상미 언니, 현아 언니, 형부들 정말로 감옥에 보내고 싶어? 그것만 확실히 대답해 줘."

"그렇다니까."

"난 절대 후회 안 해. 그런데 형사들이 계속 추궁할 텐데, 어떻게 하지?"

"걱정하지 마. 언니들이 살인을 저질렀단 물증이 없잖아. 증거라곤 양혜숙이 촬영한 동영상뿐인데, 그 할망구 자리에 접근한 것만으로는 살인을 입증할 수가 없어."

"영은아, 무조건 부인하라고?"

정현아가 빈틈 가득한 얼굴로 고개를 갸웃거리며 물었다.

"끝까지 묵비권을 행사해도 되고, 수사 단계에서 자백하고 법정에서 부인하는 전략으로 가도 돼. 자백의 증거 능력은 신빙성에 달려 있거든. 살인을 증명할 결정적인 증거가 없잖아."

"그럼 너는 어떡할 건데? 약 반출 건으로 의심받고 있다면서?"

"내 걱정은 마. 형사들은 내 죄를 입증할 수가 없어. 의심만으론 유죄 증명이 되지 않거든."

전상미와 정현아는 반신반의하는 눈빛으로 김영은을 보았다.

"언니들, 나만 믿어. 형부들 감옥으로 보내 버리고 언니들은 마음 편히 살게 될 테니까."

김영은은 결과를 이미 알고 있다는 듯 자신만만한 얼굴로 말했다.

08 개구리의 진실 **361**

[지택근]

●

 지 형사는 뜻밖에 김영은의 전화를 받았다. 그녀는 만나고 싶다고 말했고, 직접 경찰서로 오겠다는 뜻을 전했다. 용건을 물어보니 양혜숙의 유품을 제출하겠다는 것이다. 조사실에서 마주한 김영은은 핸드백 안에서 스마트폰 하나를 꺼내 지 형사에게 내밀었다.

"이게 뭐죠?"

"양혜숙 씨의 세컨드 폰이에요."

"이걸 왜 김영은 씨가 갖고 있는 거죠?"

그녀는 맑디맑은 표정으로 이야기를 풀어놓았다.

"양혜숙 씨가 저한테 맡겨 놓은 거예요."

"왜요?"

"양 여사님은 안면 리프팅 수술을 받고 싶어 했어요. 본인의 얼굴 사진을 여러 장 찍었더라고요. 그걸 저한테 보여 주었어요. 성격이 얼마나 꼼꼼한지 여기를 이렇게 올려 달라, 저기를 저렇게 당겨 달라, 요구 조건이 많았어요. 저는 남편한테 그 사진들을 보여 주겠다고 약속했고요. 양 여사님은 선뜻 허락했어요."

"사진을 보내 주면 되지, 폰은 왜 맡깁니까?"

"이 폰은 유심 칩이 들어 있지 않아 사진을 보낼 수가 없어요. 그래서 제가 폰을 잠시 맡아 두기로 한 거죠. 그런데 양 여사님이 죽어 버린 거예요. 저는 그 사실조차 잊어버렸고요."

지 형사는 얼음처럼 맑은 김영은의 눈동자를 응시했다. 그녀 안에 숨어 있는 무언가가 형용할 수 없는 두려움으로 다가왔다.

"중요한 증거품을 이제야 제출하는 이유가 뭡니까?"

"저는 이걸 가지고 있다는 사실조차 잊고 있었어요. 서랍 정리를 하다가 발견해서……, 죄송해요. 본의는 아니었어요."

김영은을 노려보는 시선만 남은 채 지 형사는 할 말을 찾지 못했다.

양혜숙의 세컨드 폰은 유심 칩이 들어 있지 않은 것으로 주로 유튜브를 구독하거나 촬영을 하는 데 사용한 것 같았다. 폰에는 놀라운 정보가 숨겨져 있었다. 양혜숙은 8월 4일 강우혁 살인 장면을 동영상으로 촬영했다. 그러나 우비를 입은 남자들이 움직이고 있을 뿐 신원을 확인하기는 어려웠다. 양혜숙이 경찰 신고를 늦춘 이유를 어느 정도 알 것 같았다. 강력 1팀은 전문가의 손을 빌렸다. 디지털 줌으로 100배 확대한 영상에 AI 복원이 더해지자 흐릿했던 얼굴이 선명해졌고, 마침내 정체가 드러났다.

강력 1팀은 강우혁 살인 혐의로 윤석민, 박상철, 장민규를

체포하는 한편, 전상미와 정현아도 양혜숙 살인 혐의로 구속시켰다. 전상미와 정현아는 결정적인 증거가 없었지만, 범행 전후의 상황을 보여 주는 동영상이 있으며 추론의 과정이 합리적이고 다른 해석이 가능하지 않다는 점에서 강력한 증명력으로 작용했다. 양혜숙은 골프연습장에서 자리를 비울 때 폰을 가지고 나가지 않았으며, 전상미와 정현아가 그녀의 지정석에 접근한 장면이 촬영되었다. 다만 보툴리누스 원액의 입수 경로 등 풀어야 될 부분이 많았다.

[김영은]

●

 윤석민, 박상철 부부와 장민규가 구속되었다. 김영은은 이 정도면 무사히 마무리된 셈이라 여겼다. 기대 이하의 존재로 평가했던 전상미와 정현아는 뜻밖에도 흐름을 바꾸는 결정적인 역할을 했다. 멍청한 것들, 뭐 변호사의 조력을 받을 테니 제 살길 알아서 잘 헤쳐 나가겠지. 그녀는 경찰의 영상 복원 기술을 믿었다. 아니나 다를까, 경찰은 강우혁 살인범들의 얼굴을 육안으로 식별할 수 있을 정도로 이미지를 훌륭히 개선해 냈다.

양혜숙의 세컨드 폰과 관련된 공작은 헛웃음이 나올 정도로 쉬웠다. 할망구를 부추겨 세컨드 폰으로 셀카를 찍게 하고, 적당한 기회를 틈타 그것을 슬쩍했다. 세컨드 폰에 증거가 들어 있다는 사실은 할망구 본인이 친절하게 다 떠들어 댔다.

수사팀이 보툴리눔 톡신 반출 사실을 파악하고 남편을 추궁해 의약품 관리 기록과 CCTV 영상을 확보했다는 소식을 들었지만, 그녀는 전혀 동요하지 않았다. 남편 성형외과의 권 간호사는 형사들이 찾아와 집요하게 질문을 퍼부었다고 귀띔해 주었다. 남편은 녹록한 사람이 아니다. 그가 의약품 관리 기록을 경찰에 제출했다면 그것은 완벽한 형태의 문서였을 것이다. 성형외과 출입 장면이 찍힌 CCTV 영상만으론 내가 보툴리눔 톡신을 가져갔다고 단정할 수 없다.

김영은은 교와 포레스트에 평화가 찾아온 데 만족하고 있었다. 어렵게 되찾은 평화였다. 강우혁과 양혜숙은 교와 포레스트에 거주할 자격이 없는 인간들이었고, 전상미와 정현아는 불륜을 저질러 단지의 품위에 씻기 어려운 오점을 남겼다. 윤석민과 박상철, 장민규는 그들이 벌인 살인의 대가를 받은 것이니 억울해할 하등의 이유가 없다.

그간 쉴 틈 없이 이어지는 번잡스러운 과정들을 거치느라 골치깨나 썩었다. 지저분한 쓰레기들이 치워진 교와 포레스트는 세찬 비에 씻긴 듯 산뜻하게 변모했다. 어지럽던 흔적들이 사라지자 아파트는 다시 맑고 정갈해졌다.

탁자 위 스마트폰에서 고상한 클래식 멜로디가 흘러나왔다. 김영은은 우아한 동작으로 스마트폰의 수신 버튼을 눌렀다.

"미아 엄마, 오늘 뭐 해?"

수연 엄마의 명랑한 음성이 전화기 속에서 들려왔다.

"나 별 계획 없는데."

그녀는 내심 수연 엄마의 전화가 반가웠다.

"그럼 은지 엄마랑 민준 엄마 불러서 함께 점심 먹을까?"

"그거 좋지. 장소는 자기들이 정해서 위치 보내 줘. 시간 맞춰 나갈게."

김영은은 밝게 수락하고 전화를 끊었다. 해가 될 리 없는 여자들이다. 나는 이런 사람들이 좋더라, 그녀는 마치 자신에게 들려주듯 작은 소리로 중얼거렸다. 그녀의 입가에 뿌듯한 미소가 번졌다.

개구리 정원의 살인

초판 1쇄 인쇄일 2025년 11월 27일
초판 1쇄 발행일 2026년 01월 05일

지은이 황정은
펴낸이 양옥매
디자인 표지혜
마케팅 송용호
교 정 조준경

펴낸곳 도서출판 책과나무
출판등록 제2012-000376
주소 서울특별시 마포구 방울내로 79 이노빌딩 302호
대표전화 02.372.1537 팩스 02.372.1538
이메일 booknamu2007@naver.com
홈페이지 www.booknamu.com
ISBN 979-11-6752-709-7 (03800)

* 저작권법에 의해 보호를 받는 저작물이므로 저자와 출판사의 동의 없이 내용의 일부를
  인용하거나 발췌하는 것을 **금**합니다.
* 파손된 책은 구입처에서 교환해 드립니다.